Bertrams Hotel

Jubiläums-Edition

AGATHA CHRISTIE

Bertrams Hotel

Jubiläums-Edition

Scherz
Bern – München – Wien

Einmalige Jubiläums-Ausgabe 1993
Überarbeitete Fassung der einzig berechtigten Übertragung
aus dem Englischen von Maria Meinert
Titel des Originals: »At Bertram's Hotel«
Copyright © 1965 by Agatha Christie Limited
Gesamtdeutsche Rechte beim Scherz Verlag
Bern und München

1

Im Herzen des Londoner Westends gibt es viele versteckte Winkel, die kaum jemand kennt, außer den Taxifahrern, die sie kundig durchqueren.
Biegt man, vom Hyde Park kommend, in eine der unscheinbaren Straßen ein, so gelangt man bald in eine ruhige Straße, auf deren rechter Seite Bertrams Hotel liegt. Bertrams Hotel kann auf eine lange Tradition zurückblicken. Während des Krieges wurden die Häuser zu seiner Rechten zerstört und etwas weiter unten auch die zu seiner Linken. Aber das Bertrams selber blieb unversehrt. Natürlich hatte auch dieses Haus einige Kratzer und Schrammen abbekommen. Doch mit Einsatz einer nur mäßigen Summe wurde der ursprüngliche Zustand wiederhergestellt. 1955 sah es genauso aus wie 1939 – würdevoll, unaufdringlich und unauffällig teuer. Das war Bertrams Hotel, in dem über eine lange Reihe von Jahren hinweg geistliche Würdenträger, vornehme Witwen der Aristokratie, die von ihren Landsitzen in die Stadt kamen, und junge Mädchen, die aus teuren Pensionaten für die Ferien nach Hause fuhren, regelmäßig abstiegen.
Natürlich hatte es viele andere Hotels im selben Stil gegeben.. Manche davon existieren auch heute noch, aber an fast keinem war die Zeit spurlos vorübergegangen. Sie alle hatten vor der Notwendigkeit gestanden zu modernisieren, um sich auf eine andere Kundschaft einzustellen. Das Bertrams hatte ebenfalls einige Veränderungen über sich ergehen lassen müssen, aber sie waren so geschickt ausgeführt worden, daß sie bei flüchtiger Betrachtung überhaupt nicht zu erkennen waren.
Draußen an der Treppe, vor den großen Schwingtüren, stand eine Gestalt, die man, auf den ersten Blick wenigstens, für einen Feldmarschall halten konnte, denn Goldtressen und Ordensbänder schmückten die breite, männliche Brust. Das Benehmen des Mannes war formvollendet. Er empfing den Gast mit zarter Fürsorge, wenn dieser unter gichtbedingten Schwierigkeiten aus einem Taxi oder einem Privat-

wagen stieg, geleitete ihn behutsam die Stufen empor und lotste ihn durch die geräuschlos schwingenden Türen.
Im Innern hatte der Ankömmling – falls es sein erster Besuch in Bertrams Hotel war – das fast beängstigende Gefühl, in eine versunkene Welt versetzt zu sein. Die Zeit war stehengeblieben. Der Gast befand sich wieder im England Edwards VII. Es war natürlich Zentralheizung vorhanden, aber sie fiel nicht ins Auge. Wie immer brannten in der großen mittleren Halle zwei prächtige Kohlenfeuer, flankiert von gefüllten Kohleneimern aus Messing, die genauso glänzten wie zu Edwards Zeiten, als biedere Hausmädchen sie noch polierten. Tiefroter Samt und Plüsch erzeugten eine gemütliche Atmosphäre. Die Lehnsessel waren kein Produkt des jetzigen Zeitalters. Der Sitz befand sich hoch genug über dem Niveau des Fußbodens, daß rheumatische alte Damen sich nicht in unwürdiger Weise abmühen mußten, wenn sie sich erheben wollten. Auch waren die Sessel nicht alle von derselben Art. Es gab solche mit gerader und solche mit schräger Rückenlehne, und es gab Fauteuils aller Breiten, um Schlanke und Beleibte aufzunehmen. In Bertrams Hotel konnten Menschen fast jeder Statur einen bequemen Sessel finden.
Jetzt um die Teestunde war die Hotelhalle voll. Das hieß jedoch nicht, daß die Hotelhalle der einzige Raum war, in dem man Tee bekommen konnte. Es gab auch noch einen Salon (mit viel Chintz), ein Rauchzimmer – rätselhafterweise nur für Herren reserviert – und zwei Schreibzimmer, wohin man sich mit einem guten Bekannten zu einer gemütlichen Plauderei in einen stillen Winkel zurückziehen konnte – ja, wo es sogar möglich war, einen Brief zu schreiben, wenn einem der Sinn danach stand. Neben diesen Annehmlichkeiten einer vergangenen Zeit gab es noch andere Zufluchtsstätten, deren Existenz nicht an die große Glocke gehängt wurde, aber Eingeweihten bekannt war, wie zum Beispiel die Doppelbar. Sie hatte zwei Barmixer, einen amerikanischen, der den Amerikanern ein Heimatgefühl verschaffen sollte, und einen englischen, der die verschiedenen Sherrys und

Pimm's Nr. 1 ausschenkte und mit den älteren Herren, die der großen Pferderennen wegen in London weilten, fachmännische Gespräche über die Rennpferde in Ascot und Newbury führte. Auch gab es an einem etwas abseits gelegenen Korridor einen Fernsehraum für jene, die diesen Zeitvertreib schätzten.

Doch die große Eingangshalle war der Lieblingsplatz für den nachmittäglichen Tee. Den älteren Damen machte es Spaß zu beobachten, wer ein- und ausging, alte Freunde zu begrüßen und süffisante Bemerkungen darüber fallenzulassen, wie sehr diese gealtert seien. Es waren auch amerikanische Besucher anwesend, die fasziniert beobachteten, wie sich die adligen Engländer so richtig dem Genuß ihres traditionellen Nachmittagstees hingaben. Denn der Nachmittagstee war eine charakteristische Einrichtung in Bertrams Hotel.

Es war eine glanzvolle Angelegenheit. Die Aufsicht bei diesem Zeremoniell führte Henry, eine große, prächtige Erscheinung, ein reifer Fünfziger, onkelhaft, verständnisvoll und mit den höflichen Manieren jener längst verschwundenen Spezies: des vollkommenen Butlers. Schlanke Jünglinge leisteten unter Henrys strengen Anweisungen die tatsächliche Arbeit. Da gab es große, wappengeschmückte silberne Tablette und georgianische silberne Teekannen. Das Porzellan war zwar nicht echt Rockingham und Davenport, sah aber jedenfalls so aus. Serviert wurde der beste indische Tee, Ceylon, Darjeeling, Lapsang, und an Eßbarem konnte man alles verlangen, was das Herz begehrte – und es auch bekommen!

An diesem besonderen Tage, dem 17. November, verzehrte die fünfundsechzigjährige Lady Selina Hazy, die von Leicestershire nach London gekommen war, köstliche, reichlich mit Butter bestrichene Muffins mit der ganzen Hingabe einer älteren Dame, die gutes Essen zu schätzen weiß. Sie war jedoch von ihren Muffins nicht so sehr gefesselt, daß sie versäumt hätte, jedesmal neugierig aufzublicken, sobald die Schwingtüren sich öffneten, um einen neuen Gast einzulassen.

So kam es, daß sie Colonel Luscombe einen lächelnden Willkommensgruß zunickte, als er in aufrechter, militärischer Haltung, den Renn-Feldstecher um den Hals gehängt, die Halle betrat. Als alte Aristokratin winkte sie ihn gebieterisch zu sich, und kurz darauf stand Luscombe an ihrem Tisch.
«Guten Tag, Selina, was führt dich denn in die Stadt?»
«Zahnarzt», erwiderte Lady Selina etwas undeutlich, wegen ihres vollen Mundes. «Und da ich schon mal hier war, hielt ich es für richtig, diesen Mann in der Harley Street wegen meiner Arthritis aufzusuchen. Du weißt ja, wen ich meine.»
Obwohl es in Harley Street mehrere hundert Ärzte für jedes nur erdenkliche Leiden gibt, wußte Luscombe sofort, wen sie meinte.
«Hat er dir helfen können?» erkundigte er sich.
«Ich glaube schon», gab Lady Selina unwillig zu. «Seltsamer Mann. Packte mich unerwartet beim Schopf, als wollte er einem Huhn den Hals umdrehen.» Sie bewegte ihren Hals mit größter Vorsicht.
«Hat's weh getan?»
«Das mußte es ja wohl, wo er so daran gezerrt hat, aber es ging alles so schnell, daß es mir nicht zum Bewußtsein gekommen ist.» Sie setzte die behutsame Bewegung fort. «Scheint wirklich in Ordnung zu sein, ich kann zum erstenmal seit Jahren über meine rechte Schulter blicken.»
Sie probierte dies sofort aus und rief plötzlich:
«Ich glaube wahrhaftig, da drüben sitzt die alte Jane Marple! Dachte, sie sei schon vor Jahren gestorben. Sieht aus wie hundert.»
Colonel Luscombe zeigte sich wenig interessiert. Im Bertrams gab es immer ein paar aufgeplusterte alte Katzen, wie er sie nannte.
Lady Selina fuhr fort:
«Das ist hier der einzige Ort in London, wo man noch Muffins bekommen kann. Richtige Muffins. Weißt du, als ich im letzten Jahr in Amerika war, hatten sie dort etwas auf der Frühstückskarte, was sie als Muffins bezeichneten. Waren gar keine richtigen Muffins. Eine Art Teegebäck mit Rosi-

nen drin. Und sie unterstehen sich, so etwas Muffins zu nennen!»

Sie schob den letzten gebutterten Bissen in den Mund und blickte sich um. Henry erschien sofort auf der Bildfläche. Nicht rasch oder hastig. Er war einfach plötzlich da.

«Sonst noch was gefällig, Mylady? Einen Kuchen vielleicht?»

«Kuchen?» Lady Selina ließ sich den Vorschlag durch den Kopf gehen.

«Wir haben einen sehr guten Kümmelkuchen, Mylady. Ich kann ihn empfehlen.»

«Kümmelkuchen? Den habe ich seit *Jahren* nicht mehr gegessen. Ist es richtiger Kümmelkuchen?»

«O ja, Mylady. Die Köchin hat ein uraltes Rezept. Er wird Ihnen schmecken, davon bin ich überzeugt.»

Henry warf einem seiner Hilfskellner einen Blick zu, und der Bursche machte sich auf den Weg, um Kümmelkuchen zu holen.

«Du bist wohl in Newbury gewesen, Derek?»

«Ja. Verflixt kalt. Ich habe die letzten beiden Rennen nicht abgewartet. Ein Unglückstag. Harrys Stute taugte nichts.»

«Das habe ich mir gedacht. Wie lief Swanhilda?»

«Wurde vierte.» Luscombe erhob sich. «Muß mich jetzt um mein Zimmer kümmern.»

Er ging durch die Halle zum Empfang. Unterwegs ließ er seine Blicke über die Tische und Gäste schweifen und stellte fest, daß erstaunlich viele Menschen ihren Tee hier einnahmen. Ganz wie in früheren Zeiten. Tee als richtige Mahlzeit war seit dem Krieg so ziemlich aus der Mode gekommen. Aber offenbar nicht im Bertrams. Wer waren denn eigentlich alle diese Leute? Zwei Stiftsherren und der Dekan von Chislehampton. Ja, und noch ein Paar gamaschenbekleideter Beine da hinten in der Ecke, ein Bischof, tatsächlich! Einfache Vikare waren selten. Man muß schon mindestens ein Kanonikus sein, um sich das Bertrams leisten zu können, dachte er. Gewöhnliche Geistliche vermochten es bestimmt nicht, die armen Teufel. Überhaupt wunderte er sich im stillen, wie in aller Welt Menschen wie die alte Selina Hazy es fertigbrachten. Sie hatten doch nur ein geringes jährliches Einkommen. Und dann die alte Lady Berry und Mrs. Posselthwaite von Somerset und Sybil Kerr – alle arm wie Kirchenmäuse.

Während er sich dies alles noch durch den Kopf gehen ließ, erreichte er die Anmeldung und wurde von der Empfangsdame, Miss Gorringe, liebenswürdig begrüßt. Sie kannte jeden einzelnen Gast und vergaß niemals ein Gesicht. Sie sah wie eine Vogelscheuche aus, war aber durchaus respektabel. Gekräuseltes gelbliches Haar – wahrscheinlich mit einer altmodischen Brennschere bearbeitet –, schwarzseidenes Kleid, üppiger Busen, auf dem ein großes goldenes Medaillon und eine Kameenbrosche ruhten.

«Nummer 14», sagte Miss Gorringe. «Ich glaube, Sie hatten vierzehn das letzte Mal, Colonel Luscombe, und das Zimmer gefiel Ihnen. Es ist ruhig.»

«Wie Sie es fertigbringen, sich immer an diese Einzelheiten zu erinnern, ist mir schleierhaft, Miss Gorringe.»

«Es liegt uns sehr daran, daß unsere alten Freunde sich bei uns wohl fühlen.»

«Komme mir immer wie in die alten Zeiten versetzt vor. Nichts scheint sich hier geändert zu haben.»

Er brach ab, als Mr. Humfries aus seinen Privaträumen heraustrat, um ihn zu begrüßen.

Mr. Humfries wurde von Uneingeweihten oft für Mr. Bertram selbst gehalten. Aber wer eigentlich Mr. Bertram war oder ob ein Mr. Bertram überhaupt je existiert hatte, das wußte man nicht. Das Bertrams bestand seit etwa 1840, aber niemanden hatte es interessiert, seiner Geschichte nachzuspüren. Es war einfach da, eine handfeste Wirklichkeit. Wenn Mr. Humfries mit Mr. Bertram angeredet wurde, korrigierte er dies niemals. Wenn sie wünschten, daß er Mr. Bertram sei, gut, dann war er eben Mr. Bertram. Colonel Luscombe kannte seinen Namen, obgleich er nicht wußte, ob Humfries der Direktor oder der Eigentümer war.

Mr. Humfries war ein Mann von etwa fünfzig Jahren. Er besaß sehr gute Manieren und die Erscheinung eines jüngeren

Ministers. Man konnte mit ihm über alles reden: Pferderennen, Kricket, Außenpolitik, er wußte Anekdoten über die Mitglieder des Königshauses und erteilte Auskünfte über die Automobilschau; er kannte die interessantesten Bühnenstücke, die im Augenblick gespielt wurden, und er konnte den Amerikanern sagen, was in England wirklich sehenswert war, gleichgültig wie kurz ihr Aufenthalt auch sein mochte. Er wußte zuverlässig Bescheid, wo man – je nach Geldbeutel und Geschmack – am besten speisen konnte. Trotz alledem war er nicht für Hinz und Kunz da; er machte sich rar. Miss Gorringe war über all diese Dinge genauso informiert und stand mit Rat und Tat zur Verfügung. In kurzen Abständen tauchte Mr. Humfries sonnengleich am Horizont auf und schmeichelte einem Gast durch seine persönliche Aufmerksamkeit.

Heute traf Colonel Luscombe diese Ehre. Sie tauschten ein paar unverbindliche Bemerkungen über das Pferderennen aus, aber Colonel Luscombe war in Gedanken bei einem anderen Problem. Und hier war der Mann, der ihm die Lösung verschaffen konnte.

«Nun sagen Sie mir eines, Humfries, wie bringen es alle diese guten alten Leutchen nur fertig, sich hier bei Ihnen einzumieten?»

«Aha, darüber haben Sie sich also den Kopf zerbrochen?» Mr. Humfries schien belustigt. «Nun, die Antwort ist ganz einfach. Sie können es sich nicht leisten. Es sei denn . . .»

Er hielt inne.

«Es sei denn, Sie räumen ihnen Vorzugspreise ein. Stimmt's?»

«Mehr oder weniger. Sie wissen gewöhnlich nicht, daß es Vorzugspreise sind. Oder wenn sie es doch merken, führen sie es auf ihre langjährige Anhänglichkeit zum Haus zurück.»

«Aber das ist nicht der wahre Grund?»

«Nun, Colonel Luscombe, ich führe schließlich ein Hotel und könnte es mir nicht leisten, tatsächlich Geld dabei zuzusetzen.»

«Aber wie kann sich dieses Entgegenkommen bezahlt machen?»
«Es ist eine Frage der Atmosphäre ... Fremde, die dieses Land besuchen, insbesondere wohlhabende Amerikaner, haben ihre eigenen, ziemlich merkwürdigen Vorstellungen von England. Wohlgemerkt, ich spreche nicht von den reichen Industriekapitänen, die ständig den Atlantik überqueren, um ihre Geschäfte abzuwickeln. Sie steigen gewöhnlich im Savoy oder im Dorchester ab; sie verlangen moderne Ausstattung, amerikanische Gerichte – kurz – sie wollen sich wie zu Hause fühlen. Aber es gibt viele Menschen, die nur gelegentlich ins Ausland fahren und von unserem Land eine ganz bestimmte Vorstellung haben! Also reisen sie hinterher wieder heim und sagen: ‹Es gibt ein wundervolles Fleckchen in London, und das ist Bertrams Hotel. Man kommt sich vor, als sei man hundert Jahre zurückversetzt, es ist dort wie im alten England! Und die Menschen, die da wohnen! Menschen, denen man sonst nirgendwo auf der Welt begegnen würde. Würdige alte Herzoginnen. Und sie bringen alle die echten englischen Gerichte auf den Tisch, zum Beispiel eine hervorragende Beefsteak-Pastete nach altem Rezept! So etwas Gutes hast du noch nie gegessen. Und große Lendensteaks und Hammelrücken gibt es, einen richtig altmodischen englischen Nachmittagstee und ein wunderbares englisches Frühstück. Außerdem natürlich noch alle die üblichen Dinge. Und es ist herrlich komfortabel. *Und* warm. Riesige Kohlenfeuer.›»
Mr. Humfries beendete seine Darbietung und ließ sich dazu herab, seinen Mund zu einem kleinen Grinsen zu verziehen.
«So liegt die Sache also», sagte Luscombe nachdenklich.
«Alle diese Leute – dekadente Aristokraten, verarmte Mitglieder der alten Großgrundbesitzerfamilien – liefern sozusagen nur das Bühnenbild, ja?»
Mr. Humfries nickte zustimmend.
«Ich wundere mich eigentlich, daß sonst noch niemand auf den Gedanken gekommen ist. Natürlich habe ich das Bertrams sozusagen fix und fertig vorgefunden. Außer einer

ziemlich kostspieligen Modernisierung war nichts weiter erforderlich – die Instandsetzung nach dem Krieg schlug nicht weiter zu Buche. Alle Leute, die hierherkommen, bilden sich ein, eine Entdeckung gemacht zu haben, von der niemand anders weiß.»

«Die Modernisierung», meinte Luscombe, «war wohl wirklich recht teuer, nicht wahr?»

«O ja. Das Hotel muß antiquiert *wirken*, aber gleichzeitig den modernen Komfort besitzen, der uns heutzutage als selbstverständlich erscheint. Unsere alten Leutchen – wenn Sie mir diese Bezeichnung verzeihen wollen – müssen das Gefühl haben, daß sich seit der Jahrhundertwende nichts geändert hat, und unsere Gäste aus Übersee müssen spüren, daß ihnen eine stilechte Umgebung und zugleich alle zivilisatorischen Errungenschaften geboten werden, die sie zu Hause gewohnt sind und ohne die sie nicht leben können!»

«Manchmal etwas schwierig, nicht wahr?» meinte Luscombe.

«Nicht so sehr. Nehmen wir zum Beispiel die Zentralheizung. Die Amerikaner verlangen – brauchen, möchte ich sagen – mindestens zehn Grad Fahrenheit mehr als die Engländer. Wir haben also tatsächlich zwei ganz verschiedene Typen von Hotelzimmern. Die Engländer stecken wir in die eine Sorte, die Amerikaner in die andere. Die Zimmer sehen alle gleich aus, aber in Wirklichkeit sind sie ziemlich verschieden – elektrische Rasierapparate und Duschen neben den Wannen in einigen der Badezimmer. Und wenn ein amerikanisches Frühstück verlangt wird, so ist es da – Cornflakes, eisgekühlter Orangensaft und alles, was sonst noch so dazugehört; wenn aber jemand ein englisches Frühstück vorzieht, so wird eben das serviert.»

«Eier und Speck?»

«Ganz recht – aber noch weit mehr als das, wenn Sie es wünschen. Geräucherte Salzheringe, Nieren mit Speck, kaltes Waldhuhn, York-Schinken, Oxford-Marmelade.»

«Morgen früh muß ich es ausprobieren. So etwas gibt's zu Hause schon lange nicht mehr.»

Humfries lächelte.
«Wir bemühen uns, den Leuten alles zu bieten, wonach sie verlangen.»
«Einschließlich Kümmelkuchen und Muffins – ja, ich verstehe. Jedem nach seiner Fasson – verstehe ... ganz marxistisch.»
«Wie bitte?»
«Ein flüchtiger Gedanke, Humfries. Gegensätze ziehen sich an.» Colonel Luscombe wandte sich ab und nahm den Schlüssel, den Miss Gorringe ihm reichte. Ein Page sprang herbei und geleitete ihn zum Fahrstuhl. Im Vorbeigehen sah Colonel Luscombe, daß Lady Selina Hazy jetzt bei ihrer Freundin Jane Sowieso saß.

2

«Und du lebst immer noch in diesem reizenden St. Mary Mead, nicht wahr?» fragte Lady Selina gerade. «Solch ein entzückendes, unverdorbenes Dorf! Ich denke oft daran zurück. Es ist sicher noch genauso wie früher, ja?»
«Nun, nicht ganz.» Miss Marple dachte an gewisse Veränderungen ihres Wohnorts. Die neue Siedlung. Die Vergrößerung des Gemeindesaals und das veränderte Aussehen der Hauptstraße mit ihren modernen Ladenfassaden. Sie seufzte. «Aber man muß sich wohl mit dem Wandel abfinden.»
«Fortschritt», bemerkte Lady Selina. «Obwohl es in meinen Augen oft kein Fortschritt ist. Wenn ich nur an alle diese eleganten Toiletteneinrichtungen denke! In sämtlichen Farben und Ausführungen – aber kann man richtig *ziehen*? Oder *drücken*? Jedesmal wenn man Freunde besucht, findet man im Klo irgendeinen Hinweis – ‹Kräftig drücken und loslassen›, ‹Nach *links* ziehen›, ‹*Rasch* loslassen›. In der guten alten Zeit zog man einfach an einem Griff, und *sofort* schoß eine Unmenge von Wasser hervor. – Da ist ja unser lieber Bischof

von Medmenham», unterbrach sich Selina, als ein gutaussehender älterer Geistlicher vorbeiging. «Praktisch blind, glaube ich. Aber solch ein glänzender, *kämpferischer* Priester.»
Damit kam es zu einer kurzen Plauderei über die Geistlichkeit, die hin und wieder unterbrochen wurde, wenn Lady Selina verschiedene Freunde und Bekannte zu erkennen glaubte, von denen viele gar nicht die Menschen waren, für die sie sie hielt. Sie und Miss Marple sprachen auch ein wenig über die «alten Tage», obgleich Miss Marple natürlich eine ganz andere Erziehung genossen hatte als Lady Selina und ihre gemeinsamen Erinnerungen sich hauptsächlich auf die paar Jahre beschränkten, als Lady Selina, gerade verwitwet und in sehr bescheidenen Verhältnissen lebend, ein kleines Haus im Dorf St. Mary Mead gemietet hatte, um in der Nähe ihres zweiten, auf einem nahebei gelegenen Flugplatz stationierten Sohnes zu sein.
«Wohnst du immer hier, wenn du nach London kommst, Jane? Merkwürdig, daß ich dich noch nie hier getroffen habe.»
«Aber nein. Das könnte ich mir gar nicht leisten. Außerdem verreise ich jetzt nur noch selten. Nein, eine Nichte von mir kam auf den reizenden Gedanken, mir mit einer Einladung nach London eine Freude zu machen. Joan ist ein sehr gutmütiges Mädchen – eigentlich wohl kaum mehr ein Mädchen.» Miss Marple ging es durch den Kopf, daß Joan mittlerweile fast fünfzig sein mußte. «Sie ist Malerin, weißt du. Eine ziemlich bekannte sogar. Joan West. Vor gar nicht so langer Zeit fand eine Ausstellung ihrer Bilder statt.»
Lady Selina hatte wenig Interesse an Malern und allem, was mit Kunst zu tun hatte. Sie betrachtete Schriftsteller, Musiker und andere Künstler gewissermaßen als kluge dressierte Tiere und war bereit, ihnen gegenüber Nachsicht walten zu lassen.
«So moderner Kram, nehme ich an», sagte sie, während ihre Augen umherwanderten. «Da drüben ist Cecily Longhurst – hat offensichtlich wieder ihr Haar gefärbt.»

«Ich fürchte, die liebe Joan ist tatsächlich ziemlich modern.»
Hier irrte sich Miss Marple entschieden. Joan West war vor etwa zwanzig Jahren avantgardistisch gewesen, wurde jetzt jedoch von den jungen arrivierten Künstlern als völlig altmodisch betrachtet.
Nach einem kurzen Blick auf Cecily Longhursts Haar schwelgte Miss Marple wieder in angenehmer Erinnerung an Joans Freundlichkeit. Joan hatte tatsächlich zu ihrem Mann gesagt: «Ich wollte, wir könnten etwas für die arme alte Tante tun. Sie kommt gar nicht mehr aus dem Haus. Glaubst du, sie möchte ein paar Wochen nach Bournemouth?»
«Das ist wirklich eine gute Idee», hatte Raymond West erwidert. Sein letztes Buch war sehr erfolgreich gewesen und er dementsprechend in Geberlaune.
«Ihre Reise nach Westindien hat ihr, glaube ich, gut gefallen. Ein Jammer nur, daß sie in einen Mordfall verwickelt wurde. Nicht gut in ihrem Alter.»
«So etwas scheint ihr aber dauernd zuzustoßen.»
Raymond hatte seine alte Tante sehr gern, und er überlegte immer wieder, womit er ihr eine Freude machen könnte. Daß sie viele seiner Vorschläge höflich ablehnte, erstaunte ihn, und so hegte er auch manchmal den Verdacht, daß sie die Bücher, die er ihr hin und wieder schenkte und von denen sie erklärte, sie seien «sehr interessant», in Wirklichkeit gar nicht gelesen hatte. Aber das war wohl darauf zurückzuführen, daß ihre Augen nachließen.
Diese Vermutung war allerdings ein gewaltiger Irrtum. Miss Marple besaß eine für ihr Alter bewundernswerte Sehschärfe und nahm in diesem Augenblick alles, was um sie vorging, mit wachem Interesse und großem Vergnügen wahr.
Als Joan ihr einen mehrwöchigen Aufenthalt in einem der besten Hotels in Bournemouth anbot, hatte sie zögernd gemurmelt: «Das ist sehr, sehr freundlich von dir, mein liebes Kind, aber ich glaube wirklich nicht . . .»
«Es würde dir so gut tun, Tante Jane. Man muß hin und wie-

der mal aus seinen vier Wänden heraus. Das gibt einem neue Ideen.»
«O ja, da hast du ganz recht; ich möchte wirklich gern mal wieder wegfahren. Aber vielleicht nicht gerade nach Bournemouth.»
Joan war ein wenig überrascht. Sie hatte wohl angenommen, Bournemouth sei Tante Janes Wunschtraum.
«Dann vielleicht Eastbourne? Oder Torquay?»
«Was ich wirklich möchte . . .» Miss Marple zögerte.
«Ja?»
«Du wirst es sicher für recht töricht von mir halten.»
«Nein, ganz gewiß nicht.»
«Ich würde gern nach London fahren und in Bertrams Hotel wohnen.»
«Bertrams Hotel?» Der Name kam ihr irgendwie bekannt vor.
Die Worte sprudelten förmlich aus Miss Marple hervor.
«Ich war einmal dort – als ich vierzehn war. Mit meiner Tante und meinem Onkel. Onkel Thomas nämlich, er war Stiftsherr von Ely. Und ich habe es nie vergessen. Wenn ich dort noch einmal hin könnte . . . eine Woche würde völlig ausreichen – zwei Wochen wären vielleicht zu kostspielig.»
«Oh, darüber mach dir nur keine Gedanken. Natürlich sollst du hinfahren. Ich hätte es mir eigentlich denken können, daß du gern London besuchen würdest – die Läden und alles. Wir werden ein Zimmer bestellen – wenn Bertrams Hotel noch existiert. So viele Hotels sind ja verschwunden, entweder wurden sie im Krieg ausgebombt oder einfach geschlossen.»
«Nein, ich weiß zufällig, daß dieses Hotel noch in Betrieb ist. Ich habe einen Brief von dort bekommen – von meiner amerikanischen Freundin Amy McAllister aus Boston. Sie und ihr Mann hatten im Bertrams logiert.»
«Gut, dann werde ich alles Nötige veranlassen.» Sanft fügte sie hinzu: «Ich fürchte nur, du wirst das Hotel sehr verändert finden seit jenen Tagen. Hoffentlich bist du nicht zu sehr enttäuscht.»

Doch Bertrams Hotel hatte sich nicht verändert. Es war noch genauso wie früher. Fast ein Wunder, dachte Miss Marple. Tatsächlich kam es ihr etwas merkwürdig vor . . .
Es schien wirklich zu schön, um wahr zu sein. Jetzt, als sie so dasaß, lebte auf seltsame Weise ihre Jugend wieder auf – Jane Marple, dieses lebenslustige junge Mädchen mit dem rosigen Teint . . . ein ziemlich törichtes Geschöpf in vieler Beziehung . . . ach, wer war denn noch gleich der recht unpassende junge Mann, dessen Name – oh, du liebe Güte, sie konnte sich nicht einmal mehr darauf besinnen! Wie weise von ihrer Mutter, daß sie diese Freundschaft so entschlossen im Keim erstickt hatte. Jahre später war sie ihm wieder begegnet – und er war wirklich ganz schrecklich! Damals aber hatte sie sich mindestens eine Woche lang jeden Abend in den Schlaf geweint!
Heutzutage natürlich – ihre Gedanken wandten sich der Gegenwart zu. Diese armen jungen Dinger. Manche von ihnen hatten zwar Mütter, aber selten solche, die etwas taugten – Mütter, die völlig unfähig waren, ihre Töchter vor törichten Affären, unehelichen Kindern und frühen, unheilvollen Ehen zu bewahren. Es war alles sehr traurig.
Die Stimme ihrer Freundin unterbrach diese Betrachtungen.
«Nun, da hört sich doch alles auf! Da drüben sitzt – ja, tatsächlich – Bess Sedgwick! Ausgerechnet hier . . .»
Miss Marple hatte nur mit halbem Ohr auf Lady Selinas Bemerkungen über ihre Umgebung gehört. Da sie und Miss Marple in ganz verschiedenen Kreisen verkehrten, war Miss Marple nicht in der Lage gewesen, skandalöse Gerüchte über die verschiedenen Freunde und Bekannten auszutauschen, die Lady Selina angeblich erkannte.
Aber Bess Sedgwick – das war ein Name, der fast jedem in England ein Begriff war. Über dreißig Jahre lang hatte nun die Presse über diese oder jene unerhörte oder außergewöhnliche Leistung berichtet, die Bess Sedgwick vollbracht hatte. Während des Krieges war sie in der französischen Widerstandsbewegung gewesen, und es hieß, sie habe sechs Kerben auf dem Griff ihres Revolvers. Vor Jahren hatte sie

im Alleinflug den Atlantik überquert, und hoch zu Pferd Europa durchmessen – bis zum Van-See. Sie hatte Rennwagen gefahren und einmal zwei Kinder aus einem brennenden Haus gerettet. Sie war mehrere rühmliche und weniger rühmliche Ehen eingegangen, und sie stand auf der Liste der bestgekleideten Frauen Europas. Auch wurde behauptet, sie habe sich an Bord eines Atomunterseebootes geschmuggelt und dessen Probefahrt mitgemacht.

Miss Marple richtete sich daher sehr interessiert auf und sah zu ihr hinüber.

Was sie auch von Bertrams Hotel erwartet haben mochte, sie hatte gewiß nicht damit gerechnet, Bess Sedgwick unter den Gästen zu finden. Ein teurer Nachtklub oder ein Rasthaus für Lastwagenfahrer, gar eine Spelunke in Soho – so etwas hätte durchaus Bess Sedgwicks vielseitigen Neigungen entsprochen. Aber in diesem höchst biederen, altmodischen Hotel schien sie merkwürdig fehl am Platz.

Dennoch war sie hier – darüber bestand kein Zweifel. Es verging kaum ein Monat, ohne daß Bess Sedgwicks Gesicht in den Modezeitschriften oder Boulevardblättern erschien. Da saß sie höchstpersönlich und rauchte mit hastigen, ungeduldigen Zügen eine Zigarette, während sie fast erstaunt auf das große vor ihr stehende Teetablett starrte. Was hatte sie bestellt? Miss Marple kniff die Augen zusammen und blickte scharf hin – der Tisch war ziemlich weit entfernt – ja, es waren Krapfen. Sehr interessant.

Während Miss Marple sie beobachtete, drückte Bess Sedgwick ihre Zigarette in der Untertasse aus, griff nach einem Krapfen und biß kräftig hinein. Tiefrote, echte Erdbeermarmelade quoll heraus und lief ihr über das Kinn. Bess warf den Kopf in den Nacken und lachte – eines der lautesten und heitersten Geräusche, die man seit geraumer Zeit in der Halle von Bertrams Hotel gehört hatte.

Henry stand sofort bereit und reichte ihr eine kleine, zierliche Serviette. Bess nahm sie, rieb sich energisch wie ein Schuljunge das Kinn ab und rief: «Das nenne ich einen *echten* Krapfen. Prachtvoll!»

Sie ließ die Serviette auf das Tablett fallen und stand auf. Wie üblich waren aller Augen auf sie gerichtet. Daran war sie gewöhnt. Vielleicht gefiel es ihr, vielleicht bemerkte sie es auch gar nicht mehr. Es lohnte sich, ihr nachzusehen – sie war eher eine auffallende Erscheinung als eine schöne Frau. Das platinblonde Haar fiel ihr glatt und glänzend bis auf die Schultern. Kopf und Gesicht waren klassisch geschnitten, ihre Nase leicht gebogen, und sie hatte tiefliegende graue Augen. Ihr breiter Mund verriet das heitere Naturell. Ihr Kleid war so verblüffend einfach, daß die meisten Männer stutzten. Es wirkte wie grobe Sackleinwand, hatte keinerlei Verzierungen und keine sichtbaren Verschlüsse oder Nähte. Die Frauen im Bertrams jedoch erkannten sofort, daß es ein Heidengeld gekostet hatte.
Als sie mit großen Schritten durch die Halle auf den Lift zustrebte, kam sie dicht an Lady Selina und Miss Marple vorbei und nickte Lady Selina zu.
«Guten Tag, Lady Selina. Habe Sie seit Crufts Hundeschau nicht mehr gesehen. Was machen die Barsois?»
«Was in aller Welt tun Sie denn hier, Bess?»
«Habe mir hier ein Zimmer genommen. Ich bin gerade von Land's End hergefahren. In drei viertel Stunden. Nicht übel.»
«Sie werden sich eines Tages noch umbringen. Oder jemanden anders.»
«Oh, hoffentlich nicht.»
«Aber warum wohnen Sie in *diesem* Hotel?»
Bess Sedgwick schien den Sinn der Frage zu verstehen und quittierte sie mit einem ironischen Lächeln.
«Jemand empfahl es mir, und ich glaube, der Rat war gut. Ich habe gerade den wunderbarsten Krapfen verzehrt.»
«Liebes Kind, sie haben auch *richtige* Muffins.»
«Muffins», wiederholte Lady Sedgwick nachdenklich. «Ach . . . Muffins!»
Sie nickte und ging weiter zum Lift.
«Ungewöhnliches Mädchen», bemerkte Lady Selina. Für sie, wie auch für Miss Marple, war jede Frau unter sechzig ein

Mädchen. «Habe sie schon als Kind gekannt. Niemand konnte etwas mit ihr anfangen. Lief mit einem irischen Reitknecht davon, als sie sechzehn war. Es gelang ihnen, sie rechtzeitig zurückzuholen – oder vielleicht auch nicht rechtzeitig. Jedenfalls haben sie ihm eine Abfindung gezahlt und sie sicher verheiratet, mit dem alten Coniston – dreißig Jahre älter als sie, gräßlicher Wüstling und ganz verrückt nach ihr. Das hat nicht lange gehalten. Sie brannte mit Johnnie Sedgwick durch. Das wäre vielleicht eine dauerhafte Verbindung geworden, wenn er sich nicht bei einem Hindernisrennen den Hals gebrochen hätte. Danach heiratete sie Ridgway Becker, den amerikanischen Jachtbesitzer. Er ließ sich vor drei Jahren von ihr scheiden, und wie ich höre, ist sie jetzt mit einem Rennfahrer zusammen – einem Polen oder so. Ich weiß nicht, ob sie ihn tatsächlich geheiratet hat. Nach der Scheidung von dem Amerikaner nahm sie wieder den Namen Sedgwick an. Sie verkehrt mit den merkwürdigsten Leuten. Man munkelt, daß sie Rauschgift nimmt ... ich weiß es wirklich nicht.»

«Man fragt sich, ob sie wirklich glücklich ist», meinte Miss Marple.

Lady Selina, die sich diese Frage offensichtlich niemals gestellt hatte, blickte ziemlich bestürzt drein.

«Sie hat Geld wie Heu, nehme ich an», sagte sie ein wenig unsicher. «Unterhaltszahlungen und dergleichen. Natürlich bedeutet das nicht alles ...»

«Ganz gewiß nicht.»

«Und sie hat gewöhnlich einen Mann – oder sogar mehrere – im Schlepptau.»

«So?»

«Für manche Frauen, wenn sie in die Jahre kommen, ist das der Inbegriff ihrer Wünsche ... Aber irgendwie ...» Sie hielt inne.

«Nein», sagte Miss Marple. «*Ich* glaube das auch nicht.»

Manche Leute hätten mit sanftem Spott über diese Äußerung einer alten Dame gelächelt. Aber Lady Selina akzeptierte ihre Meinung als eine Bestätigung der eigenen.

«Sehr viele Männer haben in ihrem Leben eine Rolle gespielt», betonte sie.
«O ja», erwiderte Miss Marple, «aber ich möchte wohl sagen, daß Männer für sie ein Abenteuer und keine Notwendigkeit sind. Meinst du nicht auch?»
Und würde wohl irgendeine Frau, fragte sich Miss Marple, in Bertrams Hotel kommen, um sich mit einem Mann zu treffen? Dazu war das Bertrams ganz entschieden nicht der geeignete Ort. Doch für eine Frau von Bess Sedgwicks Temperament mochte gerade das der Grund sein, warum sie es gewählt hatte.
Seufzend blickte sie auf die hübsche Standuhr, die dezent in der Ecke tickte, und erhob sich mit der Behutsamkeit eines unter Rheuma leidenden Menschen. Langsam ging sie auf den Lift zu. Lady Selina ließ ihre Blicke umherschweifen und stürzte sich auf einen älteren Herrn von militärischem Aussehen, der gerade den *Spectator* las.
«Wie schön, Sie hier wiederzusehen. Hm – Sie sind doch General Arlington, nicht wahr?»
Doch mit großer Höflichkeit verneinte der alte Herr, General Arlington zu sein. Lady Selina entschuldigte sich, war aber nicht übermäßig aus der Fassung gebracht. Ihre Kurzsichtigkeit war mit Optimismus verbunden, und da es ihr größtes Vergnügen war, alte Freunde und Bekannte zu treffen, unterliefen ihr dauernd solche Fehler.
Miss Marple lächelte vor sich hin, während sie auf den Lift wartete. Typisch Selina! Immer überzeugt, daß sie jeden kenne. Sie selbst konnte da nicht mithalten. Ihr einziges Aktivum auf diesem Gebiet war der gutaussehende und Gamaschen tragende Bischof von Wetchester gewesen, den sie mit «mein lieber Robbie» angeredet und der ihr ebenso liebevoll geantwortet hatte. Der Lift kam von oben, und der ältere Mann in Uniform öffnete die Tür. Miss Marple war ziemlich überrascht, daß der aussteigende Fahrgast Bess Sedgwick war, die sie erst vor wenigen Minuten hatte hinauffahren sehen.
Aber dann blieb Bess Sedgwick stehen – und starrte so kon-

zentriert über Miss Marples Schulter, daß die alte Dame sich umdrehte.
Der Portier hatte gerade die beiden Schwingtüren beim Eingang aufgestoßen und hielt sie fest, um zwei Damen in die Halle treten zu lassen. Eine von ihnen war eine pedantisch wirkende Frau in mittleren Jahren, die einen ziemlich unpassenden, mit Veilchen geschmückten Hut trug. Die andere war ein großes, einfach, aber elegant gekleidetes Mädchen von etwa siebzehn oder achtzehn Jahren mit langem, glattem, flachsblondem Haar.
Bess Sedgwick riß sich zusammen, kehrte um und betrat wieder den Lift. Als Miss Marple ihr folgte, wandte sie sich ihr zu und entschuldigte sich.
«Verzeihen Sie bitte. Ich hätte Sie beinahe umgerannt.» Sie hatte eine warme, freundliche Stimme. «Es ist mir gerade eingefallen, daß ich etwas vergessen habe . . .»
«Zweiter Stock?» fragte der Fahrstuhlführer. Miss Marple nahm lächelnd die Entschuldigung entgegen, stieg wieder aus und ging langsam zu ihrem Zimmer, indem sie vergnügt verschiedene kleine Probleme wälzte, wie das so ihre Gewohnheit war.
Zum Beispiel: Was Lady Sedgwick gesagt hatte, stimmte nicht. Sie war gerade erst auf ihr Zimmer gegangen, und dort mußte ihr eingefallen sein, daß sie «etwas vergessen» hatte (wenn überhaupt etwas Wahres an dieser Äußerung war), und sie war dann nach unten gefahren, um es zu holen. Oder war sie vielleicht nach unten gekommen, um jemanden zu treffen oder nach jemandem Ausschau zu halten? Jedenfalls hatte sie der Anblick, der sich ihr beim Öffnen der Lifttür bot, so in Aufregung versetzt, daß sie sofort wieder umkehrte und nach oben fuhr, um die Person *nicht* zu treffen, die sie gesehen hatte.
Es mußten die beiden Neuankömmlinge gewesen sein. Die ältere Frau und das Mädchen. Waren es Mutter und Tochter? Nein, überlegte Miss Marple, *nicht* Mutter und Tochter.
Selbst in Bertrams Hotel, dachte Miss Marple, können glücklicherweise interessante Dinge geschehen . . .

3

«Hm – ist Colonel Luscombe hier?»
Die Dame mit dem Veilchenhut stand beim Empfang. Miss Gorringe lächelte ihr freundlich zu, und ein dienstbeflissener Page wurde sofort losgeschickt, brauchte aber nicht weit zu gehen, da Colonel Luscombe selbst in diesem Augenblick die Halle betrat und rasch zur Rezeption eilte.
«Guten Tag, Mrs. Carpenter.» Er drückte ihr höflich die Hand und wandte sich dann dem Mädchen zu. «Meine liebe Elvira.» Liebevoll ergriff er ihre beiden Hände. «Ei, ei, das ist aber schön. Herrlich – herrlich. Komm, wir wollen uns setzen.» Er führte die beiden an einen Tisch und rückte ihnen Stühle zurecht. «Ei, ei, das ist aber schön», wiederholte er.
Es war deutlich zu spüren, welche Anstrengung ihn diese Unterhaltung kostete und daß er sich nicht ganz wohl fühlte in seiner Haut. Er konnte diese Phrase kaum nochmals wiederholen, und die beiden Damen waren nicht sehr hilfreich. Elvira setzte ein liebes Lächeln auf. Mrs. Carpenter kicherte ohne Grund und glättete ihre Handschuhe.
«Gute Reise gehabt, wie?»
«Danke, ja», sagte Elvira.
«Kein Nebel oder dergleichen?»
«O nein.»
«Unser Flugzeug landete fünf Minuten vor der Zeit», bemerkte Mrs. Carpenter.
«Ja, ja. Gut, sehr gut.» Er riß sich zusammen. «Hoffentlich ist dieses Hotel nach Ihrem Geschmack?»
«Oh, es ist wirklich *sehr* nett», erwiderte Mrs. Carpenter begeistert, während sie ihre Blicke umherwandern ließ. «Sehr behaglich.»
«Leider ziemlich altmodisch», sagte der Colonel, gleichsam als Entschuldigung. «Alte Käuze in rauhen Mengen. Keine – hm – Tanzvergnügen oder dergleichen.»
«Nein, wahrscheinlich nicht», meinte Elvira.
«Es ist ja nur für zwei Nächte», fuhr Colonel Luscombe fort. «Ich hatte mir gedacht, wir könnten heute abend ins Theater

gehen. Ein Musical –» er sprach das Wort etwas unsicher aus, als wüßte er nicht genau, ob er den richtigen Ausdruck gebrauchte. «*Let Down Your Hair, Girls.* Hoffentlich habe ich das Richtige getroffen.»
«Wie entzückend!» rief Mrs. Carpenter. «Das wird aber ein Vergnügen werden, nicht wahr, Elvira?»
«Wunderbar», sagte Elvira tonlos.
«Und hinterher Abendessen? Im Savoy?»
Ein erneuter Begeisterungsausbruch von Mrs. Carpenter. Colonel Luscombe warf Elvira einen verstohlenen Blick zu und faßte wieder Mut. Er hatte den Eindruck, daß Elvira zufrieden, aber durchaus entschlossen war, in Mrs. Carpenters Gegenwart nicht mehr als höfliche Zustimmung auszudrükken. Und ich kann's ihr nicht übelnehmen, dachte er bei sich.
Dann wandte er sich an Mrs. Carpenter.
«Vielleicht möchten Sie sich gern mal die Zimmer ansehen – prüfen, ob alles in Ordnung ist . . .»
«Oh, davon bin ich völlig überzeugt.»
«Nun, wenn irgend etwas nicht ganz nach Wunsch ist, lassen wir es ändern. Man kennt mich hier sehr gut.»
Miss Gorringe, die hinter dem Empfangstisch saß, war liebenswürdig und zuvorkommend. Nr. 28 und 29 im zweiten Stock mit anschließendem Bad.
«Ich werde mal hinaufgehen und unsere Sachen auspacken», erklärte Mrs. Carpenter. «Sie, Elvira, möchten sich sicher gern ein bißchen mit Colonel Luscombe unterhalten.»
Taktvoll, dachte Colonel Luscombe. Etwas deutlich vielleicht, aber jedenfalls waren sie sie eine Weile los. Worüber er allerdings mit Elvira plaudern sollte, entzog sich seiner Kenntnis.
Er fragte Elvira, ob sie etwas trinken möchte. Er wollte gerade Zitronenlimonade, Ingwerbier oder Orangeade vorschlagen, doch Elvira kam ihm zuvor.
«Vielen Dank. Ich möchte gern einen Gin mit Wermut.»
Colonel Luscombe warf ihr einen etwas zweifelnden Blick zu. Mädchen in ihrem Alter – wie alt war sie eigentlich,

sechzehn, siebzehn? – mußten ja wohl schon Gin mit Wermut trinken. Und er beruhigte sich damit, daß Elvira in gesellschaftlicher Beziehung durchaus auf der Höhe war. Er bestellte also einen Gin mit Wermut und einen trockenen Sherry.
Dann räusperte er sich und fragte:
«Wie war's in Italien?»
«Danke, sehr schön.»
«Und die Dame, bei der du untergebracht warst, die Contessa Sowieso? Nicht allzu streng?»
«Sie war ziemlich streng. Aber ich habe mir nicht viel daraus gemacht.»
Er blickte sie an, nicht ganz sicher, wie er die Antwort verstehen sollte.
Ein wenig stammelnd, doch mit mehr Natürlichkeit, als er bisher aufgebracht hatte, sagte er:
«Leider kennen wir uns nicht so gut, wie es eigentlich sein sollte, wo ich doch dein Vormund und auch dein Patenonkel bin. Schwierig für mich, weißt du – äußerst schwierig für so einen alten Mann wie mich –, zu wissen, was ein Mädchen gern möchte – wenigstens – ich meine, was für ein Mädchen angebracht ist. Schulen und dann nach der Schulzeit – ein Pensionat, wie es zu meiner Zeit genannt wurde. Aber heutzutage wird alles wohl ernster genommen. Karriere, wie? Beruf und dergleichen. Wir müssen uns gelegentlich mal über alle diese Fragen unterhalten. Hast du irgendeinen besonderen Wunsch in dieser Richtung?»
«Ich werde wohl eine Handelsschule besuchen», sagte Elvira ohne Begeisterung.
«Ach, du willst also Sekretärin werden?»
«Ich bin nicht gerade versessen darauf.»
«Oh – nun, dann . . .»
«Damit fängt man gewöhnlich an», sagte Elvira.
Colonel Luscombe hatte das merkwürdige Gefühl, auf seinen Platz verwiesen worden zu sein.
«Diese Kusinen von mir, die Melfords – glaubst du wohl, daß dir das Leben bei ihnen zusagen wird?»

«O ja, ich glaube schon. Ich mag Nancy sehr gern. Und Mildred ist eine gute Seele.»
«Dann lassen wir es also dabei?»
«Ja, zunächst einmal.»
Colonel Luscombe wußte nicht, was er darauf erwidern sollte. Während er es sich noch überlegte, sprach Elvira weiter.
«Habe ich Geld?»
Wiederum ließ er sich Zeit mit seiner Antwort, wobei er sie nachdenklich und prüfend ansah. Dann sagte er:
«Ja. Du besitzt ziemlich viel Geld. Das heißt, du wirst es haben, wenn du einundzwanzig bist.»
«Und wer hat es jetzt?»
Er lächelte. «Es wird treuhänderisch für dich verwaltet; ein gewisser Betrag wird jährlich von den Zinsen abgezweigt, um deinen Unterhalt und deine Erziehung zu bezahlen.»
«Und du bist der Treuhänder?»
«Einer von ihnen. Wir sind zu dritt.»
«Was geschieht, wenn ich sterbe?»
«Na, na, Elvira, so rasch stirbst du nicht. Was für ein Unsinn!»
«Hoffentlich nicht – aber man kann ja nie wissen, nicht wahr? Erst letzte Woche ist ein Flugzeug abgestürzt, und alle Passagiere waren tot. Ich möchte nur ganz gern erfahren, wer mein Geld bekommt, wenn ich sterbe.»
«Ich habe keinen blassen Schimmer», erwiderte der Colonel gereizt. «Warum willst du das wissen?»
«Es wäre vielleicht interessant», meinte Elvira nachdenklich. «Ich frage mich, ob es sich für jemanden lohnen würde, mich umzubringen?»
«Aber Elvira! Das ist eine höchst sinnlose Unterhaltung. Ich verstehe nicht, wie du auf solche Gedanken kommst. Du denkst doch nicht etwa an die Mafia – oder dergleichen?»
«Ach, nein. Das wäre töricht. Wer bekäme mein Geld, wenn ich verheiratet wäre?»
«Dein Mann, nehme ich an. Aber bitte ...»
«Bist du sicher?»

«Nein, durchaus nicht. Es hängt von dem Testament ab. Aber du bist ja nicht verheiratet. Warum machst du dir also Sorgen?»
Elvira entgegnete nichts darauf. Sie schien in Gedanken versunken. Schließlich schrak sie aus ihrer Grübelei auf und fragte:
«Siehst du meine Mutter manchmal?»
«Nicht sehr oft.»
«Wo ist sie jetzt?»
«Oh – im Ausland.»
«Wo im Ausland?»
«Frankreich – Portugal. Ich weiß es nicht genau.»
«Möchte sie mich denn niemals sehen?»
Sie sah ihm in die Augen. Er wußte nicht, was er darauf erwidern sollte. War dies der Moment, um die Wahrheit zu sagen? Oder sollte man eine ausweichende Antwort geben? Oder war eine dicke Lüge angebracht? Was konnte man einem jungen Mädchen antworten, das eine so schlichte Frage stellte, wenn die Antwort so kompliziert war? Also sagte er:
«Ich weiß es nicht.»
Forschend blickte sie ihn an. Luscombe fühlte sich unbehaglich. Er spürte, daß er die Sache verpfuschte. Das Mädchen mußte sich doch im stillen wundern – ja, das war deutlich zu sehen.
Er sagte: «Du mußt nicht denken – ach, es ist so schwierig zu erklären. Deine Mutter ist, nun, so ganz anders als . . .»
Elvira nickte energisch.
«Ich weiß. Ich lese immer alles, was über sie in den Zeitungen steht. Sie ist etwas ganz Besonderes, nicht wahr? Eigentlich eine ganz wunderbare Frau.»
«Ja», pflichtete ihr der Colonel bei. «Stimmt genau. Das ist sie.» Er hielt einen Augenblick inne und fuhr dann fort: «Aber eine solche Frau ist sehr oft . . .» Er brach ab und begann von neuem: «Es ist nicht immer gut, wenn man eine wunderbare Frau zur Mutter hat. Das kannst du mir glauben; denn es ist die Wahrheit.»

«Du sprichst die Wahrheit nicht immer gern aus, wie? Aber was du eben sagtest, ist tatsächlich wahr.»
Beide starrten auf die großen, messingbeschlagenen Schwingtüren, die nach draußen führten. Plötzlich wurden sie ungestüm aufgestoßen, und ein junger Mann in schwarzer Lederjacke stürmte herein und ging geradewegs zum Empfang.
«Wohnt Lady Sedgwick hier?»
Miss Gorringe fand bei dieser Gelegenheit ein willkommenheißendes Lächeln unangebracht. Ihre Augen blickten kalt. Sie bejahte und streckte dann mit deutlichem Widerwillen die Hand nach dem Telefon aus. «Wünschen Sie, mit ihr . . .»
«Nein», sagte der junge Mann. «Ich möchte nur einen Brief für sie abgeben.»
Er zog ihn aus einer Tasche seiner Lederjacke und schob ihn über den Mahagonitresen.
«Ich wollte mich nur überzeugen, daß dies auch das richtige Hotel ist.»
Seine Stimme klang ein wenig zweifelnd, als er sich im Raum umsah. Dann wandte er sich wieder dem Ausgang zu. Sein Blick wanderte gleichgültig über die herumsitzenden Gäste. Er blieb ausdruckslos, auch als er Luscombe und Elvira streifte. Dann kehrte er wieder zum Empfang zurück und fragte mit leicht erhobener Stimme, als wollte er Miss Gorringes Aufmerksamkeit erregen:
«Welche Telefonnummer haben Sie hier? 1129, nicht wahr?»
«Nein», erwiderte Miss Gorringe, «3925.»
«Regent?»
«Nein. Mayfair.»
Er nickte. Dann ging er mit raschen Schritten auf die Tür zu und trat nach draußen, wobei er die Türen stürmisch hinter sich zuschwingen ließ.
Alle schienen tief durchzuatmen und hatten Mühe, die unterbrochene Unterhaltung wiederaufzunehmen.
«Nun», sagte Colonel Luscombe etwas unbeholfen, als fände er keine Worte. «Ich muß schon sagen, diese jungen Burschen heutzutage . . .»

Elvira lächelte.
«Du hast ihn doch erkannt, nicht wahr?» meinte sie. «Du weißt doch, wer er ist?» Ein geradezu ehrerbietiger Ton lag in ihrer Stimme. «Ladislaus Malinowski.»
«Ach so, *der.*» Der Name war Colonel Luscombe tatsächlich bekannt. «Rennfahrer.»
«Ja. Er war zwei Jahre hintereinander Weltmeister. Vor einem Jahr ist er schwer verunglückt. Hat sich sämtliche Knochen gebrochen. Aber ich glaube, er fährt jetzt wieder.» Sie hob den Kopf und lauschte. «Das ist der Rennwagen, den er jetzt fährt.» Das Aufheulen des Motors war von der Straße bis in die Hotelhalle gedrungen. Colonel Luscombe merkte, daß Ladislaus Malinowski zu Elviras Helden zählte. Nun, dachte er bei sich, besser so jemand als einer dieser Popsänger oder langhaarigen Beatles oder wie sie sich nennen.
Wieder öffneten sich die Schwingtüren. Elvira und Colonel Luscombe blickten erwartungsvoll hoch, doch in Bertrams Hotel waren wieder normale Verhältnisse eingekehrt. Es war nur ein weißhaariger, ältlicher Geistlicher, der von draußen hereinkam. Er blieb einen Augenblick stehen und blickte mit der leicht verwirrten Miene eines Menschen um sich, der nicht verstehen kann, wo er sich befindet und wie er dahingelangt ist. Ein solches Gefühl war für Kanonikus Pennyfather nichts Neues. Es überkam ihn in Eisenbahnzügen, wo er sich nicht entsinnen konnte, woher er gekommen war, wohin er fuhr oder warum er die Reise angetreten hatte! Es überkam ihn plötzlich auf der Straße oder während einer Komiteesitzung. Es hatte ihn auch schon überfallen, wenn er auf der Kanzel stand und nicht wußte, ob er seine Predigt bereits gehalten hatte oder gerade damit beginnen wollte.
«Ich glaube, ich kenne den alten Knaben», bemerkte Luscombe. «Wie heißt er doch gleich? Hält sich hier ziemlich oft auf, glaube ich. Abercrombie? Erzdiakon Abercrombie – nein, Abercrombie ist es nicht, wenn er auch Abercrombie ziemlich ähnlich sieht.»

Elvira ließ ihren Blick gleichgültig auf Kanonikus Pennyfather ruhen. Verglichen mit einem Rennfahrer besaß er überhaupt keine Anziehungskraft. Sie interessierte sich nicht für Geistliche, obgleich sie seit ihrem Aufenthalt in Italien eine gedämpfte Bewunderung für Kardinäle aufbrachte, die ihr wenigstens malerisch erschienen.
Kanonikus Pennyfathers Züge hellten sich auf, und er nickte wohlgefällig mit dem Kopf. Er hatte erkannt, wo er war. In Bertrams Hotel natürlich, wo er ja übernachten wollte auf dem Weg nach – na, wohin war er denn eigentlich unterwegs?
Chadminster? Nein, nein, von Chadminster war er ja gerade gekommen. Er wollte – ach ja, freilich – zu dem Kongreß nach Luzern fahren. Er trat strahlend an die Rezeption und wurde von Miss Gorringe herzlich begrüßt.
«Es freut mich sehr, Sie bei uns willkommen zu heißen, Kanonikus Pennyfather. Wie gut Sie aussehen!»
«Danke – danke – ich hatte eine heftige Erkältung in der letzten Woche, aber jetzt bin ich darüber hinweg. Sie haben sicher ein Zimmer für mich. Ich hatte doch wohl geschrieben?»
Miss Gorringe beruhigte ihn.
«O ja, Kanonikus Pennyfather, Ihren Brief haben wir erhalten. Wir haben Nummer 19 für Sie reserviert – dasselbe Zimmer, das Sie bei Ihrem letzten Besuch hatten.»
«Danke – danke. Einen Augenblick mal – ich brauche das Zimmer für vier Tage. Ich fahre eigentlich nach Luzern und werde eine Nacht nicht hier sein, möchte aber das Zimmer behalten. Die meisten meiner Sachen werde ich hierlassen und nur eine kleine Reisetasche mit in die Schweiz nehmen. Das wird doch wohl ohne Schwierigkeiten gehen, nicht wahr?»
«Es ist alles in bester Ordnung. Sie haben in Ihrem Brief alles sehr deutlich erklärt.»
Mancher hätte vielleicht nicht das Wort «deutlich» gebraucht. «Ausführlich», wäre eher am Platz gewesen, da er bestimmt eine lange Epistel geschrieben hatte.

Kanonikus Pennyfather stieß einen Seufzer der Erleichterung aus und wurde mitsamt seinem Gepäck in Zimmer Nummer 19 befördert.
In Zimmer 28 hatte Mrs. Carpenter ihre Veilchenkrone abgesetzt und breitete sorgfältig ihr Nachthemd über das Kopfkissen aus. Sie blickte auf, als Elvira eintrat.
«Ah, da sind Sie ja, liebes Kind. Soll ich Ihnen beim Auspakken helfen?»
«Nein, danke», erwiderte Elvira höflich. «Ich werde nämlich nicht viel auspacken.»
«Welches der beiden Zimmer hätten Sie gern? Das Bad liegt dazwischen. Ich habe Ihr Gepäck in den anderen Raum bringen lassen. Dort ist es meiner Ansicht nach ruhiger.»
«Das war sehr freundlich von Ihnen», sagte Elvira in ihrem gleichgültigen Tonfall.
«Sind Sie ganz sicher, daß Sie meine Hilfe nicht brauchen?»
«Durchaus. Danke vielmals. Ich glaube, ich nehme erst mal ein Bad.»
«Ja, das ist eine gute Idee. Möchten Sie vor mir baden? Ich möchte erst meine Sachen wegräumen.»
Elivra nickte zustimmend. Sie ging nebenan ins Badezimmer, schloß die Tür hinter sich und schob den Riegel vor. Dann betrat sie ihr eigenes Zimmer, öffnete den Koffer und warf eine paar Sachen aufs Bett. Sie zog sich aus, schlüpfte in einen Morgenmantel, ging ins Bad und drehte die Hähne auf. Dann kehrte sie in ihr Zimmer zurück und setzte sich neben dem Telefon aufs Bett. Sie horchte eine Weile und nahm dann den Hörer ab.
«Hier Zimmer 29. Wollen Sie mich bitte mit Regent 1129 verbinden?»

4

In einem der Räume von Scotland Yard war eine Konferenz im Gange – eine ganz zwanglose Besprechung. Sechs oder sieben Männer saßen in bequemer Haltung um einen Tisch – jeder von ihnen eine Koryphäe auf seinem Gebiet. Das Thema, das die Aufmerksamkeit dieser Hüter des Gesetzes in Anspruch nahm, hatte während der letzten paar Jahre eine ungeheure und ständig zunehmende Bedeutung erlangt. Es betraf eine Art von Verbrechen, die überaus beunruhigende Ausmaße angenomme hatte. Die Zahl großangelegter Raubzüge: Bank- und Eisenbahnüberfälle, Raub von Lohngeldern und Juwelensendungen. Es verging kaum ein Monat, in dem nicht ein kühner Coup unternommen und erfolgreich durchgeführt wurde.

Sir Ronald Graves, Vizepräsident von Scotland Yard, führte den Vorsitz. Wie üblich verlegte er sich mehr aufs Zuhören als aufs Reden. Es wurden bei dieser Gelegenheit keine offiziellen Berichte diskutiert. All das gehörte in den Rahmen der alltäglichen Routinearbeit der Kriminalpolizei. Dies war eine Beratung auf höchster Ebene, ein Austausch von Ideen unter Männern, die solche Angelegenheiten von den verschiedensten Gesichtspunkten aus betrachteten. Sir Ronald Graves ließ seinen Blick langsam über seine kleine Gruppe wandern und nickte dann einem Mann am Ende des Tisches zu.

«Na, Vater», sagte er, «nun lassen Sie mal ein paar treffende Bemerkungen vom Stapel.»

Der mit «Vater» angeredete Mann war Chefinspektor Fred Davy. Er wirkte älter, als er tatsächlich war; daher sein Spitzname «Vater». Er war eine gemütliche, behäbige Erscheinung und besaß ein so wohlwollendes, freundliches Wesen, daß viele Verbrecher unangenehm überrascht waren, wenn sie entdeckten, daß er weniger jovial und leichtgläubig war, als sie gedacht hatten.

«Ja, Vater, lassen Sie uns Ihre Meinung hören», sagte ein anderer Chefinspektor.

«Das Ganze ist groß angelegt», erklärte Chefinspektor Davy mit einem tiefen Seufzer. «Ja, sehr groß. Und möglicherweise wächst es noch.»
«Wenn Sie ‹groß angelegt› sagen, verstehen Sie darunter zahlenmäßig groß?»
«Allerdings.»
Ein anderer Mann, Comstock, mit scharfen, schlauen Zügen und wachsamen Augen mischte sich ein:
«Ist das Ihrer Ansicht nach ein Vorteil für die Organisation?»
«Ja und nein», erwiderte Vater. «Unter Umständen *könnte* es sogar verhängnisvoll werden. Aber bis jetzt haben sie das Glück auf ihrer Seite gehabt, der Teufel hole sie!»
Polizeichef Andrews, ein blonder, schmächtiger, verträumt aussehender Mann, sagte nachdenklich:
«Ich war immer der Ansicht, daß die Größe eine bedeutendere Rolle spielt, als sich die meisten Menschen vorstellen. Betrachten wir einmal ein kleines Ein-Mann-Unternehmen. Wenn es gut geleitet und richtig organisiert ist, wird es sicher Erfolg haben. Wenn es sich ausdehnt und mehr Personal einstellt, erreicht es vielleicht plötzlich eine unwirtschaftliche Größe, und dann geht's bergab. Für jedes Unternehmen gibt es eine angemessene Größe. Innerhalb dieser und unter guter Leitung arbeitet es erstklassig.»
«Für wie groß halten Sie diese Organisation?» fragte Sir Ronald schroff.
«Sie ist größer, als wir zunächst angenommen hatten», entgegnete Comstock.
Ein zäh aussehender Mann, Inspektor McNeill, bemerkte:
«Sie wächst, möchte ich sagen. Vater hat recht. Sie wird von Tag zu Tag größer.»
«Das mag günstig sein für uns», meinte Davy. «Vielleicht dehnt sie sich etwas zu schnell aus, und dann wächst sie ihnen über den Kopf.»
«Die Frage ist, Sir Ronald», sagte McNeill, «wen sollen wir einbuchten und wann?»
«Ein rundes Dutzend könnten wir verhaften», meinte Com-

stock. «Die Harris-Bande ist daran beteiligt, das wissen wir. Dann haben sie einen hübschen kleinen Schlupfwinkel in der Gegend von Luton. Ferner eine Garage in Epsom, ein Gasthaus in der Nähe von Maidenhead und eine Farm an der Great North Road.»

«Lohnt es sich, diese Leute einzusperren?»

«Ich glaube nicht. Kleine Fische, alle miteinander. Nur Mittelsmänner. Glieder in der Kette. Eine Werkstatt, wo Autos umgespritzt und rasch verscheuert werden; ein biederes Gasthaus, wo man Botschaften weiterleitet; ein Trödlerladen, wo die Bandenmitglieder ihr Aussehen verändern können; ein Theaterschneider und Kostümverleiher im Osten von London, auch sehr nützlich. Sie werden bezahlt, diese Leute. Ganz gut bezahlt, aber von den eigentlichen Vorgängen wissen sie nichts!»

Der verträumte Polizeichef Andrews ergriff wieder das Wort:

«Wir haben es mit einigen guten Köpfen zu tun, an die wir noch gar nicht herangekommen sind. Wir kennen nur einige ihrer Verbindungen und weiter nichts. Wie gesagt, die Harris-Bande gehört dazu, und Marks ist an der Finanzierung beteiligt. Die ausländischen Kontakte stehen mit Weber in Verbindung, aber er ist nur ein Agent. Wir haben eigentlich keinerlei Beweise gegen irgendeinen dieser Leute. Wir wissen wohl, daß sie über Mittel und Wege verfügen, um den Kontakt untereinander und mit den verschiedenen Zweigen der Organisation aufrechtzuerhalten, aber wir sind noch nicht dahintergekommen, wie dies geschieht. Wir beobachten sie und folgen ihnen, und sie wissen, daß sie unter Beobachtung stehen. *Irgendwo* existiert eine Vermittlungszentrale. Die Planer zu schnappen, das muß unser Ziel sein.»

Comstock meinte:

«Es ist ein gigantisches Network. Ich bin ebenfalls der Ansicht, daß es irgendwo ein Hauptquartier geben muß. Eine Stelle, wo jedes Unternehmen geplant und bis ins einzelne ausgearbeitet wird. Irgendwo sitzt jemand und denkt sich

alles aus. Dann entwirft er brauchbare Schlachtpläne für Unternehmen Postsack oder Unternehmen Lohngelder. Das sind die Leute, die wir kriegen müssen.»
«Vielleicht leben sie nicht einmal in diesem Land», warf Vater ruhig dazwischen.
«Das könnte gut sein. Vielleicht leben sie irgendwo in einem Iglu oder in einem Zelt in Marokko oder in einer Schweizer Sennhütte.»
«Ich glaube nicht so recht an diese überlegenen Geister», sagte McNeill kopfschüttelnd. «In einem Roman klingt so etwas ganz gut. Eine Leitung muß natürlich vorhanden sein, aber ich kann mir nicht vorstellen, daß so ein Superverbrecher existiert. Ich möchte eher annehmen, daß ein kluger kleiner Aufsichtsrat dahintersteckt. Zentral geplant, mit einem Vorsitzenden. Sie haben ein einträgliches Geschäft laufen und verbessern ihre Taktik von Tag zu Tag. Dennoch . . .»
«Ja?» sagte Sir Ronald aufmunternd.
«Selbst bei einem kleinen, geschlossenen Team gibt es wahrscheinlich entbehrliche Leute. Es ist so eine Art Schlittenfahren. Von Zeit zu Zeit, wenn sie meinen, wir rücken ihnen zu dicht auf die Fersen, werfen sie uns einen zum Fraß vor, und zwar den, der ihnen am wenigsten nützlich erscheint.»
«Wäre das nicht ziemlich riskant?»
«Meiner Meinung nach könnte es so geschehen, daß der Betreffende nicht einmal merkt, daß er vom Schlitten *gestoßen* wurde. Er würde einfach annehmen, er sei herunter*gefallen*. Er hielte natürlich den Mund, in dem Glauben, daß sich Schweigen für ihn lohnt. Und darin hätte er selbstverständlich recht. Sie haben viel Geld in den Fingern und können es sich leisten, großzügig zu sein. Wenn er eine Familie hat, wird für sie gesorgt, solange er im Gefängnis sitzt. Möglicherweise wird auch ein Gefängnisausbruch gedeichselt.»
«Davon haben wir allmählich genug», erklärte Comstock.
«Meine Herren», sagte Sir Ronald, «ich finde, es hat nicht viel Zweck, unsere Vermutungen immer wieder durchzuhecheln. Wir kommen jedesmal zum gleichen Resultat.»

McNeill lachte. «Was ist der eigentliche Grund, weshalb Sie uns zusammengetrommelt haben, Sir?»
«Nun» – Sir Ronald überlegte einen Augenblick –, «in den Hauptpunkten sind wir alle einer Meinung», sagte er langsam. «Wir stimmen in der Taktik überein, und wir sind uns einig, worauf wir abzielen. Meiner Ansicht nach wäre es vielleicht ergiebig, wenn wir nach kleinen Dingen Umschau hielten, nach Dingen, die nicht viel bedeuten, die nur etwas von der üblichen Norm abweichen. Es ist schwer zu erklären, was ich meine. Ich denke dabei an den Culver-Fall vor einigen Jahren. Ein Tintenfleck. Erinnern Sie sich noch? Ein Tintenfleck an einem Mauseloch. Nun, warum in aller Welt sollte jemand Tinte in ein Mauseloch gießen? Es erschien nicht wichtig, und eine Antwort darauf zu bekommen war nicht leicht. Als wir jedoch die Erklärung fanden, brachte sie uns einen guten Schritt weiter. Das ist es – in groben Zügen –, was mir vorschwebt. Etwas Absonderliches. Scheuen Sie sich nicht, zu erwähnen, wenn Ihnen etwas Ungewöhnliches aufgefallen ist. Wie ich sehe, nickt Vater zustimmend vor sich hin.»
«Ganz meine Meinung», erklärte Chefinspektor Davy. «Nun los, Leute, stochert mal in eurem Gedächtnis herum. Denken Sie mal an den Überfall auf die Zweigstelle der London and Metropolitan Bank an der Carmolly Street. Wir hatten eine lange Liste von Autonummern, Autofarben und Autotypen. Wir appellierten an die Bewohner der umliegenden Häuser, sich zu melden, falls sie etwas gesehen hatten, und sie reagierten – mein Gott, wie sie reagierten! Ungefähr hundertfünfzig irreführende Informationen! Wir sortierten diesen Wust aus und stießen schließlich auf sieben Autos, die in der Nachbarschaft beobachtet worden und eventuell in den Raubüberfall verwickelt waren.»
«Ja, ich entsinne mich», sagte Sir Ronald, «bitte weiter.»
«Es waren ein oder zwei Wagen darunter, bei denen wir nicht weiterkamen. Es sah so aus, als wären die Nummern verändert worden. Das ist ja nichts Besonderes. Es geschieht häufig. Ich will nur ein Beispiel anführen. Morris Oxford,

schwarze Limousine, Nummer CMG 256, von einem Bewährungshelfer gemeldet, der erwähnte, daß Richter Ludgrove am Steuer gesessen habe.»
Davy blickte sich um. Sie hörten ihm wohl alle zu, aber nicht sehr interessiert.
«Ich weiß», fuhr er fort, «Fehlanzeige, wie so oft. Richter Ludgrove ist ein ziemlich auffallender alter Herr, unter anderem häßlich wie die Sünde. Nun, es war nicht Richter Ludgrove, weil er zu genau derselben Zeit im Gerichtssaal war. Er fährt allerdings einen Morris Oxford, aber seine Nummer ist nicht CMG 256.» Abermals blickte er sich um. «Na schön. Sie werden also sagen: Die Sache hat nichts zu bedeuten. Aber wissen Sie, wie seine Nummer lautet? CMG 265. Ziemlich ähnlich, wie? Gerade die Zahlen, die man leicht verwechselt, wenn man sich an eine Autonummer erinnern will.»
«Tut mir leid», sagte Sir Ronald, «aber ich verstehe nicht ganz . . .»
«Es gibt eigentlich auch nichts zu verstehen», unterbrach ihn Chefinspektor Davy. «Nur war die Zahl der tatsächlichen Autonummer sehr ähnlich, ja? 265 – 256 CMG. Wirklich ein bemerkenswerter Zufall, daß ein Morris Oxford der gesuchten Farbe zur Stelle war, mit einer etwas verdrehten Nummer und einem Fahrer, der dem Eigentümer des Wagens aufs Haar glich.»
«Meinen Sie . . .»
«Nur eine kleine Verschiebung der Zahlen. Ein Beispiel für einen ‹absichtlichen Fehler›. Fast scheint es so.»
«Tut mir leid, Davy. Ich komme immer noch nicht dahinter.»
«Vielleicht steckt auch nichts dahinter. Wir haben da einen Morris Oxford, CMG 256, der zweieinhalb Minuten nach dem Banküberfall die Straße entlangfährt, und darin erkennt der Bewährungshelfer Richter Ludgrove.»
«Wollen Sie damit andeuten, daß es tatsächlich Richter Ludgrove war? Na, hören Sie mal, Davy.»
«Nein, ich behaupte nicht, daß es Richter Ludgrove war und daß er sich an einem Bankraub beteiligte. Er wohnte in Bertrams Hotel in der Pond Street und war zur gleichen Zeit im

Gerichtshof. Alles eindeutig bewiesen. Ich sage nur: die Autonummer, der Autotyp und die Identifizierung durch einen Bewährungshelfer, der den alten Ludgrove ziemlich gut vom Sehen kennt, stellen eine Art Zufall dar, der eigentlich etwas bedeuten *sollte.* Offenbar hat es aber nichts zu sagen. Schade.»
Comstock räusperte sich, ein wenig beklommen.
«Dies erinnert mich an eine ähnliche Episode im Zusammenhang mit dem Juwelenraub in Brighton. Es handelte sich dabei um irgendeinen alten Admiral. Sein Name ist mir entfallen. Eine Frau behauptete mit Bestimmtheit, ihn als eine der Personen am Tatort erkannt zu haben.»
«Und er war es nicht?»
«Nein, er hat sich an dem Abend in London aufgehalten. Nahm an einem Festessen der Marine teil, glaube ich.»
«Übernachtete er in seinem Klub?»
«Nein, er verbrachte die Nacht in einem Hotel – glaube, es war dasselbe, das Sie gerade erwähnten, Vater. Bertrams, nicht wahr? Ruhiges Haus. Viele alte Käuze aus der Armee und der Marine verkehren dort, glaube ich.»
«Bertrams Hotel», murmelte Chefinspektor Davy nachdenklich vor sich hin.

5

Miss Marple erwachte früh, weil sie es so gewohnt war, nicht, weil sie ihr Bett schlecht fand. Es war sogar höchst bequem.
Sie trippelte zum Fenster und zog die Vorhänge auf, und ein wenig blasses Londoner Tageslicht fiel herein. Vorsorglich knipste sie das elektrische Licht an. Ein sehr hübsches Zimmer hatte man ihr gegeben, wiederum ganz im Stil des Bertrams. Eine Tapete mit Rosenmuster, eine große, auf Hochglanz polierte Mahagonikommode und ein dazu passender Ankleidetisch. Zwei Stühle und ein Sessel. Eine Verbin-

dungstür führte ins Badezimmer, das zwar modern war, aber rosengemusterte Fliesen hatte und so den Eindruck unterkühlter Hygiene vermied.
Miss Marple stieg wieder ins Bett, schüttelte die Kissen zurecht und warf einen Blick auf ihre Uhr – halb acht. Sie nahm das kleine Erbauungsbuch zur Hand, das sie immer auf Reisen begleitete, und las wie üblich die dem Tag gewidmeten anderthalb Seiten. Dann griff sie nach ihrem Strickzeug und begann zu stricken. Zunächst langsam, da ihre rheumatischen Finger kurz nach dem Aufwachen noch steif waren. Aber bald steigerte sie das Tempo, und ihre Finger lockerten sich.
«Ein neuer Tag», sagte Miss Marple vor sich hin und begrüßte diese Tatsache wie immer mit heiterer Gelassenheit. Ein neuer Tag – und wer wußte, was er bringen würde?
Sie lehnte sich zurück und ließ das Strickzeug sinken, während sie müßig ihren Gedanken nachhing ... Selina Hazy ... was für ein hübsches Häuschen sie doch in St. Mary Mead bewohnt hatte – und jetzt hatte es jemand mit einem häßlichen grünen Dach verschandelt. Muffins ... mit verschwenderisch viel Butter ... aber sehr gut. Und man stelle sich bloß vor: altmodischer Kümmelkuchen wurde noch gereicht! Sie hatte ja niemals – auch nicht einen Augenblick lang – erwartet, daß alles noch so wie in früheren Zeiten wäre ... denn schließlich stand die Zeit ja nicht still ... und die Zeit zum Stillstand zu bringen, mußte wirklich eine Menge Geld gekostet haben. Kein Stück aus Plastik im ganzen Haus! Es mußte sich wohl bezahlt machen. Das Unmoderne lebte nach einer gewissen Zeit als malerisch wieder auf. Nichts in diesem Haus erinnerte sie an die Wirklichkeit ... nun, warum auch? Es waren fünfzig, nein, beinahe schon sechzig Jahre vergangen, seitdem sie hier gewohnt hatte. Und es erschien alles so unwirklich, weil sie selbst an die Gegenwart gewöhnt war. In der Tat, das Ganze eröffnete eine Reihe interessanter Kombinationsmöglichkeiten. Das Milieu und die *Menschen* ... Miss Marples Finger schoben das Strickzeug weiter fort.

«Schlupfwinkel», sagte sie laut ... «Schlupfwinkel, nehme ich an. Und ziemlich schwer zu finden ...»
Lag darin eine Erklärung für das merkwürdige Gefühl der Beklommenheit, das sie gestern abend gespürt hatte? Das Gefühl, daß irgend etwas nicht stimmte ...
Alle diese älteren Leute – sie hatten eine außerordentliche Ähnlichkeit mit denen, die sich im Bertrams aufhielten, als sie vor fünfzig Jahren hier war. Sie hatten damals einen natürlichen Eindruck gemacht – aber jetzt wirkten sie nicht sehr natürlich. Ältere Leute heute waren nicht wie ältere Leute damals – sie hatten den ängstlichen, gequälten Blick, der häusliche Sorgen verriet, die sie nicht meistern konnten, weil sie zu müde waren; oder sie hasteten von einer Sitzung zur anderen und versuchten, recht geschäftig und tüchtig zu wirken; die Frauen färbten ihr Haar blauschwarz oder trugen Perücken, und ihre Hände waren nicht mehr fein und zart wie Damenhände früher – sie waren rauh vom Abwaschen und von den scharfen Reinigungsmitteln ...
Miss Marple blickte auf ihre kleine Uhr. Es war halb neun. Zeit fürs Frühstück.
Sie studierte die vom Hotel erteilten Instruktionen – wunderbar großer Druck, so daß man keine Brille aufzusetzen brauchte.
Mahlzeiten konnten per Telefon bestellt werden, indem man den Etagenservice verlangte, oder man konnte auf den Klingelknopf drücken, über dem das Schild «Zimmermädchen» angebracht war.
Miss Marple entschied sich für den Klingelknopf. Es machte sie ganz nervös, wenn sie mit einem anonymen Etagenservice verhandeln sollte.
Alsbald klopfte es an die Tür, und ein Zimmermädchen erschien. Ein echtes Zimmermädchen, wie man sie früher kannte – und gerade deshalb so unecht: Es trug ein gestreiftes, lavendelfarbenes Baumwollkleid und tatsächlich ein *Häubchen*, ein frischgewaschenes und gestärktes Häubchen. Ein lächelndes, rosiges, geradezu ländliches Gesicht. Wo fanden sie nur solches Personal?

Miss Marple bestellte ihr Frühstück. Tee, verlorene Eier, frische Brötchen. So gut war das Mädchen geschult, daß es Maisflocken oder Orangensaft nicht einmal erwähnte.
Fünf Minuten später wurde das Frühstück serviert. Es war so gut, als hätte sie es selbst zubereitet. Miss Marple sprach sich dem Zimmermädchen gegenüber anerkennend aus, das lächelnd erwiderte:
«O ja, Madam, der Küchenchef nimmt es sehr genau mit seinem Frühstück.»
Miss Marple beendete ihr Frühstück und erhob sich in aller Ruhe. Sie hatte sich schon einen Plan zurechtgelegt, nach dem sie diesen wunderbaren Morgen mit Einkäufen verbringen würde. Nicht zuviel – sonst wurde es zu anstrengend. Heute vielleicht nur Oxford Street. Und morgen Knightsbridge. Glücklich schmiedete sie weitere Pläne.
Gegen zehn Uhr tauchte sie aus ihrem Zimmer auf, fertig zum Ausgehen: Hut, Handschuhe, Regenschirm – für alle Fälle, obwohl das Wetter schön war –, Handtasche, ihren elegantesten Einkaufsbeutel . . .
Die übernächste Tür wurde aufgerissen, und jemand blickte heraus. Es war Bess Sedgwick. Sie trat rasch wieder in den Raum zurück und machte die Tür heftig zu.
Miss Marple dachte über diesen Auftritt nach, als sie die Treppe hinunterging. Morgens zog sie die Treppe dem Lift vor. Es lockerte ihre steifen Glieder. Ihre Schritte wurden immer langsamer . . . sie blieb stehen.

Als Colonel Luscombe aus seinem Zimmer auf den Korridor trat, öffnete sich eine Tür neben der Treppe, und Lady Sedgwick sprach ihn an.
«Na, da bist du ja endlich! Ich habe schon auf dich gelauert. Wo können wir uns unterhalten? Ich meine, ohne jeden Augenblick über irgendeine alte Spinatwachtel zu stolpern.»
«Nun, ich bin nicht ganz sicher, Bess – aber, ich glaube, im Zwischengeschoß ist eine Art Schreibzimmer.»
«Du kommst am besten in mein Zimmer. Rasch, ehe das

Zimmermädchen uns sieht und auf falsche Gedanken kommt.»
Unwillig trat Colonel Luscombe über die Schwelle, und sofort wurde die Tür hinter ihm geschlossen.
«Ich hatte ja keine Ahnung, daß du dich hier aufhalten würdest, Bess, nicht den leisesten Schimmer.»
«Das kann ich mir denken.»
«Ich meine – ich hätte sonst Elvira nicht hierhergebracht. Elvira ist nämlich hier. Weißt du das?»
«Ja, ich habe euch gestern abend zusammen gesehen.»
«Aber ich wußte wirklich nicht, daß du hier wohnst. Ich fand es unwahrscheinlich, daß wir dir hier begegnen würden.»
«Ich sehe nicht ein, weshalb nicht», entgegnete Bess in kühlem Ton. «Es ist das bei weitem behaglichste Hotel in London. Warum sollte ich nicht hier meine Zelte aufschlagen?»
«Du mußt verstehen, daß ich keine Ahnung hatte ... ich meine ...»
Sie blickte ihn an und lachte. Sie war zum Ausgehen angezogen und trug ein gutgeschnittenes dunkles Kostüm und eine leuchtend smaragdgrüne Hemdbluse. Sie wirkte heiter und höchst vital. Im Vergleich zu ihr sah Colonel Luscombe ziemlich alt und verschlissen aus.
«Liebster Derek, spar dir die Sorgenfalten. Ich bezichtige dich ja nicht des Versuchs, eine sentimentale Begegnung zwischen Mutter und Tochter zu inszenieren. Es ist eben ein unglückseliger Zufall. Aber du mußt Elvira fortschaffen, Derek. Du mußt sie sofort aus diesem Hotel entfernen – heute noch.»
«Oh, sie geht wieder. Ich meine, ich habe sie nur für zwei Nächte einquartiert. Will sie heute abend ins Theater ausführen – und dergleichen. Sie fährt morgen zu den Melfords.»
«Arme Elvira, das wird recht langweilig für sie sein.»
Luscombe sah sie bestürzt an. «Glaubst du wirklich, daß sie sich sehr langweilen wird?»
Bess hatte Mitleid mit ihm.
«Nachdem sie in dem italienischen Pensionat eingekerkert

war, wahrscheinlich nicht. Vielleicht findet sie es sogar wahnsinnig aufregend.»
Luscombe nahm seinen ganzen Mut zusammen.
«Hör mal zu, Bess, ich war zwar entsetzt, als ich dich hier sah, aber meinst du nicht – hm, weißt du, man könnte es gewissermaßen als Fügung betrachten. Ich meine, es wäre vielleicht eine günstige Gelegenheit ... ich glaube nicht, daß du dir richtig klarmachst – hm –, was das Mädchen dabei empfindet.»
«Auf was willst du eigentlich hinaus, Derek?»
«Na, weißt du, du bist doch schließlich ihre Mutter.»
«Natürlich bin ich ihre Mutter. Sie ist meine Tochter. Und was haben wir davon gehabt? Was wird es uns jemals nützen?»
«Das kannst du nicht wissen. Ich glaube – ich glaube, sie leidet darunter.»
«Wie kommst du denn auf diese Idee?» fragte Bess Sedgwick in scharfem Ton.
«Eine Äußerung, die sie gestern machte. Sie erkundigte sich nach dir, wo du bist und was du machst.»
Bess Sedgwick durchquerte das Zimmer und trat ans Fenster. Dort blieb sie einen Augenblick stehen und trommelte gegen die Scheibe.
«Du bist so nett, Derek», sagte sie nach einer Weile. «Du hast so hübsche Einfälle. Aber sie sind nicht praktisch, mein Lieber. Das mußt du dir selber sagen. So geht es nicht, und es könnte sogar gefährlich sein.»
«Nun mach aber einen Punkt, Bess. Gefährlich?»
«Ja, ja, ja. Gefährlich. Ich lebe nun einmal gefährlich. Das war nie anders.»
«Wenn ich an so manches denke, was du dir geleistet hast», meinte Colonel Luscombe.
«Das ist meine Angelegenheit», erwiderte Bess. «Mich in Gefahr zu begeben ist bei mir schon zu einer Art Gewohnheit geworden. Nein, Gewohnheit ist vielleicht nicht der richtige Ausdruck. Es ist eher eine Sucht. Gefahr ist für mich wie ein Rauschgift. Sie wirkt wie das nette Portiönchen

Heroin, das die Süchtigen von Zeit zu Zeit haben müssen, damit ihnen das Leben rosig und lebenswert erscheint. Nun, das ist ganz in Ordnung. Ich trage meine eigene Haut zu Markte – oder auch nicht – je nachdem. Doch Menschen, die wie ich leben, können anderen viel Schaden zufügen. Nun sei kein dickköpfiger alter Narr, Derek. Halt mir das Mädchen vom Leibe. Wenn möglich, erzähl ihr nicht einmal, daß ich im selben Hotel wohnte. Ruf die Melfords an und bring sie *heute* noch hin. Unter irgendeinem Vorwand ...»
Colonel Luscombe zupfte zaudernd an seinem Schnurrbart. «Ich glaube, du begehst einen großen Fehler, Bess.» Er seufzte. «Sie fragte mich, wo du bist, und ich sagte ihr, du seist im Ausland.»
«Nun, das trifft nach weiteren zwölf Stunden zu. Also hast du ihr die richtige Antwort gegeben.»
Sie trat an ihn heran, küßte ihn aufs Kinn und drehte ihn mit einer schwungvollen Bewegung herum, als wollten sie Blindekuh spielen. Dann öffnete sie die Tür und beförderte ihn mit einem sanften Schubs nach draußen. Als die Tür sich hinter ihm schloß, bemerkte Colonel Luscombe eine alte Dame, die von der Treppe her um die Ecke bog. Sie murmelte vor sich hin, während sie in ihrer Handtasche kramte. «Oje, oje. Ich muß es wohl in meinem Zimmer gelassen haben. Du meine Güte!» Sie ging an Colonel Luscombe vorüber, scheinbar ohne ihn besonders zu beachten. Doch als er die Treppe hinunterging, blieb Miss Marple vor ihrer Zimmertür stehen und sah ihm durchdringend nach. Dann musterte sie Bess Sedgwicks Tür. «So, so, auf ihn hat sie also gewartet», sagte sie vor sich hin. «Ich möchte gern wissen, warum.»

Durch ein gutes Frühstück gestärkt, wanderte Kanonikus Pennyfather durch die Hotelhalle und dachte sogar daran, seinen Zimmerschlüssel an der Rezeption abzugeben. Dann stieß er die Schwingtüren auf und wurde von dem irischen Portier, der eigens zu diesem Zweck angestellt war, geschickt in ein Taxi bugsiert.

«Wohin, Sir?»
«Oje», sagte Kanonikus Pennyfather in plötzlicher Bestürzung. «Einen Augenblick mal – wohin wollte ich denn eigentlich?»
Der Verkehr in der Pond Street wurde einige Minuten aufgehalten, während Kanonikus Pennyfather und der Portier dieses schwierige Problem diskutierten.
Schließlich hatte Kanonikus Pennyfather einen Geistesblitz, und das Taxi wurde zum Britischen Museum dirigiert.
Der Portier blieb stehen, grinsend wie ein Honigkuchenpferd, und da kein anderer Gast aufzubrechen schien, schlenderte er ein wenig an der Hotelfassade entlang, gedämpft eine alte Melodie vor sich hinpfeifend.
Eins der Erdgeschoß-Fenster von Bertrams Hotel wurde aufgerissen – doch der Portier wandte erst den Kopf, als unerwartet eine Stimme durch das offene Fenster ertönte.
«So, hier bist du also gelandet, Micky. Was hat dich bloß hierhergeführt?»
Betroffen drehte er sich um.
Lady Sedgwick steckte den Kopf zum Fenster hinaus.
«Kennst du mich nicht mehr?» fragte sie.
Plötzliches Erkennen zeichnete sich in den Zügen des Mannes ab.
«Nanu, sollte das etwa die kleine Bessie sein! Sieh mal einer an! Nach all den Jahren. Die kleine Bessie.»
«Niemand außer dir hat mich je Bessie genannt. Ein abscheulicher Name. Was hast du die ganze Zeit getrieben?»
«Dies und jenes», erwiderte Micky mit einiger Zurückhaltung. «Ich habe nicht im Scheinwerferlicht gestanden wie du. Von deinen Taten habe ich immer in den Zeitungen gelesen.»
Bess Sedgwick lachte. «Jedenfalls habe ich mich besser gehalten als du», meinte sie. «Du trinkst zuviel. Das war schon immer dein Fehler.»
«Du hast dich gut gehalten, weil du immer im Geld schwammst.»
«Geld hätte dir nicht viel genützt. Du hättest nur noch mehr

getrunken und wärst ganz vor die Hunde gegangen. O ja, das wäre das Ende vom Lied gewesen! Aber was hat dich hierhergeführt? Das möchte ich gern wissen. Wie ist es dir überhaupt gelungen, hier unterzukommen?»

«Ich brauchte eine Beschäftigung, und ich besaß diese . . .» seine Hand streifte leicht über die Reihe seiner Orden.

«Aha, ich verstehe.» Sie wurde nachdenklich. «Und alle sogar echt, nicht wahr?»

«Natürlich sind sie echt. Glaubst du's etwa nicht?»

«O doch. An Mut hat es dir nie gefehlt. Du bist immer eine Kämpfernatur gewesen. Ja, die Armee war wie geschaffen für dich. Davon bin ich überzeugt.»

«In Kriegszeiten lasse ich mir die Armee gefallen, aber im Frieden kann ich mir etwas Besseres vorstellen.»

«Also hast du dir diese Beschäftigung ausgesucht. Ich hatte ja nicht die leiseste Ahnung . . .» Sie brach ab.

«Wovon hattest du keine Ahnung, Bessie?»

«Nichts von Bedeutung. Es ist merkwürdig, dich nach all den Jahren wiederzusehen.»

«*Ich* habe immer an die Zeit gedacht», sagte der Mann. «Ich habe dich nie vergessen, kleine Bessie. Ah! ein reizendes Mädchen warst du! Ein reizendes, schlankes Mädchen!»

«Ein schrecklich törichtes Mädchen», sagte Lady Sedgwick.

«Das stimmt allerdings. Du hattest nicht viel Verstand. Sonst hättest du dich nicht mit mir eingelassen. Wie prächtig du mit Pferden umgehen konntest. Erinnerst du dich noch an die Stute – wie hieß sie doch gleich – Molly O'Flynn? Die hatte wirklich den Teufel im Leib.»

«Du warst der einzige, der sie reiten konnte», bemerkte Lady Sedgwick.

«Sie hätte mich am liebsten abgeworfen. Als sie merkte, daß es ihr nicht gelang, gab sie nach. Ach, es war ein schönes Tier. Aber da wir vom Reiten reden – es gab keine Dame in der ganzen Gegend, die besser im Sattel saß als du. Nie eine Spur von Furcht, nicht eine Sekunde lang. Und daran hat sich nichts geändert, scheint mir. Flugzeuge, Rennwagen.»

Bess Sedgwick lachte.

«Ich muß jetzt meine Briefe weiterschreiben.»
Sie zog ihren Kopf ein wenig zurück.
Micky lehnte sich über das Gitter. «Ich habe Ballygowlan nicht vergessen», sagte er bedeutungsvoll. «Manchmal hatte ich die Absicht, dir zu schreiben . . .»
Bess Sedgwicks Stimme nahm einen herrischen Ton an.
«Und was willst du damit sagen, Mick Gorman?»
«Ich wollte nur erwähnen, daß ich – nichts vergessen habe. Wollte dich gleichsam nur – ein wenig daran erinnern.»
«Wenn du das im Sinn hast, was ich vermute, möchte ich dich warnen. Irgendwelche Scherereien von dir, und ich knalle dich ab wie eine Ratte. Ich habe bereits Männer erschossen . . .»
«In fremden Ländern vielleicht . . .»
«Fremde Länder oder hier – das ist mir egal.»
«Großer Gott, ich glaube, du brächtest es tatsächlich fertig.» Aus seiner Stimme klang Bewunderung. «In Ballygowlan . . .»
«In Ballygowlan», fiel sie ihm ins Wort, «hat man dich dafür bezahlt, daß du den Mund hältst – und zwar gut. Du hast das Geld genommen. Von mir bekommst du keinen Penny mehr. Bilde dir ja nichts ein.»
«Es wäre vielleicht eine nette romantische Geschichte für die Sonntagszeitungen . . .»
«Du hast mich wohl verstanden.»
«Ach», lachte er, «es ist doch nicht mein Ernst. Ich habe mir nur einen Scherz erlaubt. Ich würde nie etwas tun, was meiner kleinen Bessie schaden könnte. Du kannst ganz beruhigt sein, ich werde den Mund halten.»
«Das möchte ich dir auch geraten haben», sagte Lady Sedgwick.
Sie schloß das Fenster, setzte sich an den Schreibtisch und starrte auf den angefangenen Brief auf der Schreibunterlage. Sie nahm ihn in die Hand, las ihn durch, zerknüllte ihn und warf ihn in den Papierkorb. Dann stand sie unvermittelt auf und verließ den Raum, ohne sich umzublicken.
Die kleineren Schreibzimmer im Bertrams erweckten oft den

Anschein, leer zu sein, selbst wenn dies nicht der Fall war. Zwei gutausgestattete Schreibtische standen in den Erkern. Rechts war ein Tisch, auf dem ein paar Zeitschriften lagen, und links flankierten zwei Sessel mit sehr hohen Rückenlehnen den Kamin. Nachmittags waren das die Lieblingsplätze für ältere Herren, die sich behaglich darin niederließen und friedlich bis zum Nachmittagstee schlummerten, gewöhnlich unbemerkt von allen, die hereinkamen, um einen Brief zu schreiben. Vormittags waren diese Stühle weniger begehrt.

Wie es aber der Zufall wollte, waren sie an diesem besonderen Vormittag beide besetzt. In dem einen saß eine alte Frau und in dem anderen ein junges Mädchen. Das junge Mädchen erhob sich. Sie blieb einen Augenblick stehen und blickte unschlüssig auf die Tür, durch die Lady Sedgwick den Raum verlassen hatte. Dann ging sie langsam darauf zu. Elvira Blakes Gesicht war totenblaß.

Es vergingen weitere fünf Minuten, ehe die alte Dame sich rührte. Dann entschied Miss Marple, daß die kleine Ruhepause, die sie sich immer nach dem Ankleiden und dem Treppenabstieg gönnte, lange genug gedauert habe. Es war an der Zeit, sich aufzumachen und die Freuden Londons zu genießen.

Lady Sedgwick kam an die Rezeption.

«Ist Mr. Humfries in seinem Büro?»

«Ja, Lady Sedgwick.» Miss Gorringe blickte verwundert auf.

Lady Sedgwick trat hinter den Tisch, klopfte an die Tür und ging hinein, ohne eine Aufforderung abzuwarten.

Mr. Humfries blickte ebenfalls bestürzt auf.

«Was ...»

«Wer hat diesen Michael Gorman engagiert?»

Mr. Humfries geriet ein wenig ins Stottern.

«Parfitt hat uns verlassen – er hatte vor einem Monat einen Autounfall. Wir mußten rasch Ersatz für ihn finden. Dieser Mann machte einen ganz guten Eindruck. Seine Zeugnisse waren in Ordnung – abgedankter Soldat, ziemlich gute Lei-

stungen im Kriege; vielleicht nicht übermäßig intelligent – aber das ist manchmal um so besser. Sie wissen doch nichts Nachteiliges über ihn?»
«Genug, um ihn hier nicht haben zu wollen.»
«Wenn Sie darauf bestehen», sagte Humfries langsam, «werden wir ihm kündigen . . .»
«Nein», erwiderte Lady Sedgwick nachdenklich. «Nein – dafür ist es zu spät. Vergessen wir's.»

6

«Elvira.»
«Hallo Bridget.»
Elvira Blake schob sich durch die Haustür von 180 Onslow Square, die ihre Freundin Bridget ihr eilig öffnete, nachdem sie sie durch das Fenster bereits erspäht hatte.
«Laß uns nach oben gehen», schlug Elvira vor.
«Ja, das ist wohl besser. Sonst kommt meine Mutter uns in die Quere.» Die beiden Mädchen rannten die Treppe hoch und entkamen so Bridgets Mutter, die eine Sekunde zu spät aus ihrem Schlafzimmer auftauchte.
«Du bist wirklich gut dran, daß du keine Mutter hast», sagte Bridget etwas atemlos, als sie ihre Freundin in ihr Zimmer führte und die Tür fest zumachte. «Natürlich ist Mummy sehr nett und so weiter, aber die *Fragen*, die sie stellt! Vom frühen Morgen bis zum späten Abend. Wohin gehst du, wen hast du getroffen? Sind sie verwandt mit den Soundso in Yorkshire?»
«Sie haben wohl nichts anderes, was ihre Gedanken beschäftigt», sagte Elvira zerstreut. «Hör mal, Bridget, ich habe etwas schrecklich Wichtiges zu erledigen, und du mußt mir dabei helfen.»
«Worum dreht es sich – um einen Mann?»
«Nein, nicht um einen Mann.» Bridget war enttäuscht. «Ich muß für vierundzwanzig Stunden oder vielleicht etwas län-

ger nach Irland fahren, und du mußt hier die Stellung für mich halten.»
«Nach Irland? Warum?»
«Ich kann dir jetzt keine Einzelheiten erzählen. Keine Zeit. Um halb zwei muß ich meinen Vormund, Colonel Luscombe, zum Lunch bei Prunier's treffen.»
«Was hast du mit der Carpenter gemacht?»
«Bin ihr bei Debenham's entwischt.»
Bridget kicherte.
«Und nach dem Lunch bringt man mich zu den Melfords, bei denen ich leben muß, bis ich einundzwanzig bin.»
«Wie entsetzlich!»
«Ich denke, ich werd's überleben. Kusine Mildred ist furchtbar leicht zu hintergehen. Ich soll öfters nach London kommen, um mich weiterzubilden. Es gibt da eine Organisation – die ‹Welt von heute›. Sie führen einen zu Vorlesungen, in die Museen und Gemäldegalerien und in das Oberhaus und dergleichen. Der springende Punkt ist, daß niemand weiß, ob du da bist, wo du sein solltest. Wir werden noch manches Ding zusammen drehen.»
«Das glaube ich auch.» Bridget kicherte wieder. «Wir haben's in Italien geschafft, nicht wahr? Die alte Makkaroni-Tante hielt sich für so streng. Ahnte nicht, was wir fertigbrachten, wenn wir wollten.»
Beide Mädchen lachten in dem angenehmen Bewußtsein erfolgreicher Durchtriebenheit.
«Immerhin, es brauchte ziemlich viel Überlegung», sagte Elvira.
«Und man mußte glänzend lügen können», ergänzte Bridget. «Hast du wieder von Guido gehört?»
«O ja, er hat mir einen langen Brief geschickt – unterschrieben mit ‹Ginevra›, als wäre er eine Freundin. Aber Bridget. Wir haben eine Menge zu tun und nur etwa anderthalb Stunden Zeit. Hör zuerst einmal gut zu. Ich komme morgen wieder nach London, weil ich einen Termin beim Zahnarzt habe. Das ist einfach – entweder kann ich abtelefonieren oder du von hier aus. Dann kannst du gegen Mittag die Mel-

fords anrufen. Du tust so, als wärst du deine Mutter, und erklärst ihnen, daß ich am nächsten Tag noch einmal zum Zahnarzt muß und daher die Nacht bei dir verbringe.»
«Aber wenn du am nächsten Tag nicht zurück bist, was dann?»
«Dann wirst du eben noch ein paar Telefongespräche führen müssen.»
Bridget schaute die Freundin zweifelnd an.
«Bis dahin haben wir noch eine Unmasse Zeit, um uns etwas auszudenken», versicherte Elvira ungeduldig. «Was mir im Augenblick den größten Kummer macht, ist *Geld.* Du hast wohl auch keins?» Elviras Ton klang nicht gerade hoffnungsvoll.
«Nur etwa zwei Pfund.»
«Das ist zu wenig. Ich muß mir ein Flugticket kaufen. Der Flug dauert nur etwa zwei Stunden. Sehr viel hängt natürlich davon ab, wieviel Zeit ich da drüben brauche.»
«Kannst du mir nicht verraten, was du dort tun willst?»
«Nein, das kann ich nicht. Aber es ist ganz furchtbar wichtig. Hast du jemals etwas verpfändet, Bridget?»
«Niemals. Ich weiß nicht mal, wie ich das anfangen sollte.»
«Ich stelle es mir ganz leicht vor. Man geht einfach zu einem Juwelier, der drei Kugeln über der Tür hat, nicht wahr?»
«Ich habe nichts, was man ins Pfandhaus tragen könnte», sagte Bridget.
«Hat deine Mutter nicht irgendwelchen Schmuck?»
«Es ist besser, wir bitten sie nicht um Hilfe.»
«Aber wir könnten vielleicht etwas klauen.»
«Oh, lieber nicht.» Bridget war schockiert.
«Nein? Vielleicht hast du recht. Aber ich möchte wetten, daß sie es nicht merken würde. Wir könnten es wieder einlösen, ehe sie es vermißt. Halt, ich hab's. Wir gehen zu Mr. Bollard.»
«Wer ist Mr. Bollard?»
«Oh, er ist gewissermaßen unser Familienjuwelier. Ich bringe immer meine Uhr dorthin, wenn sie kaputt ist.»
Vor dem alteingesessenen Geschäft von Bollard and Whitley

in der Bond Street trafen die beiden Mädchen ihre letzte Absprache für ihren Coup . . .
«Bist du sicher, daß du alles richtig verstanden hast, Bridget?»
«Ich glaube schon», sagte Bridget, aber ihre Stimme klang durchaus nicht glücklich.
«Zunächst einmal», schlug Elvira vor, «stellen wir unsere Uhren.»
Mit großem Ernst stimmten sie ihre Uhren aufeinander ab, wobei Bridget ihre um eine Minute vorstellte.
«Stunde Null ist genau fünfundzwanzig Minuten nach», erklärte Elvira. «Das läßt mir reichlich Zeit. Vielleicht sogar mehr, als ich brauche, aber so ist es besser.»
«Aber wenn . . .» begann Bridget.
«Was gibt's noch?» fragte Elvira.
«Nun, ich meine, wenn ich zum Beispiel überfahren werde, was dann?»
«Ausgeschlossen, du wirst nicht überfahren. Du weißt doch, wie schnell du bist, und alle Londoner Autofahrer sind daran gewöhnt, plötzlich zu bremsen. Es wird schon alles klappen.»
Bridget ging auf die andere Seite der Bond Street, und Elvira stieß die Ladentür von Bollard and Whitley, Juweliere und Uhrmacher, auf. Drinnen herrschte eine wunderbare, vornehme Ruhe. Ein eleganter Herr im Gehrock kam herbei und fragte Elvira nach ihren Wünschen.
«Könnte ich vielleicht Mr. Bollard sprechen?»
«Mr. Bollard? Wen darf ich melden?»
«Elvira Blake.»
Der würdige Angestellte verschwand, und Elvira schlenderte an einen Tresen, wo unter Glas juwelenbesetzte Broschen, Ringe und Armbänder auf Samt in dezenten Schattierungen ruhten. Kurz darauf erschien Mr. Bollard. Er war der Seniorpartner der Firma, ein älterer Herr von etwas über sechzig Jahren. Er begrüßte Elvira freundlich.
«Ah, Miss Blake, Sie sind also wieder in London. Es ist mir ein großes Vergnügen, Sie zu sehen. Nun, womit kann ich Ihnen dienen?»

Elvira holte eine kleine, zierliche, zum Abendkleid passende Armbanduhr hervor.
«Diese Uhr geht nicht richtig», sagte sie. «Könnten Sie sie wohl wieder in Ordnung bringen?»
«O ja, natürlich. Aber gern.» Mr. Bollard nahm sie ihr ab. «An welche Adresse soll ich sie schicken?»
Elvira gab ihm ihre Adresse.
«Und noch eins», fügte sie hinzu. «Mein Vormund – Colonel Luscombe, Sie kennen ihn ja wohl . . .»
«Ja, ja, sicher.»
«Er hat mich gefragt, was ich mir zu Weihnachten wünsche, und mir vorgeschlagen, hier vorbeizuschauen und mir einiges anzusehen. Er hätte mich gern begleitet, aber ich wollte lieber allein gehen – ich meine, es ist immer etwas peinlich . . . wegen der Preise und so. Finden Sie nicht auch?»
«Nun, das ist gewiß ein Standpunkt», sagte Mr. Bollard und strahlte sie onkelhaft an. «Na, was hatten Sie sich denn vorgestellt, Miss Blake? Eine Brosche, ein Armband – einen Ring?»
«Broschen sind eigentlich recht nützlich», sagte Elvira. «Aber ich weiß nicht recht – könnte ich mir vielleicht ein paar Sachen ansehen?» Sie blickte flehentlich zu ihm auf, und er lächelte verständnisinnig.
«Natürlich, natürlich. Macht überhaupt keinen Spaß, wenn man sich zu schnell entschließen muß, nicht wahr?»
Die nächsten fünf oder sechs Minuten vergingen in angenehmer Weise. Nichts machte Mr. Bollard zu viel Mühe. Er holte Schmuckstücke aus diesem und jenem Schaukasten herbei – Broschen und Armbänder türmten sich auf dem vor Elvira ausgebreiteten Stück Samt. Gelegentlich wandte sie sich zur Seite, um im Spiegel die Wirkung einer Brosche oder eines Anhängers zu betrachten. Schließlich legte sie ziemlich unschlüssig einen hübschen schmalen Armreif, eine kleine, mit Diamanten besetzte Armbanduhr und zwei Broschen beiseite.
«Wir werden uns dies notieren», sagte Mr. Bollard. «Und wenn Colonel Luscombe dann das nächste Mal in London

ist, wird er vielleicht hereinkommen und etwas für Sie aussuchen.»
«Ich glaube, so ist es am besten», sagte Elvira. «Dann hat er eher das Gefühl, mein Geschenk selbst gewählt zu haben, nicht wahr?» Mit ihren klaren blauen Augen blickte sie dem Juwelier ins Gesicht.
Draußen ertönte plötzlich das Quietschen von Bremsen, begleitet von dem Schrei eines Mädchens. Unwillkürlich richtete sich die Aufmerksamkeit aller im Laden auf die zur Bond Street hinausgehenden Schaufenster. Die Bewegung, die Elviras Hand zum Tresen und dann zur Tasche ihres eleganten Schneiderkostüms machte, war äußerst flink und unauffällig. Sie wäre selbst unbemerkt geblieben, wenn jemand im Laden zugesehen hätte.
«Tja, tja», sagte Mr. Bollard, als er vom Fenster zurückkam, durch das er auf die Straße geblickt hatte. «Beinahe ein Unfall. Törichtes Mädchen! So über die Straße zu stürzen!»
Während Elvira bereits langsam auf die Tür zuging, blickte sie auf ihre Armbanduhr und stieß einen kleinen Schrei aus. «O Gott, ich habe mich hier viel zu lange aufgehalten. Wenn ich nur nicht meinen Zug verpasse! Ich danke Ihnen vielmals, Mr. Bollard, und vergessen Sie bitte nicht, die vier Stücke vorläufig für mich zurückzulegen.»
Einen Augenblick später war sie draußen. Sie wandte sich rasch nach links, dann nochmals nach links und blieb in der Passage eines Schuhgeschäfts stehen, bis Bridget atemlos herbeikam.
«Oh», sagte Bridget, «ich war zu Tode erschrocken. Ich dachte, meine letzte Stunde hätte geschlagen. Außerdem habe ich mir den Strumpf zerrissen.»
«Mach dir nichts draus», meinte Elvira und zog ihre Freundin im Eiltempo die Straße entlang und dann um die nächste Ecke. «Los, weiter.»
«Hat alles – geklappt?»
Elvira ließ ihre Hand in die Tasche gleiten und holte ein mit Diamanten und Saphiren besetztes Armband hervor.
«Bridget, du mußt jetzt in das Pfandhaus gehen, das wir uns

ausgesucht haben. Sieh zu, wieviel du dafür bekommen kannst. Verlang hundert Pfund. Dann geh zum Büro der Air Lingus und besorg mir ein Flugticket – ich muß mit einem Taxi zu Pruniers fahren; bin schon um zehn Minuten zu spät dran. Ich komme morgen früh gegen halb elf zu dir.»
«Oh, Elvira, wenn du dich doch nicht immer auf so riskante Dinge einlassen wolltest», stöhnte Bridget.
Doch Elvira hatte bereits ein Taxi herbeigewinkt.

Der Aufenthalt im Laden von Robinson & Cleaver's bereitete Miss Marple ungetrübtes Vergnügen. Sie kaufte nicht nur teure, aber wunderbare Laken, sondern leistete sich auch noch rotumrandete Gläsertücher von guter Qualität. Nachdem sie ihre Adresse in St. Mary Mead angegeben hatte, stieg sie in einen Bus, der sie zum Army & Navy Warenhaus brachte. Es gab dort ein Restaurant, und das suchte sie nun auf, um sich zu stärken.
Nachdem sie sorgfältig die Speisekarte studiert und ihre Wahl getroffen hatte, ließ sie ihren Blick durch den Raum wandern, und staunend bemerkte sie Bess Sedgwick. Was für ein ungewöhnlicher Zufall! Bis gestern hatte sie diese Frau nie persönlich zu Gesicht bekommen. Sie hatte zwar viele Zeitungsbilder von ihr gesehen – bei Pferderennen, auf den Bermudas oder neben ihrem eigenen Flugzeug oder Auto. Aber gestern war sie ihr zum erstenmal begegnet. Und jetzt, wie das so oft geschieht, führte sie der Zufall an einem höchst unwahrscheinlichen Ort wieder zusammen. Nach ihrem Dafürhalten ließen sich ein Essen im Warenhaus mit Lady Sedgwick schlecht miteinander in Einklang bringen. Dennoch saß sie hier in voller Lebensgröße – wie üblich sehr elegant in dem dunklen Kostüm und der smaragdfarbenen Hemdbluse – mit einem jungen Mann am Tisch. Einem jungen Mann in einer schwarzen Lederjacke und mit einem hageren, habichtartigen Gesicht. Sie steckten die Köpfe zusammen, ernsthaft in ein Gespräch vertieft, und schaufelten das Essen in sich hinein, als wüßten sie gar nicht, was sie da verspeisten.

Miss Marple unterzog den jungen Mann einer Musterung und kam zu dem Schluß, daß er ein «hübscher Bursche» war, wie sie zu sagen pflegte. Aber sie stellte gleichzeitig fest, daß er ihr nicht sonderlich gefiel. Er sah nicht so aus, als ob er viel taugte.
Bess Sedgwick würde keinen Rat von mir annehmen, überlegte Miss Marple, aber ich könnte ihr schon einen geben. Doch die Liebesaffären anderer Leute gingen sie nichts an, und nach allem, was man so hörte, wurde Bess Sedgwick mit ihrem Privatleben ganz gut allein fertig.
Miss Marple seufzte, widmete sich ihrem Lunch und plante einen Besuch der Papierwarenabteilung.
Neugierde oder, wie sie es selbst zu nennen beliebte, «Interesse» für die Angelegenheiten ihrer Mitmenschen gehörten zweifellos zu Miss Marples charakteristischen Eigenschaften.
Absichtlich ihre Handschuhe auf dem Tisch zurücklassend, erhob sie sich und durchquerte den Raum, um zur Kasse zu gehen. Dabei wählte sie einen Weg, der dicht an Lady Sedgwicks Tisch vorbeiführte. Sobald sie ihre Rechnung beglichen hatte, «entdeckte» sie, daß ihre Handschuhe fehlten, und kehrte an ihren Platz zurück. Bei dieser Gelegenheit ließ sie unversehens ihre Handtasche fallen – sie sprang auf, und verschiedene Gegenstände verstreuten sich über den Boden. Eine Kellnerin eilte herbei, um ihr beim Auflesen behilflich zu sein, und Miss Marple sah sich gezwungen, weitere Unbeholfenheit vorzutäuschen, indem sie Kleingeld und Schlüssel ein zweites Mal fallen ließ.
Diese List brachte ihr nicht viel ein, aber ganz vergeblich war sie auch nicht – es war interessant, daß die beiden Objekte ihrer Neugier keinen einzigen Blick auf die tatterige alte Dame übrig hatten, die dauernd ihre Sachen fallen ließ.
Als Miss Marple auf den Lift wartete, der sie nach unten bringen sollte, ließ sie sich die aufgeschnappten Gesprächsfetzen noch einmal durch den Kopf gehen:
«Wie lautet der Wetterbericht?»
«O. K. Kein Nebel.»

«Alles klar für die Schweiz?»
«Ja. Das Flugzeug startet um einundzwanzig Uhr vierzig.»
Das war alles, was sie das erste Mal mitbekommen hatte. Auf dem Rückweg war das Resultat etwas ergiebiger gewesen. Bess Sedgwick hatte in zornigem Tonfall geredet.
«Was ist denn nur in dich gefahren, gestern im Bertrams zu erscheinen ...»
«Das macht doch nichts. Ich habe nur gefragt, ob du dort wohnst, und jeder weiß, daß wir eng befreundet sind ...»
«Darum geht es nicht. Das Bertrams paßt für mich – aber nicht für dich. Du fällst dort auf wie ein weißer Elefant. Jeder starrt dich an.»
«Laß sie doch!»
«Du bist wirklich ein Idiot. Warum – warum denn nur? Was steckte dahinter? Du hattest gewiß einen Grund – ich kenne dich doch ...»
«Beruhige dich, Bess.»
«Du bist ja so ein Lügner!»
Das war alles, was Miss Marple hatte hören können.

7

Es war der Abend des 19. November, und Kanonikus Pennyfather hatte im Athenaeum früh zu Abend gespeist. Dann hatte er ein paar Freunden zugenickt und sich an einer aufschlußreichen Debatte über einige kritische Punkte bei der Datierung der Schriftrollen vom Toten Meer beteiligt. Und als er jetzt auf die Uhr blickte, sah er, daß es Zeit war, aufzubrechen, wenn er das Flugzeug nach Luzern noch erreichen wollte. Als er durch die Halle schritt, wurde er abermals von einem alten Freund begrüßt – Dr. Whittaker von der Gesellschaft für archäologische Forschung, der ihn heiter fragte:
«Wie geht's Ihnen, Pennyfather? Habe Sie schon lange nicht mehr gesehen. Wie war's auf dem Kongreß? Sind wichtige Fragen zur Sprache gekommen?»
«Ich bin überzeugt, daß interessante Diskussionen stattfinden werden.»

«Sie sind doch gerade zurückgekehrt, nicht wahr?»
«Nein, nein, ich bin eben auf dem Weg dorthin. Fliege heute abend ab.»
«Ach so.» Whittaker blickte ein wenig verdutzt drein. «Ich hatte eigentlich angenommen, der Kongreß sei heute gewesen.»
«Nein, nein. Morgen, am 19.»
Kanonikus Pennyfather schritt durch die Tür, während sein Freund ihm nachsah und sagte:
«Aber mein lieber Freund, *heute* ist doch der Neunzehnte, oder?»
Kanonikus Pennyfather war jedoch längst außer Hörweite. Er nahm sich in der Pall Mall ein Taxi und ließ sich zum Flughafenabfertigungsgebäude in Kensington fahren. Es warteten ziemlich viele Fluggäste an diesem Abend. Aber schließlich kam auch er an die Reihe. Es glückte ihm sogar, Flugschein, Paß und andere für die Reise notwendige Papiere vorzulegen. Das Mädchen hinter dem Tresen, das gerade diese Papiere stempeln wollte, hielt inne.
«Entschuldigen Sie bitte, Sir, dies scheint aber das falsche Flugticket zu sein.»
«Das falsche Flugticket? Nein, nein, das stimmt schon. Flug einhundertund – nun, ich kann ohne meine Brille nicht gut lesen – einhundertundsoundso nach Luzern.»
«Es handelt sich um das Datum, Sir. Dieser Schein gilt für Mittwoch, den 18.»
«Nein, nein, Sie irren sich. Hm – ich wollte sagen – heute ist doch Mittwoch, der 18.»
«Tut mir leid, Sir. Heute ist der 19.»
«Der 19.!» Der Kanonikus war entsetzt. Er kramte einen kleinen Taschenkalender hervor und blätterte eifrig darin herum. Schließlich konnte er sich selbst davon überzeugen; heute war tatsächlich der 19. Das Flugzeug, das er benutzen wollte, war gestern abgegangen.
«Das bedeutet dann ja – das bedeutet – oje, es bedeutet, daß der Kongreß in Luzern *heute* bereits stattgefunden hat.»
In tiefer Verzweiflung starrte er über den Tresen hinweg.

Aber es warteten viele andere Reisende, und der Kanonikus und seine Schwierigkeiten wurden einfach beiseite geschoben. Er stand traurig da, die nutzlosen Reisepapiere in der Hand. Vielleicht konnte der Flug umgebucht werden? Aber das hätte ja keinen Sinn – nein, in der Tat – wie spät war es jetzt? Beinahe neun Uhr? Die Konferenz hatte heute morgen um zehn Uhr angefangen – sie mußte tatsächlich schon vorbei sein. Das war's natürlich, was Whittaker im Athenaeum gemeint hatte. Er hatte angenommen, Kanonikus Pennyfather sei schon auf dem Kongreß gewesen.
«Oje, oje», murmelte Kanonikus Pennyfather vor sich hin. «Was für ein Kuddelmuddel habe ich da wieder angerichtet!» Er wanderte verzagt und schweigsam in die Cromwell Road, die nicht einmal bei Sonnenschein heiter wirkt.
Mit seiner Reisetasche in der Hand ging er langsam die Straße entlang und erwog die verschiedenen Möglichkeiten. Als er schließlich zu einer befriedigenden Erklärung gelangte, warum er sich im Tag geirrt hatte, schüttelte er betrübt den Kopf.
Als er unglücklich durch die Cromwell Road ging, entschied er sich schließlich für ein kleines Restaurant, in dem indische Curry-Gerichte serviert wurden. Obwohl er nicht gerade hungrig war, hielt er es doch für richtiger, sich durch ein gutes Mahl wieder in bessere Stimmung zu bringen. Und danach mußte er sich ein Zimmer suchen und – aber nein, das war ja gar nicht nötig. Er hatte ja eine Unterkunft. Natürlich. Er wohnte doch in Bertrams Hotel und hatte sich sein Zimmer für vier Tage reservieren lassen. Was für ein Glück! Was für ein großes Glück! Er hatte also ein Zimmer, das auf ihn wartete. Er brauchte beim Empfang nur um seinen Schlüssel zu bitten und – hier überkam ihn eine neue Erinnerung. War da nicht etwas Schweres in seiner Tasche? Er fuhr mit der Hand hinein und holte einen jener großen Schlüssel mit massivem Anhänger hervor, mit denen die Hotels ihre zerstreuten Gäste davon abhalten wollen, sie in ihren Taschen mitzuschleppen. Beim Kanonikus hatte es jedoch nichts genützt!

«Nr. 19», konstatierte der Kanonikus erleichtert. «Das stimmt. Wie gut, daß ich mir nicht erst noch ein Zimmer suchen muß. Die Hotels sollen im Augenblick sehr überlaufen sein. Ja, das hat Edmunds vorhin im Athenaeum auch erwähnt. Er hatte schrecklich viel Mühe gehabt, ein Zimmer zu finden.»

Ziemlich zufrieden mit sich und der weisen Voraussicht bei seinen Reisevorbereitungen, ließ der Kanonikus seinen Curry im Stich, dachte sogar daran, ihn zu bezahlen, und trat wieder auf die Cromwell Road hinaus.

Es kam ihm etwas langweilig vor, jetzt schon ins Hotel zu gehen, wo er doch eigentlich um diese Zeit in Luzern hätte dinieren und sich über alle möglichen interessanten und faszinierenden Probleme unterhalten sollen. Sein Blick fiel auf ein Kinoplakat. *Die Mauern von Jericho.* Das schien ja ein außerordentlich passender Titel. Es wäre ganz aufschlußreich, festzustellen, ob die biblische Genauigkeit gewahrt worden war.

Er kaufte sich eine Eintrittskarte und stolperte in die Dunkelheit hinein. Der Film gefiel ihm, obwohl er keine ersichtliche Beziehung zur biblischen Geschichte hatte. Selbst Josua war offensichtlich ausgelassen worden. Die Mauern von Jericho waren wohl symbolisch gemeint für das Ehegelübde einer gewissen Dame. Es war eine Art von Film, wie er sie nicht oft zu sehen bekam, und er hatte das Gefühl, um eine Lebenserfahrung bereichert worden zu sein. Die Vorstellung ging zu Ende, die Lichter flammten auf, die Nationalhymne erklang, und Kanonikus Pennyfather schlurfte wieder auf die Straße hinaus, ein wenig getröstet nach den traurigen Ereignissen des frühen Abends.

Es war eine schöne Nacht, und er ging zu Fuß zu Bertrams Hotel, nachdem er zuvor einen Bus erwischt hatte, der in die entgegengesetzte Richtung fuhr. Es war Mitternacht, als er sein Ziel erreichte, und um diese späte Stunde erweckte Bertrams Hotel gewöhnlich den sittsamen Anschein, als schliefen alle den Schlaf des Gerechten. Der Lift war in einem oberen Stockwerk, also stieg der Kanonikus zu Fuß die Treppe

hinauf. Er kam zu seinem Zimmer, steckte den Schlüssel ins Schloß, stieß die Tür auf und trat über die Schwelle.
Du meine Güte, sah er etwa Gespenster? Aber wer – wie – den erhobenen Arm bemerkte er zu spät . . .
Er sah Sterne, und in seinem Kopf schienen Raketen zu explodieren wie bei einem grandiosen Feuerwerk . . .

8

Der Irish Mail raste durch die Nacht oder, genauer gesagt, durch die Dunkelheit der frühen Morgenstunden.
Von Zeit zu Zeit stieß die Diesellokomotive ihr unheimliches, klagendes Warnsignal aus. Der Zug fuhr mit einer Geschwindigkeit von weit über hundertzwanzig Stundenkilometern. Er hatte keine Verspätung.
Plötzlich wurden die Bremsen angezogen, und das Tempo verlangsamte sich. Die Räder kreischten über die Schienen. Langsamer, immer langsamer . . . Der Schaffner steckte den Kopf zum Fenster hinaus und erkannte das rote Haltesignal, vor dem der Zug schließlich zum Stillstand kam. Einige Passagiere wachten auf, die meisten schliefen weiter.
Eine ältere Dame öffnete beunruhigt die Tür ihres Abteils und blickte den Gang entlang. Ein kleines Stückchen weiter vorn stand eine der Außentüren offen. Ein älterer Geistlicher mit einem dicken weißen Haarschopf kletterte gerade vom Bahnkörper her in den Zug. Sie nahm an, daß er vorher ausgestiegen war, um zu schauen, was eigentlich los sei.
Die Morgenluft war empfindlich kühl. Irgend jemand am Ende des Ganges sagte: «Nur ein Signal.» Die ältere Dame zog sich in ihr Abteil zurück und versuchte, wieder einzuschlafen.
Aus der Fahrtrichtung rannte ein Mann, der eine Laterne schwenkte, von einem Stellwerk auf den Zug zu. Der Heizer kletterte von der Lokomotive herab. Der Schaffner, der ebenfalls aus dem Zug gestiegen war, trat zu ihm. Der Mann

mit der Laterne erreichte sie, ziemlich außer Atem, und sprach in abgerissenen Sätzen.
«Schweres Eisenbahnunglück da vorne ... Güterzug entgleist ...»
Der Lokomotivführer blickte aus dem Führerstand heraus und kletterte dann auch herab. Am Ende des Zuges stiegen sechs Männer, die gerade die Böschung heraufgeklommen waren, durch eine für sie im letzten Wagen offengelassene Tür ein. Sechs Passagiere aus verschiedenen Wagen schlossen sich ihnen an. Nach einem wohldurchdachten Plan machten sie sich eilig daran, den Postwagen vom Zug loszukoppeln. Zwei Männer, unkenntlich gemacht durch maskenartige Wollmützen, standen an beiden Wagenenden Wache, bewaffnet mit Totschlägern.
Ein Mann in Eisenbahneruniform schritt den Gang des stehenden Zuges entlang und gab Erklärungen ab, wenn er gefragt wurde.
«Strecke vor uns ist blockiert. Zehn Minuten Aufenthalt vielleicht, nicht länger ...» Es klang freundlich und beruhigend.
Neben der Lokomotive lagen der Führer und der Heizer, geschickt geknebelt und gefesselt. Der Mann mit der Laterne rief mit lauter Stimme.
«Hier ist alles okay.»
Der Schaffner lag, ähnlich zusammengeschnürt, an der Böschung.
Die guttrainierten Räuber hatten inzwischen im Postwagen ganze Arbeit geleistet. Die Besatzung lag, ebenfalls gebündelt, am Boden. Die ausgesuchten Postsäcke segelten hinaus und wurden von auf der Böschung wartenden Komplizen in Empfang genommen.
In den Abteilen murrten die Reisenden, daß die Eisenbahn auch nicht mehr so zuverlässig sei wie in den guten alten Zeiten.
Dann plötzlich, als sie gerade wieder einschlafen wollten, erschallte das Röhren eines Auspuffs durch die Dunkelheit.
«Lieber Himmel», murmelte eine Frau. «Ist das ein Düsenflugzeug?»

«Rennwagen würde ich sagen.»
Das Geräusch verhallte in der Ferne ...

Auf der Autostraße von Bedhampton, etwa fünfzehn Kilometer entfernt, rollte eine lange Kolonne von Fernlastern nach Norden. Ein großer weißer Rennwagen brauste an ihnen vorüber. Zehn Minuten später bog er von der Autostraße ab.

Die Garage an der Ecke B-Road trug ein Schild: GESCHLOSSEN. Doch die großen Türen flogen auf. Der weiße Wagen fuhr geradewegs hinein, und die Türen schlossen sich wieder hinter ihm. Drei Männer arbeiteten in Windeseile. Neue Nummernschilder wurden angebracht. Der Fahrer wechselte Mantel und Mütze. Vorher war er in weißes Schafleder gekleidet gewesen. Jetzt trug er eine schwarze Lederjacke. Er verließ mit seinem Wagen die Garage. Drei Minuten nach dem Aufbruch ratterte ein alter, von einem Geistlichen gesteuerter Morris Oxford auf die Straße.

Ein auf einer Landstraße fahrender Lieferwagen verlangsamte sein Tempo, als er auf einen alten, neben einer Hecke geparkten Morris Oxford stieß, über dessen Motor sich ein älterer Mann beugte.

Der Fahrer des Lieferwagens steckte den Kopf aus dem Fenster.

«Panne? Kann ich Ihnen behilflich sein?»

«Sehr freundlich von Ihnen. Meine Lampen sind nicht in Ordnung.»

Die beiden Fahrer gingen aufeinander zu – und horchten.

«Alles klar!»

Verschiedene teure Koffer amerikanischen Fabrikats wurden aus dem Morris Oxford in den Lieferwagen umgeladen. Ein paar Kilometer weiter bog der Lieferwagen in einen ausgefahrenen Feldweg ein, der sich jedoch als hintere Zufahrt zu einem großen, stattlichen Herrenhaus entpuppte. In der früheren Stallung stand ein großer weißer Mercedes. Der Fahrer des Lieferwagens schloß den Kofferraum des Mercedes auf, lud die Koffer ein und fuhr in seinem Wagen davon.

Auf einem nahe gelegenen Bauernhof krähte ein Hahn aus Leibeskräften.

9

Elvira Blake blickte zum Himmel empor, stellte fest, daß es ein schöner Morgen war, und betrat eine Telefonzelle. Sie wählte Bridgets Nummer in Onslow Square.

«Hallo? Bridget?»

«Oh, Elvira, bist du's?» Bridgets Stimme klang aufgeregt.

«Ja. Ist alles soweit in Ordnung?»

«O nein. Es war ganz *schrecklich.* Deine Kusine, Mrs. Melford, hat gestern nachmittag mit meiner Mutter telefoniert.»

«Was? Meinetwegen?»

«Ja. Ich nahm an, es sei alles in Butter, als ich sie gegen Mittag anrief. Anscheinend hat sie sich aber Gedanken gemacht wegen deiner Zähne. Hat geglaubt, es handle sich um etwas Ernsthaftes. Einen Abszeß oder dergleichen. Also rief sie selbst beim Zahnarzt an und entdeckt natürlich, daß du überhaupt nicht bei ihm gewesen bist. Dann meldete sie sich also bei uns, und unglücklicherweise stand Mummy gerade neben dem Telefon. Also konnte ich nicht zuerst an den Apparat. Und sie sagte selbstverständlich, daß sie nichts von der ganzen Sache wisse und daß du bestimmt nicht bei uns seist. Ich wußte einfach nicht, was ich tun sollte.»

«Und was hast du tatsächlich getan?»

«Ich gab vor, nichts davon zu wissen, und erwähnte, daß du beiläufig die Absicht geäußert hättest, Freunde in Wimbledon zu besuchen.»

«Warum gerade Wimbledon?»

«Es war der erste Ort, der mir in den Sinn kam.»

Elvira seufzte. «Na ja, ich werde mir wohl etwas einfallen lassen müssen. Vielleicht eine alte Erzieherin erfinden, die

in Wimbledon wohnt. Diese unnötige Besorgnis macht alles so kompliziert. Hoffentlich begeht Mildred nicht eine noch größere Dummheit und ruft die Polizei an oder so etwas.»
«Fährst du jetzt gleich zu deinen Verwandten?»
«Erst heute abend. Ich habe noch eine Menge zu erledigen.»
«Hast du in Irland etwas erreicht?»
«Ich habe entdeckt, was ich wissen wollte.»
«Elvira, was wirst du in der Armbandsache unternehmen?»
«Oh, das geht in Ordnung. Ich habe mir von jemandem etwas Geld gepumpt. Also kann ich es einlösen. Dann bringe ich es einfach zu Bollards zurück.»
«Glaubst du, sie werden kein Aufhebens davon machen? – Nein, Mummy, es ist nur die Wäscherei. Sie behaupten, wir hätten das Laken nicht mitgeschickt. Ja, ja, ich werde es ihnen sagen. Also gut.»
Elvira am anderen Ende grinste und legte den Hörer auf. Sie öffnete ihre Geldbörse, kramte darin herum, holte das nötige Kleingeld heraus und legte es vor sich auf das Brett. Dann wählte sie die Durchwähl- und die Anschlußnummer. Als die Verbindung zustande kam, steckte sie die erforderlichen Münzen ein, drückte auf den Knopf und sprach mit leiser, atemloser Stimme.
«Guten Tag, Mildred. Ja, ich bin's ... Es tut mir schrecklich leid ... Ja, ich weiß ... nun, das wollte ich ja auch ... ja, es war die gute alte Maddy, unsere frühere Gouvernante ... ja, ich habe eine Postkarte geschrieben und dann vergessen, sie einzuwerfen. Sie steckt jetzt noch in meiner Tasche ... nun, Maddy war nämlich krank und hatte niemanden, der sich um sie kümmerte. Da bin ich einfach geblieben, um nach dem Rechten zu sehen. Ja, ich hatte die Absicht, zu Bridget zu gehen, aber dies warf alle meine Pläne über den Haufen ... Ja, ich werde dir alles erklären, wenn ich zurück bin ... ja, heute nachmittag. Nein, ich werde nur warten, um mit der Schwester zu sprechen, die bald kommt, um die alte Maddy zu betreuen – nun, keine richtige Schwester. Du weißt ja, eine dieser – hm – freiwilligen Helferinnen oder so etwas. Nein, es wäre ihr ein Greuel, ins Krankenhaus zu ge-

hen ... Aber es tut mir tatsächlich leid, Mildred, wirklich, sehr, sehr leid.» Sie legte den Hörer auf und stieß einen verzweifelten Seufzer aus. «Wenn man nur nicht so das Blaue vom Himmel herunterlügen müßte», murmelte sie vor sich hin. Als sie aus der Telefonzelle trat, fiel ihr Blick auf die dicke Zeitungs- Schlagzeile – GROSSER EISENBAHNRAUB. IRISCHER POST-EXPRESS VON BANDITEN ÜBERFALLEN.

Mr. Bollard bediente gerade einen Kunden, als sich die Ladentür öffnete. Er blickte auf und sah, wie Elvira Blake über die Schwelle trat.

«Nein», sagte sie zu dem Verkäufer, der dienstbeflissen herbeieilte, «ich möchte lieber warten, bis Mr. Bollard frei ist.»

Kurz darauf war Mr. Bollard mit seinem Kunden fertig, und Elvira war an der Reihe.

«Guten Morgen, Mr. Bollard», sagte sie.

«Leider ist Ihre Uhr noch nicht repariert, Miss Elvira», sagte Mr. Bollard.

«Oh, ich komme nicht wegen der Uhr», erklärte Elvira. «Ich bin hier, um mich zu entschuldigen. Mir ist etwas Schreckliches passiert.» Sie öffnete ihre Handtasche und zog eine kleine Schachtel heraus. Dieser entnahm sie das mit Saphiren und Diamanten besetzte Armband. «Sie werden sich gewiß entsinnen, daß ich – als ich meine Uhr herbrachte – mir Verschiedenes ansah, um mir ein Weihnachtsgeschenk auszusuchen. Während ich damit beschäftigt war, passierte draußen ein Unfall. Jemand wurde überfahren, glaube ich, oder beinahe überfahren. Ich muß das Armband wohl gerade in der Hand gehabt und in der Aufregung in die Tasche meines Kostüms gesteckt haben. Leider habe ich es erst heute morgen entdeckt. Aber da bin ich sofort losgestürmt, um es Ihnen zurückzubringen. Es tut mir so schrecklich leid, Mr. Bollard, ich weiß wirklich nicht, wie ich dazu kam, so idiotisch zu handeln.»

«Nun, das ist nicht so schlimm, Miss Elvira», erwiderte Mr. Bollard gemessen.

«Sie haben sicher angenommen, jemand habe das Armband gestohlen», meinte Elvira.
Ihre klaren blauen Augen begegneten seinem Blick.
«Wir hatten den Verlust allerdings bemerkt», sagte Mr. Bollard. «Vielen Dank, Miss Elvira, daß Sie es so prompt gebracht haben.»
«Es war mir schrecklich peinlich, als ich es entdeckte», beteuerte Elvira. «Nun, ich bin Ihnen sehr dankbar, Mr. Bollard, daß Sie mir keine Vorwürfe machen.»
«Es passieren viele seltsame Versehen», meinte Mr. Bollard. Er lächelte sie an wie ein guter alter Onkel. «Wir wollen die Sache vergessen. Tun Sie es aber nicht wieder.»
«O nein», versprach Elvira, «in Zukunft werde ich schrecklich vorsichtig sein.»
Sie lächelte ihm zu, drehte sich um und verließ den Laden.
«Was steckt wohl dahinter?» murmelte Mr. Bollard vor sich hin. «Das möchte ich wirklich gern wissen . . .»

10

Die Büroräume der Antwaltsfirma Egerton, Forbes & Wilborough lagen in Bloomsbury, und zwar an einem jener imposanten und würdevollen Plätze, die dem Wandel der Zeit standgehalten hatten. Ihr Messingschild war – wie sich das für eine alte Firma gehört – bis zur Unkenntlichkeit abgenützt. Die Firma bestand seit über hundert Jahren, und ein ansehnlicher Teil des englischen Landadels gehörte zu ihren Klienten. In der Firma existierte kein Forbes mehr, und auch kein Wilborough. Allerdings war noch ein Egerton vorhanden, ein Nachkomme des ursprünglichen Egerton. Er war ein Mann von zweiundfünfzig Jahren und Ratgeber mehrerer Familien, die in früheren Tagen schon von seinem Großvater, seinem Onkel und seinem Vater beraten worden waren.
In diesem Augenblick saß er hinter einem riesigen Mahago-

nischreibtisch in seinem hübsch ausgestatteten Zimmer im ersten Stock und nahm den Hörer von der Gabel. «Lord Frederick ist fort. Schicken Sie bitte Miss Blake herauf.»
Während er auf sie wartete, stellte er eine kurze Berechnung auf seinem Notizblock an. Wie viele Jahre waren vergangen, seit – sie mußte jetzt fünfzehn sein oder siebzehn, vielleicht sogar noch älter. Die Zeit flog ja nur so dahin. Conistons Tochter, dachte er, und Bess' Tochter. Wem sie wohl nachschlägt?
Die Tür öffnete sich. Der Angestellte meldete Miss Elvira Blake, und das Mädchen trat ins Zimmer. Egerton erhob sich von seinem Stuhl und kam auf sie zu. Äußerlich, dachte er, ähnelt sie weder ihr noch ihm.
«Wahrscheinlich», meinte Elvira ein wenig unsicher, «hätte ich Ihnen erst schreiben sollen, um einen Termin auszumachen. Aber ich habe mich eigentlich ganz plötzlich zu diesem Besuch entschlossen; ich wollte die Gelegenheit wahrnehmen, da ich gerade in London bin.»
«Und was machen Sie hier?»
«Ich muß meine Zähne nachsehen lassen.»
«Ekelhafte Dinger, diese Zähne», meinte Egerton. »Bereiten uns Scherereien von der Wiege bis zur Bahre. Aber ich bin Ihren Zähnen dankbar, daß sie mir das Vergnügen verschaffen, Sie zu sehen. Warten Sie mal, Sie waren gerade in Italien, nicht wahr, in einem Pensionat . . .»
«Ja», erwiderte Elvira, «bei der Contessa Martinelli. Aber ich kehre nicht mehr dorthin zurück. Im Augenblick wohne ich bei den Melfords in Kent, bis ich mir überlegt habe, was ich unternehmen will.»
«Na, ich hoffe, Sie finden etwas Befriedigendes. Sie denken wohl nicht an ein Studium?»
«Nein», entgegnete Elvira, «ich glaube nicht, daß ich klug genug dafür bin.» Sie ließ eine kleine Pause eintreten, ehe sie fortfuhr: «Ich nehme an, daß Sie zu allen meinen Plänen Ihre Zustimmung geben müssen.»
Egerton warf ihr einen scharfen Blick zu.
«Ja. Ich bin einer Ihrer Vormunde und ein Treuhänder ent-

sprechend dem Testament Ihres Vaters. Sie sind daher durchaus berechtigt, sich jederzeit an mich zu wenden.»
Elvira sagte höflich: «Danke.»
«Haben Sie irgend etwas auf dem Herzen?»
«Nein. Eigentlich nicht. Aber sehen Sie, ich bin überhaupt nicht im Bilde. Niemand hat mich jemals über den Stand der Dinge aufgeklärt. Man mag auch nicht immer fragen.»
Er blickte sie aufmerksam an.
«Sie möchten wohl mehr über sich selbst erfahren, wie?»
«Ja», sagte Elvira. «Wie schön, daß Sie Verständnis dafür haben. Onkel Derek . . .» Sie zögerte.
«Derek Luscombe, meinen Sie?»
«Ja. Ich habe ihn immer Onkel genannt.»
«Ach so.»
«Er ist sehr gütig», fuhr Elvira fort. «Aber es ist nicht seine Art, etwas mit mir zu besprechen. Er arrangiert einfach alles und blickt mich ängstlich fragend an, ob es auch nach meinem Geschmack sei. Er hört natürlich viel auf andere – Frauen, meine ich –, die ihm so mancherlei erzählen. Wie die Contessa Martinelli. Er sucht Schulen und Pensionate für mich aus.»
«Und es waren solche, die Sie selbst nicht gewählt hätten?»
«Das habe ich nicht gemeint. Sie waren ganz ordentlich. Ich wollte nur sagen: Sie waren mehr oder weniger das gesellschaftlich Übliche.»
«Ich verstehe.»
«Aber ich weiß nichts über *mich selbst*. Zum Beispiel, wieviel Geld ich habe und was ich damit anfangen könnte, wenn ich wollte.»
«Mit anderen Worten», sagte Egerton mit seinem anziehenden Lächeln, «Sie wollen übers Geschäftliche sprechen, nicht wahr? Nun, meiner Ansicht nach haben Sie ganz recht. Einen Augenblick mal. Wie alt sind Sie jetzt eigentlich? Sechzehn – siebzehn?»
«Ich bin fast zwanzig.»
«Oje. Das wußte ich gar nicht.»
«Ich habe dauernd das Gefühl, daß ich behütet und be-

schützt werde», erklärte Elvira. «In gewisser Hinsicht ganz schön, aber es kann auch sehr lästig sein.»
«Eine etwas altmodische Einstellung», pflichtete Egerton ihr bei, «aber sie paßt zu Derek Luscombe. Nun, was wissen Sie eigentlich über sich, Elvira, oder, genauer gesagt, über Ihre Familienverhältnisse?»
«Ich weiß, daß mein Vater starb, als ich fünf Jahre alt war, und daß meine Mutter ihm mit einem anderen davongelaufen ist, als ich etwa zwei war. An sie erinnere ich mich überhaupt nicht mehr, und an meinen Vater kaum noch. Er war sehr alt und hatte ein Bein meistens auf einem Stuhl hochgelegt. Er fluchte häufig, und ich hatte ziemliche Angst vor ihm. Nach seinem Tod lebte ich zunächst bei einer Tante oder Kusine meines Vaters, bis auch sie starb, und dann kam ich zu Onkel Derek und seiner Schwester. Als seine Schwester starb, ging ich nach Italien. Und jetzt hat Onkel Derek dafür gesorgt, daß ich bei seinen Kusinen, den Melfords, unterkomme. Sie sind sehr freundlich und haben zwei Töchter ungefähr in meinem Alter.»
«Fühlen Sie sich dort wohl?»
«Das kann ich noch nicht beurteilen. Ich bin gerade erst angekommen. Sie sind alle ziemlich langweilig. Ich möchte wirklich gern wissen, wieviel Geld ich zu erwarten habe.»
«Sie wünschen also eine Auskunft über Ihre finanziellen Verhältnisse.»
«Ja», antwortete Elvira. «Ich habe Geld, das weiß ich. Ist es viel?»
Egerton war jetzt ganz ernst.
«Ja», sagte er. «Sie haben eine Menge Geld. Ihr Vater war ein sehr reicher Mann, und Sie waren sein einziges Kind. Bei seinem Tod erbte ein Vetter den Titel und den Landsitz. Ihr Vater mochte diesen Vetter nicht. Daher vermachte er seinen ganzen, ziemlich beträchtlichen persönlichen Besitz seiner Tochter – Ihnen, Elvira. Sie sind ein sehr reiches Mädchen oder werden es sein, wenn Sie einundzwanzig sind.»
«Soll das heißen, daß ich *jetzt* nicht reich bin?»
«Doch, Sie sind auch jetzt wohlhabend, aber Sie können erst

darüber verfügen, wenn Sie einundzwanzig sind oder heiraten. Bis zu dem Zeitpunkt wird Ihr Vermögen von Ihren Treuhändern verwaltet, von Luscombe, mir und noch einem dritten.» Er lächelte ihr zu. «Wir haben es nicht unterschlagen, es ist immer noch da. Durch gute Anlagen haben wir Ihr Kapital sogar bedeutend vermehrt.»
«Wieviel werde ich haben?»
«Im Alter von einundzwanzig Jahren oder bei Ihrer Heirat wird Ihnen eine Summe zur Verfügung stehen, die nach grober Schätzung etwa sechs- oder siebenhunderttausend Pfund betragen dürfte.»
«Das ist allerdings sehr viel», sagte Elvira beeindruckt.
«Ja, das kann man wohl behaupten. Eben weil es soviel ist, hat wahrscheinlich niemand groß mit Ihnen darüber geredet.»
Er beobachtete sie, während sie sich dies durch den Kopf gehen ließ. Ein ganz interessanter Typ, dachte er. Sah aus, als könnte sie kein Wässerchen trüben, aber es steckte mehr dahinter. Sehr viel mehr. Mit leicht ironischem Lächeln sagte er:
«War die Auskunft zufriedenstellend?»
Sie lächelte ihn plötzlich an.
«Das sollte man annehmen, nicht wahr?»
«Bedeutend besser als ein Totogewinn», bemerkte er.
Sie nickte, aber ihre Gedanken waren woanders. Dann stellte sie eine überraschende Frage.
«Wer bekommt das Geld, wenn ich sterbe?»
«Wie die Dinge jetzt liegen, würde es Ihrem nächsten Verwandten zufallen.»
«Jemand hat mir gesagt, ich könne jetzt kein Testament machen. Erst mit einundzwanzig Jahren. Das stimmt also?»
«Der Betreffende hatte durchaus recht.»
«Das ist eigentlich ziemlich ärgerlich. Wenn ich verheiratet wäre, würde bei meinem Tod mein Mann wohl das Geld erben, nicht wahr?»
«Ja.»
«Und wenn ich unverheiratet wäre, bekäme es meine Mutter

als nächste Verwandte. Ich scheine tatsächlich sehr wenige Verwandte zu haben. Ich kenne nicht einmal meine Mutter. Wie ist sie eigentlich?»
«Sie ist eine sehr bemerkenswerte Frau», entgegnete Egerton schroff. «Das ist wohl das Urteil aller.»
«Hat sie je den Wunsch gehabt, mich zu sehen?»
«Vielleicht ... ich halte es für durchaus möglich. Da sie jedoch – in gewisser Beziehung wenigstens – ihr eigenes Leben ziemlich vermasselt hat, hielt sie es wohl für richtiger, daß Sie fern von ihr aufwuchsen.»
«Wissen Sie bestimmt, daß sie so denkt?»
«Nein. Ich weiß in Wirklichkeit nichts darüber.»
Elvira erhob sich.
«Ich danke Ihnen vielmals», sagte sie. «Es war sehr freundlich von Ihnen, mir dies alles mitzuteilen.» Sie reichte ihm ihre Hand und sagte sehr charmant: «Ich bin Ihnen sehr dankbar. Hoffentlich habe ich Sie nicht bei einer wichtigen Arbeit gestört.» Damit ging sie hinaus.
Egerton stand eine Weile da und blickte auf die Tür, die sich hinter ihr geschlossen hatte. Er spitzte die Lippen, pfiff leise vor sich hin, setzte sich dann kopfschüttelnd an den Schreibtisch und nahm den Hörer von der Gabel.
«Miss Cordell, verbinden Sie mich bitte mit Colonel Luscombe. Versuchen Sie es erst in seinem Klub.»
Er legte den Hörer wieder auf. Alsbald ertönte der Summer.
«Colonel Luscombe ist jetzt am Apparat, Mr. Egerton.»
«Gut. Stellen Sie durch. Hallo, Derek. Hier ist Richard Egerton. Wie geht es dir? Ich habe soeben Besuch gehabt von jemandem, den du auch kennst. Von deinem Mündel.»
«Von Elvira?» Derek Luscombe schien erstaunt zu sein.
«Ja.»
«Aber warum denn nur – warum um Himmels willen, hat sie dich aufgesucht? Hat doch keine Dummheiten gemacht, wie?»
«Nein, im Gegenteil, sie schien ziemlich – zufrieden mit sich zu sein. Sie wollte sich über ihre finanziellen Verhältnisse orientieren.»

«Du hast sie doch hoffentlich nicht aufgeklärt», sagte Colonel Luscombe voller Besorgnis.
«Warum nicht? Was hat diese Geheimniskrämerei für einen Sinn?»
«Nun, ich habe das Gefühl, es ist unklug, ein Mädchen wissen zu lassen, daß es eine so große Summe zu erwarten hat.»
«Wenn wir es nicht tun, wird sie es von anderer Seite erfahren. Sie muß darauf vorbereitet werden, weißt du. Geld bedeutet eine große Verantwortung.»
«Ja, aber sie ist noch so kindlich.»
«Bist du dessen so sicher?»
«Was soll das heißen? Natürlich ist sie noch ein Kind.»
«Ich würde sie nicht als Kind bezeichnen. Wer ist der Verehrer?»
«Wie, bitte?»
«Wer der Verehrer ist, habe ich gefragt. Es ist doch ein Mann im Spiel, nicht wahr?»
«Nein, wirklich nicht. Wie kommst du darauf?»
«Sie hat es zwar nicht deutlich ausgesprochen. Aber ich besitze so meine Erfahrungen, weißt du. Ich glaube, daß sie einen Freund hat.»
«Ich kann dir versichern, daß du dich irrst. Ich meine, sie ist höchst sorgfältig erzogen worden. Sie hat sehr strenge Schulen besucht und war in einem der vornehmsten Pensionate in Italien. Ich wüßte es bestimmt, wenn sie irgendein Techtelmechtel hätte. Sicherlich hat sie ein paar nette junge Burschen kennengelernt, aber ich bin überzeugt, daß kein solches Verhältnis besteht, wie du es andeutest.»
«Nun, meine Diagnose lautet: ein Verehrer – und wahrscheinlich ein unerwünschter.»
«Aber warum, Richard, warum? Was weißt *du* denn schon von jungen Mädchen?»
«Eine ganze Menge», erwiderte Egerton trocken. «Du solltest ein wachsames Auge auf sie haben, Derek. Hör dich mal etwas um und versuch, in Erfahrung zu bringen, was sie sich so alles geleistet hat.»
«Unsinn. Sie ist nichts weiter als ein liebes Mädchen.»

«Was dir von lieben Mädchen nicht bekannt ist, würde ein ganzes Buch füllen! Ihre Mutter rannte davon und verursachte einen Skandal – erinnerst du dich noch? –, als sie jünger war, als Elvira heute ist. Und der alte Coniston war einer der schlimmsten Wüstlinge von England.»
«Was du mir sagst, Richard, bringt mich ganz aus der Fassung.»
«Es ist ganz gut, daß du darauf aufmerksam gemacht wirst. Eine ihrer anderen Fragen gefiel mir auch nicht recht. Warum ist sie so erpicht darauf, zu erfahren, wer ihr Geld erben wird, wenn sie stirbt?»
«Merkwürdig, daß sie dich danach gefragt hat, denn sie wollte von mir das gleiche wissen.»
«Wirklich? Warum sollte sie sich mit ihrem vorzeitigen Tod befassen? Sie hat sich übrigens nach ihrer Mutter erkundigt.»
Colonel Luscombes Stimme klang besorgt, als er sagte: «Ich wollte, Bess würde sich des Mädchens annehmen.»
«Hast du mit ihr über das Thema gesprochen – mit Bess, meine ich?»
«Nun, ja . . . ja, allerdings. Ich habe sie zufällig getroffen. Wir wohnten im selben Hotel. Ich habe es Bess dringend nahegelegt, sich um Elvira zu kümmern.»
«Und was hat sie darauf erwidert?» fragte Egerton neugierig.
«Hat sich glatt geweigert. Sie hat mir praktisch zu verstehen gegeben, daß sie kein passender Umgang für das Mädchen sei.»
«In gewisser Hinsicht hat sie da meiner Ansicht nach sogar recht», meinte Egerton. «Sie hat sich mit diesem Rennfahrer eingelassen, nicht wahr?»
«Ich habe so etwas munkeln hören.»
«Ja, ich auch. Ich weiß nicht, ob wirklich etwas dahintersteckt, aber es könnte wohl stimmen. Das ist vielleicht auch ein Grund ihrer Einstellung zu Elvira. Von Zeit zu Zeit sind Bess' Freunde ein etwas starker Tobak. Aber was für eine Frau sie ist, nicht wahr, Derek? Was für eine Frau!»
«Hat sich selbst immer am meisten im Weg gestanden.»

«Eine wirklich nette konventionelle Bemerkung», kommentierte Egerton. «Nun, Derek, entschuldige bitte die Störung, aber halt die Augen offen, falls unerwünschte Elemente im Hintergrund lauern sollten. Jedenfalls kannst du nicht sagen, du seist nicht gewarnt worden.»

11

Mrs. McCrae, Kanonikus Pennyfathers Haushälterin, hatte für den Abend seiner Rückkehr Seezunge eingekauft. Eine gute Seezunge besaß mancherlei Vorteile: Sie brauchte erst dann dem Grill oder der Bratpfanne anvertraut zu werden, wenn der Kanonikus tatsächlich zu Hause war; zur Not hielt sie sich auch bis zum nächsten Tag. Kanonikus Pennyfather schätzte Seezunge sehr, und sollte ein Anruf oder ein Telegramm die Nachricht bringen, daß der Kanonikus diesen Abend doch woanders sein würde, so war Mrs. McCrae auch keine Kostverächterin. Alles war daher aufs beste für die Rückkehr des Kanonikus vorbereitet. Er wurde mit dem Zug erwartet, der um achtzehn Uhr dreißig von London eintraf.

Um sieben Uhr war er noch nicht da. Gewiß hatte der Zug Verspätung. Um halb acht fehlte vom Kanonikus noch immer jede Spur. Mrs. McCrae stieß einen ärgerlichen Seufzer aus. In ihr regte sich der starke Verdacht, daß sie wieder einmal eine dieser unangenehmen Überraschungen erleben würde. Acht Uhr, und kein Kanonikus. Mrs. McCrae war der Verzweiflung nahe.

Um neun Uhr backte sie sich drei Pfannkuchen. Die Seezunge stellte sie vorsorglich in den Kühlschrank. «Ich möchte nur wissen, wo der gute Mann jetzt steckt», murmelte sie vor sich hin. Erfahrung hatte sie gelehrt, daß das Feld hier unbegrenzt war. Die Wahrscheinlichkeit bestand, daß er sein Versehen noch rechtzeitig entdecken und sie telegrafisch oder telefonisch benachrichtigen würde, bevor sie

zu Bett ging. «Ich werde bis elf Uhr aufbleiben, aber nicht länger», sagte sich Mrs. McCrae.
Man konnte nicht sagen, daß sie sich Sorgen machte. So etwas war schon häufiger vorgekommen. Es blieb nichts weiter übrig, als auf irgendeine Nachricht zu warten. Am übernächsten Tag kam sein alter Freund, der Erzdiakon Simmons, zu Besuch. Daran würde sich der Kanonikus sicher erinnern. Deshalb würde zweifellos spätestens bis übermorgen er selbst oder ein Telegramm oder Brief von ihm eintreffen.
Der Morgen des nächsten Tages brachte jedoch kein Lebenszeichen vom Kanonikus. Zum erstenmal spürte Mrs. McCrae eine gewisse Unruhe. Zwischen neun Uhr vormittags und ein Uhr mittags, schlich sie um das Telefon herum wie die Katze um den heißen Brei.
Die Notwendigkeit, ein Ferngespräch zu führen oder gar nach London zu telefonieren, brachte sie ganz aus der Fassung. Es war in ihren Augen eine schändliche Geldverschwendung. Nichtsdestoweniger begann sie allmählich, dieses problematische Unterfangen ins Auge zu fassen.
Schließlich, als ein weiterer Tag ohne Nachricht vom Kanonikus anbrach, beschloß sie zu handeln. Sie wußte, wo er in London abgestiegen war. Bertrams Hotel. Mrs. McCrae nahm allen Mut zusammen und meldete ein Ferngespräch nach London an. Während sie wartete, biß sie sich auf die Lippen und hielt den Hörer fest ans Ohr gepreßt.
«Bertrams Hotel, zu Ihren Diensten», ertönte eine Stimme.
«Oh, bitte, ich möchte gern mit Miss Gorringe sprechen», sagte Mrs. McCrae.
«Einen Augenblick, bitte. Wen darf ich melden?»
«Hier ist Kanonikus Pennyfathers Haushälterin, Mrs. McCrae.»
«Eine Sekunde, bitte.»
Bald darauf erklang Miss Gorringes ruhige und vertrauenerweckende Stimme. «Miss Gorringe am Apparat. Ist dort Kanonikus Pennyfathers Haushälterin?»
«Ganz recht. Mrs. McCrae.»

«Ach ja. Natürlich. Womit kann ich Ihnen dienen, Mrs. McCrae?»
«Wohnt Kanonikus Pennyfather noch bei Ihnen im Hotel?»
«Ich bin froh, daß Sie mich anrufen», sagte Miss Gorringe. «Wir haben uns schon den Kopf darüber zerbrochen, was wir tun sollen.»
«Soll das heißen, daß Kanonikus Pennyfather etwas zugestoßen ist? Hatte er einen Unfall?»
«Nein, nein, nichts dergleichen. Aber wir haben ihn am Freitag oder Sonnabend von Luzern zurückerwartet.»
«Das war auch sein Plan.»
«Aber er kam nicht. Nun, das war allerdings nicht sehr überraschend. Er hatte sich ja sein Zimmer reservieren lassen – das heißt, bis gestern. Er ist jedoch auch gestern nicht zurückgekehrt. Hat auch nichts von sich hören lassen, und seine Sachen sind noch hier, jedenfalls der größere Teil seines Gepäcks. Wir waren uns nicht ganz schlüssig, was wir unternehmen sollten. Natürlich wissen wir», setzte Miss Gorringe hastig hinzu, «daß der Kanonikus manchmal – hm – etwas vergeßlich ist.»
«Das kann man wohl behaupten!»
«Es ergeben sich nun einige Schwierigkeiten. Wir haben so viele Vorbestellungen. Sein Zimmer ist tatsächlich für einen anderen Gast vorgesehen.» Nach einer kurzen Pause fügte sie hinzu: «Sie haben keine Ahnung, wo er sein könnte?»
Voller Bitterkeit erwiderte Mrs. McCrae:
«Der Mann könnte überall stecken!» Sie riß sich zusammen. «Nun, vielen Dank, Miss Gorringe.»
«Kann ich irgend etwas tun ...» erbot sich Miss Gorringe hilfsbereit.
«Ich werde wohl bald von ihm hören», sagte Mrs. McCrae. Sie dankte Miss Gorringe noch einmal und legte den Hörer auf. Voller Unruhe saß sie neben dem Telefon. Sie sorgte sich nicht um die persönliche Sicherheit des Kanonikus. Wenn er einen Unfall erlitten hätte, wäre sie inzwischen schon benachrichtigt worden, davon war sie fest überzeugt. Das dumme war nur, daß Erzdiakon Simmons heute abend

eintreffen und bestimmt erwarten würde, den Gastgeber vorzufinden. Sie konnte Erzdiakon Simmons nicht absagen, da sie nicht wußte, wo er war. Es war alles sehr kompliziert, aber wie in den meisten Fällen gab es auch in dieser schwierigen Situation einen Lichtblick. Und das war der Besuch von Erzdiakon Simmons – er würde Rat wissen. Sie würde die Angelegenheit vertrauensvoll in seine Hände legen.

Erzdiakon Simmons war von ihrem Brotherrn grundverschieden. Er stand heiter mit beiden Füßen auf dem Boden der Tatsachen. In jeder Lage wußte er mit Sicherheit, was zu tun war, und tat es. Ein zuversichtlicher Geistlicher. Erzdiakon Simmons, der bei seinem Eintreffen von Mrs. McCrae mit Erklärungen, Entschuldigungen und beunruhigenden Gedanken überschüttet wurde, erwies sich tatsächlich als der erwartete Fels in der Brandung.

«Nun, machen Sie sich nur keine Sorgen, Mrs. McCrae», sagte er in seiner munteren Art, als er sich zu dem Mahl niederließ, das sie für seinen Empfang zubereitet hatte. «Wir werden den zerstreuten Burschen schon aufspüren.»

Nach dem Essen benutzte er tüchtig das Telefon, ohne jede Rücksicht auf die entstehenden Kosten. Mrs. McCrae spitzte ängstlich die Lippen, obwohl sie diese Verschwendung nicht verurteilen konnte; ihr Brotherr mußte ja wirklich gefunden werden.

Nachdem er pflichtschuldigst zuerst die Schwester des Kanonikus angerufen hatte, die vom Kommen und Gehen ihres Bruders wenig Notiz nahm und wie üblich nicht die blasseste Ahnung hatte, wo er war oder sein könnte, dehnte der Erzdiakon die Suchaktion weiter aus. Er wandte sich nochmal an Bertrams Hotel und verschaffte sich möglichst genaue Auskünfte. Der Kanonikus hatte am frühen Abend des 19. das Hotel verlassen. Er hatte nur eine kleine BEA-Reisetasche mitgenommen, sein anderes Gepäck jedoch in seinem Zimmer zurückgelassen, das ordnungsgemäß weitergebucht blieb. Er hatte erwähnt, daß er irgendeine Konferenz in Luzern besuchen wolle, war aber vom Hotel nicht direkt zum Flughafen gefahren. Der Portier, der ihn vom Sehen kannte, hatte ihn in ein Taxi verfrachtet und den Fahrer wunschgemäß zum Athenaeum-Klub dirigiert. Das war das letzte Mal, daß jemand von Bertrams Hotel Kanonikus Pennyfather gesehen hatte. Ach ja, noch eine Kleinigkeit – er hatte vergessen, seinen Zimmerschlüssel beim Empfang zu lassen, und ihn statt dessen mitgenommen. Es war nicht das erste Mal vorgekommen.

Erzdiakon Simmons machte eine kleine Pause, um ein paar Minuten zu überlegen, ehe er die nächste Nummer wählte. Er konnte natürlich den Flughafen in London anrufen, aber das würde zweifellos einige Zeit in Anspruch nehmen. Es fiel ihm ein kürzerer Weg ein, und er rief Dr. Weissgarten an, einen bekannten Orientalisten, der ziemlich sicher am Kongreß teilgenommen hatte.

Dr. Weissgarten war zu Hause: Sobald er hörte, wer mit ihm sprach, ließ er einen Wortschwall vom Stapel, der größtenteils aus einer abfälligen Kritik zweier auf der Konferenz gehaltener Vorträge bestand.

«Höchst unzuverlässig, dieser Hogarov», sagte er. «In jeder Weise anfechtbar. Wie er damit durchkommt, entzieht sich meiner Kenntnis. Der Mann ist überhaupt kein Gelehrter. Wissen Sie, was er sagte?»

Der Erzdiakon seufzte und sah sich genötigt, seinen Gesprächspartner zu unterbrechen. Sonst bestand die Aussicht, sich den Rest des Abends Weissgartens Kritik an seinem Kollegen anhören zu müssen. Mit ziemlichem Bedauern ließ sich Dr. Weissgarten herbei, von persönlicheren Dingen zu sprechen.

«Pennyfather?» sagte er. «Pennyfather? Er hätte eigentlich anwesend sein müssen. Kann nicht verstehen, warum er nicht dort war. Hat mir gesagt, er gehe hin, noch vor einer Woche, als ich ihn im Athenaeum traf.»

«Wollen Sie damit sagen, daß er überhaupt nicht auf dem Kongreß war?»

«Das habe ich doch gerade gesagt. Er hätte da sein *sollen*.»

«Wissen Sie, warum er nicht kam? Hat er eine Absage geschickt?»

«Woher soll ich das wissen? Er hat erwähnt, daß er bestimmt hinfahren werde. Ja, jetzt entsinne ich mich. Man hatte ihn erwartet. Mehrere Leute äußerten sich über seine Abwesenheit. Glaubten, er habe sich vielleicht erkältet. Sehr tückisches Wetter.» Er wollte gerade wieder seine Kollegen kritisieren, aber Erzdiakon Simmons verabschiedete sich.
Er rief jetzt doch die Flughafenabfertigung an. Bei diesem Unternehmen mußte er sehr viel Geduld aufbringen, weil er von einer Abteilung zur anderen verbunden wurde. Schließlich erfuhr er eine weitere Tatsache. Kanonikus Pennyfather hatte für den 18. einen Platz gebucht, und zwar in der Maschine, die um einundzwanzig Uhr vierzig in die Schweiz flog; aber er hatte den Platz nicht benutzt.
«Wir kommen langsam weiter», sagte Erzdiakon Simmons zu Mrs. McCrae, die sich im Hintergrund aufhielt. «Einen Augenblick mal. Bei wem soll ich mein Heil jetzt versuchen?»
«Dieses viele Telefonieren wird eine Unmenge Geld kosten», klagte Mrs. McCrae.
«Leider ja», stimmte Erzdiakon Simmons ihr zu. «Aber wir müssen ihm auf die Spur kommen. Er ist kein junger Mann mehr.»
«Oh, Sir, Sie denken doch nicht allen Ernstes, daß ihm etwas zugestoßen ist?»
«Nun, hoffentlich nicht... Aber ich nehme es nicht an, denn sonst hätten Sie wohl inzwischen davon gehört. Er führte doch bestimmt immer – hm – eine Karte mit seinem Namen und seiner Adresse bei sich?»
«O ja, Sir, er hatte Visitenkarten bei sich, außerdem Briefe und alles mögliche in seiner Brieftasche.»
«Na, dann glaube ich nicht, daß er in einem Krankenhaus ist», meinte der Erzdiakon. «Warten Sie mal. Als er das Hotel verließ, fuhr er mit einem Taxi zum Athenaeum. Dort werde ich jetzt mal anrufen.»
Hier bekam er eine klare Auskunft. Kanonikus Pennyfather, der im Klub gut bekannt war, hatte am Abend des 19. um sieben Uhr dreißig dort gesessen. In diesem Augenblick fiel

dem Erzdiakon etwas auf, was er bis dahin übersehen hatte. Das Flugticket war für den 18. ausgestellt, aber der Kanonikus war am 19. von Bertrams Hotel in einem Taxi zum Athenaeum gefahren, nachdem er zuvor erwähnt hatte, er sei auf dem Weg zur Konferenz in Luzern. Dem Erzdiakon ging ein Licht auf. Dämlicher alter Esel, dachte er bei sich, hütete sich aber wohl, diesen Gedanken laut vor Mrs. McCrae auszusprechen. Hat die Daten verwechselt. Die Konferenz fand am 19. statt. Dessen bin ich sicher. Er muß angenommen haben, am 18. aufgebrochen zu sein. Er hat sich um einen Tag geirrt.

Er versuchte, die Vorgänge zu rekonstruieren. Der Kanonikus war also zum Athenaeum gefahren, hatte dort gegessen und sich dann wahrscheinlich zum Stadtbüro der Fluggesellschaft in Kensington begeben. Dort hatte man ihn zweifellos darauf aufmerksam gemacht, daß sein Flugschein abgelaufen war. Es war ihm dann zum Bewußtsein gekommen, daß die Konferenz, die er besuchen wollte, bereits stattgefunden hatte.

«So ist's gewesen», erklärte Erzdiakon Simmons. «Darauf können Sie sich verlassen.» Er setzte Mrs. McCrae seine Theorie auseinander, und sie gab zu, daß sie einleuchtend sei. «Aber was hat er dann gemacht?»

«Er ist wahrscheinlich ins Hotel zurückgekehrt», sagte Mrs. McCrae.

«Er wäre wohl nicht sofort nach Hause gefahren? Ich meine, direkt zum Bahnhof gegangen?»

«Nicht, wenn sein Gepäck noch im Hotel war. Auf jeden Fall hätte er es abgeholt.»

«Allerdings», stimmte Simmons zu. «Na schön. Wir wollen mal unsere Phantasie spielen lassen. Er verließ die Abfertigungsstelle mit seiner kleinen Tasche und kehrte ins Hotel zurück. Oder schlug jedenfalls den Weg zum Hotel ein. Vielleicht aß er unterwegs zu Abend – ach, nein, das hatte er ja schon im Athenaeum getan. Also gut, er ging wieder ins Hotel zurück. Aber er ist dort *nicht* angekommen!» Er machte eine kleine Pause und setzte dann nachdenklich

hinzu: «Oder etwa doch? Niemand scheint ihn dort gesehen zu haben. Was ist ihm also unterwegs zugestoßen?»
«Wenn er einen Unfall erlitten hätte . . .»
«Ja, Mrs. McCrae, das ist natürlich möglich. Wir könnten die Krankenhäuser anrufen. Sie sagten aber doch, er habe viele Papiere bei sich, mit deren Hilfe er identifiziert werden könne, nicht wahr? Hm – mir scheint, es bleibt uns nur ein Weg übrig.»
Mrs. McCrae warf ihm einen ängstlichen Blick zu.
«Ich glaube nämlich», sagte der Erzdiakon mit sanfter Stimme, «daß wir uns nun an die Polizei wenden müssen.»

12

Miss Marple fiel es durchaus nicht schwer, sich in London die Zeit zu vertreiben. Sie unternahm viel, wozu sie bei ihren bisherigen kurzen Besuchen der Hauptstadt nicht gekommen war. An einem besonders milden und angenehmen Nachmittag bestieg Miss Marple einen Bus nach Battersea Bridge. Sie wollte zwei Genüsse miteinander verbinden: einmal ihre Erinnerung an Princes Terrace Mansions auffrischen, wo eine ihrer alten Gouvernanten gewohnt hatte, und zum anderen Battersea Park besuchen. Der erste Teil ihres Vorhabens erwies sich als undurchführbar. Miss Ledburys ehemaliges Heim war spurlos verschwunden und durch eine gewaltige Masse schimmernden Betons ersetzt. Miss Marple bog in den Battersea Park ein. Sie war immer gut zu Fuß gewesen, mußte jedoch zugeben, daß sie sich heutzutage nicht mehr soviel zumuten konnte. Nach einem knappen Kilometer wurde sie bereits müde. Sie würde es wohl noch fertigbringen, dachte sie, den Park zu durchqueren und dann über die Chelsea Bridge zu gehen, um einen günstigen Bus zu erreichen. Doch ihre Schritte wurden immer langsamer, und sie war hocherfreut, als sie auf einen Teegarten am Rande des Sees stieß.

Trotz der herbstlichen Kühle war noch draußen gedeckt. Es saßen nicht viele Menschen im Freien: einige Mütter mit Kinderwagen und eine Reihe von Liebespaaren. Miss Marple holte sich ein Tablett mit Tee und zwei Stück Biskuitkuchen, trug es vorsichtig an einen Tisch und setzte sich erleichtert hin. Der Tee war genau das, was sie jetzt brauchte: heiß, stark und sehr belebend. Wieder erfrischt, ließ sie ihre Blicke umherwandern. Als sie an einem der Tische hängenblieben, richtete sie sich kerzengerade auf. Wirklich, ein sehr seltsamer Zufall, höchst merkwürdig in der Tat! Erst im Army & Navy und jetzt hier. Sehr ungewöhnliche Plätze suchten sich diese beiden Menschen aus! Aber nein! Es war ein Irrtum. Miss Marple holte ihre stärkere Brille aus der Handtasche. Ja, sie hatte sich geirrt. Es war natürlich eine gewisse Ähnlichkeit vorhanden. Das lange, glatte blonde Haar zum Beispiel. Aber es war diesmal nicht Bess Sedgwick, sondern ein bedeutend jüngeres Wesen. Natürlich! Es mußte die Tochter sein! Das junge Mädchen, das mit Lady Selina Hazys Freund, Colonel Luscombe, in Bertrams Hotel erschienen war. Doch der Mann, mit dem sie am Tisch saß, war derselbe, der mit Lady Sedgwick im Army & Navy zu Mittag gegessen hatte. Darüber bestand gar kein Zweifel: dasselbe gute Aussehen, derselbe habichtartige Blick, dieselbe Hagerkeit, dieselben raubtierähnlichen Bewegungen und – ja, dieselbe starke männliche Anziehungskraft.
«Schlecht», sagte Miss Marple. «Durch und durch schlecht! Grausam! Gewissenlos! Das gefällt mir gar nicht. Erst die Mutter, jetzt die Tochter. Was bedeutet das nur?»
Es bedeutete nichts Gutes, davon war Miss Marple überzeugt. Beide Zusammenkünfte waren heimlicher Natur, dessen war sie sicher. Sie beobachtete genau, wie die beiden sich über den Tisch beugten, bis ihre Köpfe fast zusammenstießen, und wie ernst sie miteinander redeten. Das Gesicht des Mädchens ... Miss Marple nahm ihre Brille ab, putzte die Gläser sorgfältig und setzte sie wieder auf. Ja, dieses Mädchen war verliebt. Rasend verliebt, wie man es nur in der Jugend sein kann.

Als Miss Marple aufbrach, ging sie dicht an dem Tisch vorbei, an dem die beiden saßen, und zwar so langsam, wie es eben ging, ohne aufzufallen. Unglücklicherweise sprachen sie so leise, daß sie nicht verstehen konnte, was sie sagten. Der Mann sprach, und das Mädchen hörte zu, halb erfreut, halb ängstlich. «Planen vielleicht, miteinander davonzulaufen», dachte Miss Marple. «Sie ist noch nicht großjährig.»
Miss Marple schritt durch das kleine Tor im Zaun, das auf den Parkweg führte. Sie blieb neben einem der Wagen stehen. Miss Marple verstand nicht gerade viel von Autos, aber ein solches Modell sah man nicht allzu häufig. Deshalb war es ihr aufgefallen, und sie erinnerte sich nun daran. Von einem autobegeisterten Großneffen hatte sie ein bißchen etwas über diesen Wagentyp erfahren. Es war ein Rennwagen. Irgendein ausländisches Fabrikat – an den Namen konnte sie sich nicht erinnern. Außerdem hatte sie dieses Auto oder eines derselben Marke erst gestern in einer Seitenstraße dicht bei Bertrams Hotel gesehen. Es war ihr aufgefallen, nicht nur wegen seiner Größe und seines ungewöhnlichen Aussehens, sondern auch, weil die Nummer irgendeine Gedankenverbindung in ihr geweckt hatte. FAN 2266. Natürlich – sie hatte dabei an ihre Kusine Fanny Godfrey gedacht. Sie ging ein paar Schritte weiter und warf einen Blick auf das Nummernschild dieses Wagens. Ja, sie hatte wieder einmal recht. FAN 2266. Es war derselbe Wagen. Miss Marple, deren Beine immer müder wurden, erreichte, tief in Gedanken versunken, die andere Seite der Chelsea Bridge. Sie war jetzt so erschöpft, daß sie kurzentschlossen das erstbeste Taxi herbeiwinkte. Sie hatte das quälende Gefühl, in dieser Sache eigentlich etwas unternehmen zu müssen. Aber was und in welcher Sache überhaupt? Es war alles so unbestimmt. Sie starrte geistesabwesend auf einen Zeitungsaushang.
«Sensationelle Entwicklung beim Zugüberfall», hieß es da. «Schilderung des Lokführers», verkündete ein anderes Blatt. Scheußlich! dachte Miss Marple bei sich. Jeden Tag schien aber auch ein Raubüberfall auf Banken oder Eisenbahnen zu passieren.

Die Verbrechen schienen einander zu übertrumpfen.

13

Chefinspektor Fred Davy erinnerte an einen großen Brummer, als er so vor sich hinsummend durch die Räume der Kriminalpolizei wanderte. Es war eine wohlbekannte Marotte, die keinem besonders auffiel und höchstens zu der Bemerkung führte: «Vater ist wieder auf Beute aus.»
Sein Rundgang führte ihn schließlich in das Zimmer, wo Inspektor Campbell mit gelangweilter Miene hinter seinem Schreibtisch saß. Inspektor Campbell war ein ehrgeiziger junger Mann, und so fand er einen großen Teil seiner Beschäftigung äußerst langweilig. Dennoch erledigte er die ihm zugewiesenen Aufgaben gut.
«Guten Morgen, Sir», sagte Inspektor Campbell respektvoll, als Vater sein Reich betrat. Wie alle anderen nannte natürlich auch er Chefinspektor Davy «Vater», hinter seinem Rükken, aber er hatte noch nicht das Dienstalter erreicht, das ihm eine solche Anrede gestattete.
«Kann ich irgend etwas für Sie tun?» erkundigte er sich. Der Chefinspektor summte zur Begrüßung einfach sein Liedchen weiter, zog sich einen Stuhl heran und setzte sich.
«Viel zu tun?» fragte er.
«So einigermaßen.»
«Sie bearbeiten gerade einen merkwürdigen Fall: Jemand ist aus einem Hotel verschwunden, nicht wahr? Wie war der Name doch gleich? Bertrams Hotel. Stimmt's?»
«Ja, ganz recht, Sir. Bertrams Hotel.»
«Haben sie die Polizeistunde nicht eingehalten? Prostitution?»
«O nein, Sir», erwiderte Inspektor Campbell, ein wenig schockiert, Bertrams Hotel in einen solchen Zusammenhang gebracht zu hören. «Es ist ein sehr nettes, ruhiges, altmodisches Hotel.»

«Wirklich?» meinte Vater. «Nun, das ist ja sehr interessant.» Inspektor Campbell hätte gern gewußt, warum es interessant sei. Aber er wagte nicht, danach zu fragen, da die Laune der leitenden Herren, wie allgemein bekannt, sehr schlecht war seit dem Überfall auf den Postzug, der einen eklatanten Erfolg für die Verbrecher darstellte. Er betrachtete Vaters breites, grobes, stures Gesicht und wunderte sich im stillen – und nicht zum erstenmal –, wie Chefinspektor Davy seinen jetzigen Rang erreicht hatte und warum man im Dezernat so große Stücke auf ihn hielt.
«Also nun, was ist eigentlich los in Bertrams Hotel?» fragte der Chefinspektor nach einer Weile. «Wer ist verschwunden und wie und warum?»
«Ein Kanonikus Pennyfather, Sir. Älterer Geistlicher.»
«Langweiliger Fall, wie?»
«Ja, Sir, in gewisser Hinsicht schon.»
«Wie sieht der Mann aus?»
«Kanonikus Pennyfather?»
«Ja – Sie haben doch wohl eine Beschreibung von ihm?»
«Natürlich.» Campbell blätterte in seinen Unterlagen und las dann: «Größe einsdreiundsiebzig, dichte weiße Haare, gebeugte Haltung . . .»
«Und er ist aus Bertrams Hotel verschwunden – wann?»
«Etwa vor einer Woche – am 19. November.»
«Und jetzt wurde es erst gemeldet? Haben sich aber Zeit gelassen, nicht wahr?»
«Nun, ich glaube, es wurde allgemein angenommen, daß er wiederauftauchen würde.»
«Irgendeine Idee, was dahintersteckt?» fragte Vater. «Ist ein anständiger, gottesfürchtiger Mann plötzlich mit der Frau seines Küsters durchgebrannt? Oder neigt er heimlich zum Suff? Hat er Kirchengelder unterschlagen? Oder ist er einer dieser zerstreuten Professoren, denen so etwas häufiger passiert?»
«Nun, nach allem, was mir so zu Ohren gekommen ist, gehört er zur letzten Kategorie. Es ist schon oft vorgekommen.»

«Wie – daß er aus einem respektablen Westend-Hotel verschwunden ist?»
«Nein, das gerade nicht, aber er ist nicht immer nach Hause zurückgekehrt, wenn man ihn erwartete. Gelegentlich ist er bei Freunden aufgetaucht an einem Tag, für den er nicht eingeladen war. Dann wieder ist er nicht erschienen, wenn man ihn wirklich eingeladen hatte. In diesem Stil.»
«Ja», sagte Vater. «Ja. Nun, das klingt ja ganz hübsch und natürlich und planmäßig, nicht wahr? Was sagten Sie noch – an welchem Tag ist er verschwunden?»
«Donnerstag, den 19. November. Er sollte eigentlich an einem Kongreß in» – Campbell beugte sich vor und sah in seinen Papieren nach – «o ja, in Luzern teilnehmen. Gesellschaft für Bibelforschung. Ich glaube, es ist eine deutsche Gründung.»
«Und fand sie tatsächlich in Luzern statt? Der alte Knabe – das ist er doch wohl, wie?»
«Dreiundsechzig, Sir.»
«Der alte Knabe ist dort nicht erschienen. Stimmt's?»
Inspektor Campbell zog die Unterlagen zu sich heran und gab Vater einen genauen Bericht über alle bisherigen Ermittlungen.
«Klingt nicht danach, als wäre er mit einem Chorknaben auf und davon gegangen», bemerkte Chefinspektor Davy.
«Er wird wohl wiederauftauchen, nehme ich an», sagte Campbell, «aber wir gehen der Sache natürlich nach. Sind Sie – hm – besonders interessiert an diesem Fall, Sir?» Er konnte seine Neugierde kaum verbergen.
«Nein», erwiderte Davy nachdenklich. «Nein, nicht an dem Fall an sich. Er enthält nichts Bemerkenswertes für mich.»
Es trat eine Pause ein, eine Pause, in der deutlich die unausgesprochene Frage Campbells schwebte: Nun, wozu dann dieses ganze Palaver? Er war jedoch zu gut erzogen, um sie laut zu äußern.
«Was mich *wirklich* interessiert», fuhr Vater fort, «ist das Datum. Und Bertrams Hotel natürlich.»
«Es ist ein sehr gut geführtes Haus, Sir. Nie Scherereien.»

«Das ist ja schön», meinte Vater und fügte nachdenklich hinzu: »Ich möchte mir das Hotel gern mal ansehen.»
«Selbstverständlich, Sir», sagte Inspektor Campbell. «Wann Sie wollen. Ich hatte selbst vor, dort gelegentlich vorbeizuschauen.»
«Dann könnte ich ja eben mitkommen», schlug Vater vor. «Nicht um mich einzumischen, ganz und gar nicht. Aber ich möchte das Haus mal genauer unter die Lupe nehmen, und Ihr verschwundener Erzdiakon – oder was er auch ist – liefert mir einen guten Vorwand dafür. Sie brauchen mich nicht mit ‹Sir› anzureden, wenn wir dort sind. Machen Sie sich nur recht wichtig. Ich werde die Rolle des Handlangers spielen.»
Die beiden Detektive machten sich zusammen auf den Weg, Campbell in einem eleganten Straßenanzug und Chefinspektor Davy in einem Tweedanzug, in dem er aussah wie ein Bauer im Sonntagsstaat. Sie paßten ganz gut ins Bertrams. Nur Miss Gorringe sah, als sie von ihren Geschäftsbüchern aufblickte, mit ihrem scharfen Auge, daß sie nicht zu den Gästen gehörten, und schätzte sie richtig ein. Da sie selbst das Verschwinden des Kanonikus Pennyfather gemeldet und bereits eine Unterredung mit einem Sergeanten des Polizeireviers gehabt hatte, war sie auf einen solchen Besuch gefaßt gewesen.
Mit einem Wink veranlaßte sie die ernst dreinblickende Hilfskraft, die sich im Hintergrund zu ihrer Verfügung hielt, die routinemäßige Arbeit am Empfang zu übernehmen, während Miss Gorringe sich unmerklich etwas weiter den Tresen entlangschob und zu den beiden Männern aufblickte. Inspektor Campbell legte ihr seine Karte vor, und sie nickte.
«Möchten Sie nicht lieber mit ins Büro kommen?» fragte Miss Gorringe. «Dort können wir uns ungestört unterhalten.»
«Ja, das wäre wohl am besten.»
«Ein schönes Hotel haben Sie», sagte der große, korpulente, etwas grobschlächtig aussehende Mann. «Behaglich», fügte er mit einem anerkennenden Blick auf das große Feuer hinzu. «Solider, altmodischer Komfort.»

Miss Gorringe quittierte das Kompliment lächelnd, kam hinter dem Tresen hervor und lud die beiden Männer mit einem Blick ein, ihr zu folgen. Sie öffnete eine schlichte Mahagonitür ohne Aufschrift, und sie betraten ein kleines, ziemlich ungemütliches Büro. Alle drei nahmen Platz.

«Der verschwundene Mann ist Kanonikus Pennyfather, soweit ich unterrichtet bin», sagte Inspektor Campbell mit einem Blick auf seine Notizen. «Ich habe Sergeant Wadells Bericht gelesen. Vielleicht erzählen Sie mir noch mal mit Ihren eigenen Worten, was vorgefallen ist.»

«Ich glaube nicht, daß Kanonikus Pennyfather wirklich verschwunden ist», sagte Miss Gorringe. «Wissen Sie, meiner Ansicht nach hat er zufällig jemanden getroffen, einen alten Freund oder Bekannten, und ist dann mit ihm zu irgendeinem Gelehrtentreffen gefahren, drüben auf dem Kontinent. Er ist doch so zerstreut.»

«Sie kennen ihn schon länger?»

«O ja, er steigt hier seit – Moment mal – oh, seit mindestens fünf oder sechs Jahren ab, möchte ich meinen.»

«Sie sind wohl auch schon ziemlich lange hier, Ma'am», mischte sich Chefinspektor Davy plötzlich in die Unterhaltung.

«An die vierzehn Jahre», erwiderte Miss Gorringe.

«Es ist ein hübsches Hotel», wiederholte Davy. «Und Kanonikus Pennyfather hielt sich gewöhnlich hier auf, wenn er in London war? Habe ich recht?»

«Ja. Er kam immer zu uns und schrieb rechtzeitig vorher, um sich sein Zimmer zu reservieren. Auf dem Papier war er bei weitem nicht so zerstreut wie im wirklichen Leben. Diesmal bestellte er ein Zimmer vom 17. bis zum 21. November. Während dieser Zeit gedachte er ein bis zwei Nächte außer Haus zu verbringen, wünschte aber sein Zimmer während seiner Abwesenheit zu behalten. Das hat er schon ziemlich oft getan.»

«Wann haben Sie sich zum erstenmal Gedanken um ihn gemacht?» fragte Campbell.

«Eigentlich überhaupt nicht. Natürlich war es in gewisser

Beziehung unangenehm. Sein Zimmer war nämlich ab dem 23. neu vermietet, und als ich merkte – anfangs war es mir gar nicht aufgefallen –, daß er von Lugano noch nicht zurückgekehrt war . . .»

«In meinen Aufzeichnungen hier steht Luzern», warf Campbell ein.

«Ja, ja, ich glaube, es war auch Luzern. Irgendein archäologischer Kongreß. Jedenfalls, als ich feststellte, daß er noch nicht wiedergekommen war und sein Gepäck geholt hatte, war mir das Ganze höchst peinlich. Um diese Jahreszeit sind wir nämlich ziemlich besetzt, und ich hatte bereits einen anderen Gast für sein Zimmer vorgemerkt. Die Honourable Mrs. Saunders aus Lyme Regis, die immer dieses Zimmer hat. Dann rief mich seine Haushälterin an. Sie war in Sorge um ihn.»

«Der Name der Haushälterin ist Mrs. McCrae, wie ich von Erzdiakon Simmons erfahren habe. Ist Ihnen diese Dame bekannt?»

«Nicht persönlich, nein, aber ich habe schon ein paarmal mit ihr telefoniert. Sie ist, glaube ich, eine sehr zuverlässige Frau und führt dem Kanonikus schon seit einer Reihe von Jahren den Haushalt.»

«Ist dieser Kanonikus im allgemeinen so zerstreut?» fragte Vater.

Miss Gorringe nahm keine Notiz von ihm. Dieser vierschrötige Mann, vermutlich der begleitende Sergeant, drängte sich in ihren Augen ein wenig zu sehr vor.

«Und nun höre ich von Erzdiakon Simmons», fuhr Miss Gorringe in verärgertem Ton fort, «daß der Kanonikus überhaupt nicht zu dieser Konferenz in Luzern gefahren ist.»

«Hat er eine Absage geschickt?»

«Ich glaube nicht – jedenfalls nicht von hier aus. Sicher kein Telegramm. Über Luzern ist mir wirklich nichts bekannt. Ich bin an der Sache eigentlich nur interessiert, soweit sie uns angeht. Es steht schon in den Abendzeitungen, wie ich sehe – ich meine, daß er als vermißt gemeldet ist. Sie haben nicht erwähnt, daß er *hier* wohnte. Hoffentlich tun sie das nicht.

Wir möchten nicht durch die Presse gezogen werden. Unseren Gästen würde das gar nicht behagen. Wenn Sie uns die Reporter vom Halse halten könnten, Inspektor Campbell, wären wir Ihnen sehr dankbar. Es ist ja nicht so, daß er von *hier* verschwunden wäre.»

«Ist sein Gepäck noch da?»

«Ja. Im Abstellraum. Da er nicht nach Luzern gereist ist, haben Sie die Möglichkeit erwogen, daß er überfahren wurde oder sonst irgendeinen Unfall erlitten hat?»

«So etwas ist ihm nicht zugestoßen.»

«Das Ganze kommt mir wirklich sehr merkwürdig vor», sagte Miss Gorringe. Ihre Veränderung schien einem Anflug von Mitgefühl zu weichen. «Ich meine, man fragt sich tatsächlich, wohin er gegangen sein könnte und warum.»

Vater blickte sie verständnisvoll an.

«Sie haben die Sache selbstverständlich nur vom Standpunkt des Hotels aus betrachtet», sagte er. «Ganz natürlich.»

«Wie ich unterrichtet bin», sagte Inspektor Campbell, indem er noch einmal seine Notizen zu Rate zog, «ist Kanonikus Pennyfather am Donnerstag abend, den 19. November, gegen halb sieben hier aufgebrochen. Er hatte nur eine kleine Tasche mit seinem Nachtzeug bei sich und nahm ein Taxi. Durch den Portier hat er den Fahrer angewiesen, ihn zum Athenaeum-Klub zu fahren.»

Miss Gorringe nickte zustimmend.

«Ja, er hat im Athenaeum-Klub zu Abend gegessen – Erzdiakon Simmons erzählte mir, daß er dort zum letztenmal gesehen worden sei.»

«Nun, es ist angenehm, den Sachverhalt zu überblicken», murmelte Vater sanft. «Wir haben jetzt alles klargestellt. Er ging mit seiner kleinen blauen BEA-Tasche oder was er sonst bei sich hatte – es war doch eine BEA-Tasche, ja? Er ging weg und kam nicht zurück. Und damit basta.»

«Sie sehen also, daß ich Ihnen wirklich nicht helfen kann», erklärte Miss Gorringe und machte Anstalten, aufzustehen und zu ihrer Arbeit zurückzukehren.

«Es *scheint* so, als könnten Sie uns nicht helfen», sagte Vater, «aber jemand anders weiß vielleicht etwas», fügte er hinzu.
«Jemand anders?»
«Nun ja», meinte Vater. «Ich denke an das Personal.»
«Das glaube ich nicht. Sonst wäre es mir bestimmt berichtet worden.»
«Nun, vielleicht, vielleicht auch nicht. Ich meine: Sie wären informiert worden, wenn jemand etwas Greifbares gewußt hätte. Aber ich dachte mehr an etwas, was er vielleicht geäußert hat. Außerdem nehme ich an, Kanonikus Pennyfather hat manche von Ihren Gästen gekannt, da er recht oft hier wohnte.»
«O ja», gab Miss Gorringe zu. «Ich muß mal überlegen. Ja, ich habe gesehen, wie er sich mit Lady Selina Hazy unterhielt. Auch mit dem Bischof von Norwich. Sie sind alte Freunde, glaube ich, sie waren zusammen in Oxford. Und Mrs. Jameson und ihre Töchter. Sie stammen aus derselben Gegend. Gewiß, der Kanonikus verkehrte mit einer Reihe von Menschen.»
«Sehen Sie», sagte Vater, «er hat vielleicht mit einem von *ihnen* gesprochen, hat irgendeine Kleinigkeit erwähnt, die uns weiterhelfen kann. Ist noch jemand im Haus, den der Kanonikus ziemlich gut kannte?»
Miss Gorringe runzelte nachdenklich die Stirn.
«Nun, ich denke, General Radley wohnte noch hier; außerdem eine alte Dame vom Land, die schon als junges Mädchen oft hier übernachtet hat, wie sie mir erzählte. Im Augenblick kann ich mich nicht an ihren Namen erinnern, aber ich schaue gleich nach. Ach ja, Miss Marple heißt sie. Ich glaube, sie hat auch mit ihm gesprochen.»
«Mit diesen beiden könnten wir ja anfangen. Dann wäre da auch noch das Zimmermädchen.»
«O ja», erwiderte Miss Gorringe. «Aber sie ist schon von Sergeant Wadell vernommen worden.»
«Ich weiß. Aber vielleicht nicht unter diesem Gesichtspunkt. Und wie steht's mit dem Kellner, der ihn bei Tisch bediente? Oder dem Oberkellner?»

«Henry steht Ihnen natürlich zur Verfügung», sagte Miss Gorringe.
«Wer ist Henry?» fragte Vater.
Miss Gorringe sah fast schockiert aus. Es erschien ihr unmöglich, daß jemand Henry nicht kannte.
«Henry ist seit undenklichen Zeiten hier. Als Sie hereinkamen, müssen Sie ihn bemerkt haben; er servierte gerade den Tee.»
«Eine ausgeprägte Persönlichkeit», sagte Davy. «Er fiel mir schon auf.»
«Ich weiß nicht, was wir ohne Henry anfangen sollten», erklärte Miss Gorringe gefühlvoll. «Er ist wirklich fabelhaft. Geradezu tonangebend in diesem Hotel.»
«Vielleicht würde er mir auch einen Tee servieren», meinte Chefinspektor Davy. «Ich habe gesehen, daß er Muffins hatte, und hätte mal wieder Appetit darauf.»
«Gewiß, wenn Sie wollen», sagte Miss Gorringe ziemlich kühl. «Soll ich zweimal Tee für Sie in der Halle bestellen?» fügte sie hinzu, indem sie sich an Inspektor Campbell wandte.
«Das wäre . . .», begann der Inspektor, als sich plötzlich die Tür öffnete und Mr. Humfries würdevoll eintrat.
Er schien etwas betroffen und blickte Miss Gorringe fragend an. Miss Gorringe klärte ihn auf.
«Dies sind zwei Herren von Scotland Yard, Mr. Humfries», sagte sie.
«Inspektor Campbell», stellte Campbell sich vor.
«Ach, ja. Ja, natürlich», sagte Mr. Humfries. «In der Angelegenheit von Kanonikus Pennyfather wahrscheinlich, wie? Höchst ungewöhnliche Sache. Hoffentlich ist ihm nichts zugestoßen, dem guten Mann.»
«Das hoffe ich auch», beteuerte Miss Gorringe. «Ein so lieber alter Herr.»
«Einer vom alten Schlage», sagte Mr. Humfries voller Anerkennung.
«Sie scheinen recht viele davon hier zu haben», bemerkte Chefinspektor Davy.

«Ich glaube, ja», sagte Mr. Humfries. «Ja, in gewisser Weise gehören wir zu einer vergangenen Welt.»
Vater blickte ihn nachdenklich an, und Inspektor Campbell sagte:
«Sind Sie ganz sicher, daß keine Nachricht von dem Kanonikus hier eingetroffen ist? Ich meine, sie könnte vielleicht von jemandem entgegengenommen worden sein, der vergessen hat, sie zu notieren oder weiterzuleiten.»
«Telefonische Bestellungen werden immer sorgfältig notiert», bemerkte Miss Gorringe eisig. «Es ist einfach undenkbar, daß eine Bestellung nicht an mich oder die jeweils zuständige Person weitergeleitet wird.»
Sie blickte ihn wütend an.
Inspektor Campbell war einen Augenblick ganz betroffen.
«Wissen Sie, wir haben alle diese Fragen schon einmal beantwortet», erklärte Mr. Humfries, dessen Stimme ebenfalls ein wenig reserviert klang. «Wir haben alle uns zur Verfügung stehenden Informationen Ihrem Sergeanten gegeben – auf seinen Namen kann ich mich im Augenblick nicht besinnen.»
Vater räusperte sich und sagte in seiner einnehmenden Art:
«Sehen Sie, die Sache scheint doch ernster zu sein, als wir dachten. Es muß mehr dahinstecken als Zerstreutheit. Aus diesem Grunde halte ich es für ratsam, wenn wir ein paar Worte mit den beiden wechseln, die Sie vorhin erwähnten, Miss Gorringe – General Radley und Miss Marple.»
«Sie wünschen, daß ich – ein Gespräch mit ihnen arrangieren soll?» Mr. Humfries sah ziemlich unglücklich drein. «General Radley ist sehr schwerhörig.»
«Ich finde, man sollte es nicht zu formell machen», sagte Chefinspektor Davy. «Wir wollen niemanden belästigen. Sie können es ruhig uns überlassen. Zeigen Sie uns nur die beiden betreffenden Personen. Es ist doch möglich, daß Kanonikus Pennyfather irgendeinen Plan erwähnt oder von einer Person gesprochen hat, die er in Luzern treffen oder die mit ihm reisen würde. Jedenfalls ist es einen Versuch wert.»
Mr. Humfries wirkte etwas erleichtert.

«Und mehr können wir nicht für Sie tun?» fragte er. «Ich kann Ihnen versichern, daß wir Ihnen in jeder Beziehung behilflich sein wollen. Nur müssen Sie Verständnis dafür haben, daß wir kein Aufsehen in der Presse erregen möchten.»
«Durchaus», versicherte ihm Inspektor Campbell.
«Und ich werde mich ein bißchen mit dem Zimmermädchen unterhalten», sagte Vater.
«Wie Sie wünschen. Ich bezweifle allerdings, daß sie Ihnen Auskunft geben kann.»
«Wahrscheinlich nicht. Aber es könnte doch irgendeine Kleinigkeit zum Vorschein kommen. Man kann nie wissen.»
Mr. Humfries warf einen Blick auf seine Uhr.
«Das Mädchen tritt seinen Dienst um sechs Uhr an», sagte er. «Im zweiten Stock. Hätten Sie vielleicht Lust, mittlerweile Ihren Tee zu nehmen?»
«Mir recht», erklärte Vater.
Sie verließen gemeinsam das Büro.
Miss Gorringe sagte: «General Radley wird im Rauchzimmer sein. Das erste Zimmer links vom Korridor. Dort sitzt er meist um diese Zeit mit der *Times*. Ich fürchte zwar», fügte sie diskret hinzu, «daß er eingeschlafen ist. Soll ich nicht lieber . . .»
«Nein, nein, überlassen Sie das nur mir», sagte Vater. «Und wo ist die andere Person – die alte Dame?»
«Sie sitzt da drüben am Kamin.»
«Die mit dem dichten weißen Haar und dem Strickzeug?» fragte Vater, der sie sich genauer ansah. «Könnte man sich gut auf der Bühne vorstellen, nicht wahr? Eine Art Universal-Großtante.»
Er wandte sich an Campbell. «Soll ich die Sache jetzt in die Hand nehmen, Sir? Ich weiß, Sie haben eine wichtige Verabredung.»
«Ganz recht», sagte Campbell, der den Wink verstand. «Ich glaube ja nicht, daß viel dabei herauskommt, aber man darf nichts unversucht lassen.»
Mr. Humfries verschwand in sein Privatgemach, wobei er Miss Gorringe zunickte:

«Miss Gorringe – einen Augenblick, bitte.»
Miss Gorringe folgte ihm und machte die Tür hinter sich zu.
Humfries ging im Zimmer auf und ab und fragte in scharfem Ton:
«Aus welchem Grund wollen Sie Rose aushorchen? Wadell hat doch bereits alle notwendigen Fragen gestellt.»
«Ich nehme an, es ist nur Routine», erwiderte Miss Gorringe unsicher.
«Es ist am besten, wenn Sie zuerst mit ihr sprechen.»
Miss Gorringe war ein wenig betroffen.
«Inspektor Campbell wird doch sicher ...»
«Oh, Campbell macht mir keine Sorgen. Der andere aber. Wissen Sie, wer das ist?»
«Ich glaube nicht, daß er seinen Namen genannt hat. Ist wohl irgendein Sergeant. Scheint ein ziemlicher Tölpel zu sein.»
«Tölpel – daß ich nicht lache», sagte Mr. Humfries, seine übliche gewählte Ausdrucksweise vergessend. «Das ist Chefinspektor Davy, ein alter Fuchs, wie er im Buche steht. Beim Yard halten sie große Stücke auf ihn. Ich möchte gern mal wissen, was *er* hier zu suchen hat, warum er herumschnüffelt und den jovialen Provinzler spielt. Das gefällt mir ganz und gar nicht.»
«Sie denken doch nicht etwa ...»
«Ich werde überhaupt nicht klug daraus. Aber ich sage Ihnen nochmals: Es gefällt mir nicht. Hat er noch mit jemand anders sprechen wollen außer mit Rose?»
«Ich glaube, er hat die Absicht, mit Henry zu reden.»
Mr. Humfries lachte. Miss Gorringe ebenfalls.
«Bei Henry brauchen wir keine Angst zu haben.»
«Nein, wirklich nicht.»
«Und die Gäste, die Kanonikus Pennyfather kannten?»
Mr. Humfries lachte von neuem.
«Ich wünsche ihm viel Vergnügen mit dem alten Radley. Er muß sich die Lunge aus dem Hals schreien, ohne daß er etwas dabei erreicht. Soll sich ruhig mit Radley amüsieren

und mit dieser komischen alten Glucke, Miss Marple. Trotzdem bin ich von seiner Schnüffelei nicht gerade erbaut . . .»

14

«Wissen Sie was», sagte Chefinspektor Davy nachdenklich, «von diesem Humfries bin ich nicht sehr begeistert.»
«Glauben Sie, daß da etwas nicht stimmt?» fragte Campbell.
«Nun . . .» Vater wich einer direkten Antwort aus. «Sie kennen ja dieses Gefühl, das man manchmal hat. Kriecherischer Bursche. Möchte mal wissen, ob er der Eigentümer oder nur der Direktor ist.»
«Ich kann ihn ja fragen.» Campbell drehte sich um und wollte zum Empfang gehen.
Vater hielt ihn zurück. «Nein, fragen Sie ihn nicht. Kriegen Sie es heraus – ohne viel Aufhebens.»
Campbell blickte ihn neugierig an.
«Was haben Sie im Sinn, Sir?»
«Nichts Besonderes. Ich hätte nur ganz gern mehr Auskünfte über dieses Hotel. Möchte wissen, wer dahintersteckt, wie die finanziellen Verhältnisse aussehen und dergleichen mehr.»
Campbell schüttelte den Kopf.
«Wenn ich einen Ort in London nennen sollte, der über jeden Verdacht erhaben ist, so hätte ich auf Bertrams Hotel getippt.»
«Ich weiß, ich weiß», sagte Vater. «Und wie nützlich ist es, einen solchen Ruf zu genießen!»
Campbell schüttelte wiederum den Kopf und verließ das Hotel. Vater ging den Korridor hinunter, der zum Raucherzimmer führte. General Radley wachte gerade auf. Die *Times* war ihm von den Knien gerutscht und dabei ein wenig in Unordnung geraten. Vater hob sie auf, legte die Seiten fein säuberlich aufeinander und reichte sie dem General.

«Vielen Dank, Sir. Sehr freundlich», sagte General Radley ein wenig schroff.
«General Radley?»
«Ja.»
«Entschuldigen Sie bitte», sagte Vater mit erhobener Stimme, «ich möchte mit Ihnen über Kanonikus Pennyfather sprechen.»
«Wie – was sagen Sie da?» Der General legte eine Hand hinter das Ohr.
«Kanonikus Pennyfather», bellte Vater.
«Mein Vater? Schon seit Jahren tot.»
«Kanonikus *Penny*-father.»
«Ach so. Was ist mit ihm? Habe ihn neulich noch gesehen. Er wohnte hier.»
«Er wollte mir eine Adresse geben und sagte, er würde sie bei Ihnen lassen.»
Es war schon bedeutend schwieriger, ihm diesen Satz ins Ohr zu posaunen, aber Geduld und Beharrlichkeit führten auch hier zum Ziel.
«Hat mir nie eine Adresse gegeben. Muß mich mit jemand anders verwechselt haben. Konfuser alter Knabe. Immer schon so gewesen. Gelehrtentyp, wissen Sie. Die sind immer zerstreut.»
Vater harrte noch etwas länger aus, kam dann aber zu dem Schluß, daß eine Unterhaltung mit General Radley praktisch unmöglich und fast mit Bestimmtheit zwecklos sei. Er kehrte in die Halle zurück und nahm an einem Tisch Platz, der neben Miss Marples Tisch stand.
«Tee, Sir?»
Vater blickte auf. Wie jeder andere war auch er von Henrys Auftreten beeindruckt. Obwohl ein großer und wohlbeleibter Mann, war er gleichsam wie eine Reinkarnation von Ariel aufgetaucht, der nach Belieben erscheinen und verschwinden konnte. Vater bestellte Tee.
«Ich glaube, ich habe vorhin gesehen, daß Sie Muffins haben. Stimmt's?»
Henry lächelte huldvoll.

«Ja, Sir. Und unsere Muffins sind in der Tat sehr gut, wenn ich so sagen darf. Sie finden viel Anklang. Soll ich Muffins für Sie bestellen, Sir? Indischer oder chinesischer Tee?»

«Indischer», sagte Vater. «Oder Ceylon-Tee, wenn Sie ihn haben.»

«Gewiß haben wir Ceylon-Tee, Sir.»

Henry schnippte mit einem Finger, und der blasse junge Mann, sein beflissener Diener, ging davon, um Tee und Muffins herbeizuschaffen. Henry begab sich gelassen an einen anderen Tisch.

Du stellst etwas vor, das steht fest, dachte Vater. Ich möchte mal wissen, wo sie dich aufgegabelt haben und was sie dir zahlen. Einen schönen Batzen, wette ich, und das bist du ihnen auch wert. Er beobachtete Henry, wie er sich väterlich über eine ältere Dame beugte, und fragte sich im stillen, was Henry wohl von ihm dachte, falls er überhaupt über ihn nachdachte. Vater fand, daß er ganz gut ins Milieu des Bertrams passe. Man konnte ihn für einen wohlhabenden Gutsbesitzer halten oder für einen etwas heruntergekommenen Peer.

Dann standen der Tee und die Muffins vor ihm. Er biß in das Gebäck, und die Butter lief ihm über das Kinn. Er wischte sie mit einem großen Taschentuch fort und trank zwei Tassen Tee mit viel Zucker. Dann beugte er sich vor und sprach die Dame an, die am Nebentisch saß.

«Verzeihung», begann er, «sind Sie nicht Miss Jane Marple?»

Miss Marple hob den Blick von ihrem Strickzeug und ließ ihn auf Chefinspektor Davy ruhen.

«Ja», sagte sie, «die bin ich.»

«Hoffentlich haben Sie nichts dagegen, wenn ich mit Ihnen spreche. Ich bin nämlich Polizeibeamter.»

«Wirklich? Es ist doch hier nichts Ernstliches vorgefallen?»

Er beruhigte sie eilig in seiner besten väterlichen Art.

«Nun, kein Grund zur Besorgnis, Miss Marple. Kein Einbruch oder dergleichen. Ein zerstreuter Geistlicher bereitet uns etwas Kopfzerbrechen, weiter nichts. Ich glaube, Sie haben ihn getroffen. Kanonikus Pennyfather.»

«Ach so, Kanonikus Pennyfather. Er war erst kürzlich noch hier. Ja, ich kenne ihn seit vielen Jahren oberflächlich. Er ist, wie Sie schon sagten, ziemlich zerstreut.» Interessiert setzte sie hinzu: «Was hat er jetzt wieder angestellt?»
«Nun, er ist uns abhanden gekommen, wenn ich mich so ausdrücken darf.»
«Oje! Wo sollte er denn sein?»
«Zu Hause in seiner Pfarrei. Dort ist er aber nicht.»
«Mir hat er gesagt, er wolle an einem Kongreß in Luzern teilnehmen. Es handelte sich, glaube ich, um die Schriftrollen vom Toten Meer. Er ist nämlich Fachmann für Hebräisch und Aramäisch.»
«Ja», sagte Vater. «Sie haben ganz recht. Es wurde allgemein angenommen, daß er hinfahren würde.»
«Soll das etwa heißen, daß er dort nicht erschienen ist?»
«Ganz recht. Er ist nicht dort gewesen.»
«Na ja», meinte Miss Marple, «er hat sich wahrscheinlich im Datum geirrt.»
«Sehr wahrscheinlich.»
«Leider ist es wohl nicht das erste Mal, daß ihm so etwas passiert ist. Ich war einmal bei ihm in Chadminster zum Tee eingeladen, und da war er gar nicht zu Haus. Seine Haushälterin erzählte mir bei der Gelegenheit, wie zerstreut er oft sei.»
«Als er sich hier aufhielt, hat er Ihnen wohl nichts gesagt, was uns einen Anhaltspunkt geben könnte?» fragte Vater auf ungezwungene, vertrauliche Art. «Sie wissen wohl, was ich meine. Vielleicht hat er von einem alten Freund gesprochen, den er getroffen hat, oder von irgendwelchen Plänen, abgesehen von dieser Luzerner Konferenz.»
«O nein. Er hat nur die Konferenz in Luzern erwähnt. Ich glaube, er sprach davon, daß sie am 19. stattfindet.»
«Ja, das war der Tag der Luzerner Konferenz.»
«Ich habe mir das Datum nicht so genau gemerkt. Ich meine ...» Wie viele alte Damen geriet Miss Marple hier ein wenig durcheinander. «Ich glaube, er hat den 19. erwähnt, aber es ist ebensogut möglich, daß er den 19. *meinte*, daß es

jedoch in Wirklichkeit der 20. war. Ich meine, er hat vielleicht angenommen, der 20. sei der 19., oder er mag auch gemeint haben, der 19. sei der 20.»
«Oje . . .» sagte Vater, ein wenig benommen.
«Ich habe mich ungeschickt ausgedrückt», gab Miss Marple zu. «Aber ich wollte damit sagen: Wenn Menschen wie Kanonikus Pennyfather erwähnen, daß sie an einem Donnerstag irgendwohin gehen wollen, erwartet man durchaus, daß sie gar nicht Donnerstag, sondern in Wirklichkeit Mittwoch oder Freitag gemeint haben. Gewöhnlich entdecken sie den Fehler beizeiten, aber manchmal auch nicht. Ich dachte damals schon, daß ihm so etwas wohl unterlaufen sein mußte.»
Vater blickte etwas verdutzt drein.
«Es klingt ja so, Miss Marple, als hätten Sie schon gewußt, daß Kanonikus Pennyfather nicht nach Luzern gefahren ist.»
«Ich wußte, daß er am *Donnerstag* nicht in Luzern war. Da war er den ganzen Tag hier – wenigstens den größten Teil des Tages. Deshalb habe ich natürlich angenommen, daß er eigentlich Freitag meinte, wenn er auch mir gegenüber von Donnerstag gesprochen haben mag. Jedenfalls ist er am Donnerstag abend mit seiner BEA-Tasche von hier fortgegangen.»
«Das stimmt.»
«Ich nahm an, er würde zum Flughafen fahren», sagte Miss Marple. «Deshalb war ich so erstaunt, ihn wieder hier zu sehen.»
«Entschuldigen Sie bitte, wie meinten Sie?»
«Nun, daß er wieder hier war, meine ich.»
«Das wollen wir mal eben klarstellen», sagte Vater, der sich bemühte, recht ungezwungen und betulich zu sprechen, und nicht so, als sei ihm die Sache wichtig. «Sie haben also gesehen, wie der alte Idio – Entschuldigung, der Kanonikus, am frühen Abend mit seiner kleinen Reisetasche fortging und, wie Sie annahmen, zum Flughafen fuhr. Stimmt das?»
«Ja, gegen halb sieben, möchte ich sagen, oder auch um Viertel vor sieben.»

«Aber Sie behaupten, er sei zurückgekommen.»
«Vielleicht hat er das Flugzeug verpaßt.»
«*Wann* ist er zurückgekommen?»
«Nun, das kann ich wirklich nicht sagen. Ich habe ihn nicht heimkehren sehen.»
«Oh», sagte Vater verblüfft. «Ich hatte Sie so verstanden, daß Sie ihn tatsächlich gesehen hätten.»
«Ich habe ihn auch gesehen, aber später. Ich wollte nur sagen, daß ich ihn nicht in dem Augenblick gesehen habe, als er ins Hotel zurückkehrte.»
«Sie sahen ihn also später? Wann war das?»
«Einen Moment. Es war gegen drei Uhr morgens. Ich schlief nicht sehr gut. Durch irgendein Geräusch wurde ich wach. In London gibt es so viele merkwürdige Geräusche. Ich blickte auf meinen kleinen Reisewecker, und es war zehn Minuten nach drei. Aus einem unerfindlichen Grund war ich unruhig. Schritte vor meiner Tür, vielleicht. Wenn man auf dem Lande lebt und mitten in der Nacht Schritte hört, so wird man nervös. Also habe ich einfach meine Tür geöffnet und auf den Korridor hinausgeschaut. Da sah ich, wie Kanonikus Pennyfather gerade sein Zimmer verließ – es liegt neben dem meinen – und dann die Treppe hinunterstieg. Er trug seinen Mantel.»
«Er kam um drei Uhr morgens, mit seinem Mantel bekleidet, aus seinem Zimmer und ging die Treppe hinab?»
«Ja», erwiderte Miss Marple und fügte hinzu: «Es kam mir in dem Augenblick sehr sonderbar vor.»
Vater blickte sie eine Weile an.
«Miss Marple», sagte er dann, «warum haben Sie das noch niemandem erzählt?»
«Niemand hat mich danach gefragt», lautete ihre Antwort.

15

Vater fand Rose Sheldon, die ihren Dienst bereits angetreten hatte, und betrachtete sie mit wohlgefälligem Blick.
«Es tut mir leid, daß ich Sie noch einmal belästigen muß», sagte er. «Ich weiß, Sie haben schon mit unserem Sergeanten gesprochen. Es handelt sich um diesen verschwundenen alten Herrn, Kanonikus Pennyfather.»
«O ja, Sir, ein sehr netter Herr. Er übernachtete oft hier.»
«Sehr zerstreut, nicht wahr?» bemerkte Vater.
Rose Sheldon erlaubte sich ein diskretes Lächeln, das den respektvollen Ausdruck ihres Gesichts auflockerte.
«Einen Augenblick mal.» Vater gab sich den Anschein, als studiere er seine Notizen. «Das letzte Mal, als Sie Kanonikus Pennyfather gesehen haben, war . . .»
«Am Donnerstag morgen. Donnerstag, den 19. Er sagte mir, daß er die Nacht außerhalb verbringen würde und wahrscheinlich auch die nächste. Er wollte, glaube ich, nach Genf fahren. Jedenfalls in die Schweiz. Er gab mir zwei Hemden, die gewaschen werden sollten, und ich sagte ihm, daß sie nächsten Vormittag fertig sein würden.»
«Und das ist wirklich das letzte Mal, daß Sie ihn gesehen haben, wie?»
«Ja, Sir. Ich habe nachmittags nämlich keinen Dienst. Meine Arbeit beginnt erst wieder um sechs Uhr. Um die Zeit war er schon aufgebrochen, oder er war unten. Jedenfalls nicht in seinem Zimmer. Er hat zwei Koffer zurückgelassen.»
«Ganz recht», bestätigte Vater. Der Inhalt der Koffer war untersucht worden, hatte aber keinen brauchbaren Anhaltspunkt geliefert. Er fuhr fort: «Haben Sie ihn am nächsten Morgen geweckt?»
«Geweckt? Nein, Sir, er war doch fort.»
«Was haben Sie ihm ans Bett gebracht? Tee vor dem Aufstehen? Frühstück?»
«Nur Tee, Sir. Gefrühstückt hat er immer unten.»
«Sie haben also sein Zimmer am nächsten Tag überhaupt nicht betreten?»

«O doch, Sir.» Roses Stimme klang schockiert. «Wie üblich bin ich in sein Zimmer gegangen. Ich habe zum Beispiel seine Hemden hineingetragen und dann natürlich staubgewischt.»
«Sah das Bett aus, als hätte jemand darin geschlafen?»
Sie starrte ihn an. «Sein Bett, Sir? O nein.»
«War es zerwühlt – sah es so aus, als wäre es berührt worden?»
Sie schüttelte den Kopf.
«Und wie sah's im Badezimmer aus?»
«Dort lag ein feuchtes, gebrauchtes Handtuch, wahrscheinlich vom Abend vorher. Er hatte sich vielleicht kurz vor dem Weggehen noch einmal die Hände gewaschen.»
«Und nichts deutete darauf hin, daß er in sein Zimmer zurückgekehrt war – vielleicht ziemlich spät – nach Mitternacht?»
Sie sah ihn bestürzt an. Vater öffnete den Mund, schloß ihn aber wieder. Entweder wußte sie nichts von der Rückkehr des Kanonikus, oder sie war eine vollendete Schauspielerin.
«Wie steht's mit seinen Sachen – seinen Anzügen? Waren sie eingepackt?»
«Nein, Sir, sie hingen noch im Schrank. Er wollte ja sein Zimmer behalten, Sir.»
«Wer hat sie später weggeräumt?»
«Miss Gorringe hat es veranlaßt, als das Zimmer für die neueintreffende Dame gebraucht wurde.»
Ein aufrichtiger, logischer Bericht. Aber wenn die Aussage der alten Dame korrekt war, Kanonikus Pennyfather habe am Freitag um drei Uhr morgens sein Zimmer verlassen, dann mußte er zu irgendeiner Zeit zurückgekehrt sein. Niemand hatte ihn gesehen, als er ins Hotel kam. Hatte er es aus irgendeinem Grunde absichtlich vermieden, gesehen zu werden? Im Zimmer hatte er keine Spuren hinterlassen. Er hatte sich nicht einmal aufs Bett gelegt. Hatte Miss Marple etwa die ganze Geschichte geträumt? In ihrem Alter war das durchaus möglich. Ihm kam plötzlich eine Idee.
«Wo ist seine Reisetasche?»

«Wie, bitte, Sir?»
«Eine kleine Tasche, dunkelblau – von der BEA – Sie müssen sie doch gesehen haben.»
«Ach, die – ja, Sir. Aber die wird er natürlich ins Ausland mitgenommen haben.»
«Er ist ja nicht ins Ausland gefahren. Also muß er sie hiergelassen haben. Oder er ist zurückgekommen und hat sie wieder zu seinem anderen Gepäck gestellt.»
«Ja – ja – ich glaube – bin allerdings nicht ganz sicher – aber ich glaube, das hat er getan.»
Unwillkürlich schoß Davy der Gedanke durch den Kopf: *Über diesen Punkt hat man dir keine Anweisungen gegeben, nicht wahr?*
Bis zu diesem Zeitpunkt war Rose Sheldon ruhig und sicher gewesen. Aber diese Frage hatte sie durcheinandergebracht. Sie hatte nicht die richtige Antwort parat. *Aber sie hätte sie wissen sollen.*
Der Kanonikus hatte seine Tasche mit zum Flughafen genommen und war dort abgewiesen worden. Wenn er in Bertrams Hotel zurückgekehrt war, hatte er die Tasche bei sich gehabt. *Aber Miss Marple hatte nichts davon erwähnt, als sie beschrieb, wie der Kanonikus sein Zimmer verließ und die Treppe hinunterging.*
Vermutlich hatte er sie im Zimmer gelassen, aber man hatte sie nicht zusammen mit seinem anderen Gepäck in den Abstellraum gebracht. Warum nicht? *Weil er angeblich in die Schweiz gefahren sein sollte?*
Vater bedankte sich bei Rose und ging wieder nach unten.
Draußen wurden riesige amerikanische Schrankkoffer und Gepäckstücke in ein Taxi verladen. Mr. und Mrs. Elmer Cabot waren anscheinend auf dem Weg zum Hotel Vendôme, Paris.
Vor ihm, am Rande des Gehsteigs, gab Mrs. Elmer Cabot ihre Ansichten zum besten.
«Die Pendleburys hatten durchaus recht mit diesem Hotel, Elmer. Es ist tatsächlich Old England. Ganz wie zu Edwards Zeiten. Man hat einfach das Gefühl, als würde Edward VII.

im nächsten Augenblick eintreten und sich zu seinem Nachmittagstee niederlassen. Ich habe die Absicht, im nächsten Jahr wieder herzukommen – allen Ernstes.»
«Wenn wir ein paar Millionen Dollar übrig haben», bemerkte ihr Gatte trocken.
«Na, Elmer, so schlimm war es ja nun auch wieder nicht.»
Das Gepäck war verstaut. Der große Portier half ihnen beim Einsteigen und murmelte: «Besten Dank, Sir», als Mr. Cabot das erwartete Trinkgeld springen ließ. Das Taxi fuhr davon, und der Portier wandte Vater seine Aufmerksamkeit zu.
«Taxi, Sir?»
Vater blickte zu ihm auf.
Etwa einsfünfundachtzig. Gutaussehender Bursche. Etwas heruntergekommen. Ehemaliger Soldat. Viele Orden – wahrscheinlich echt. Etwas verschlagen? Trinkt zuviel.
Laut sagte er: «Ehemaliger Soldat?»
«Ja, Sir. Irisches Garderegiment.»
«Militärmedaille, wie ich sehe. Wo haben Sie die bekommen?»
«Burma.»
«Wie ist Ihr Name?»
«Michael Gorman, Sergeant.»
«Haben Sie einen guten Posten hier?»
«Es ist ein friedliches Fleckchen.»
«Wären Sie nicht lieber im Hilton angestellt?»
«Ganz und gar nicht. Es gefällt mir hier. Nette Leute kommen in dieses Hotel und eine ganze Reihe von Pferdenarren – zu den Rennen in Ascot und Newbury. Hin und wieder fällt ein guter Tip für mich ab.»
«Aha, Sie sind also ein Ire und ein Spieler, wie?»
«Och! Was wäre das Leben wohl ohne ein kleines Risiko?»
«Friedlich und langweilig», sagte Chefinspektor Davy. «Wie meins.»
«Wirklich, Sir?»
«Können Sie raten, was ich von Beruf bin?» fragte Vater.
Der Ire grinste.

«Nichts für ungut, Sir, aber wenn ich raten soll, so würde ich sagen: ein Polyp.»
«Auf Anhieb richtig», sagte Chefinspektor Davy. «Erinnern Sie sich noch an Kanonikus Pennyfather?»
«Kanonikus Pennyfather ... der Name ist mir absolut nicht geläufig –»
«Ein älterer Geistlicher.»
Michael Gorman lachte.
«Herrje, Geistliche gibt's da drinnen wie Sand am Meer.»
«Dieser ist aber von hier verschwunden.»
«Ach, *der!*» Der Portier schien etwas bestürzt zu sein.
«Haben Sie ihn gekannt?»
«Ich würde mich nicht an ihn erinnern, wenn sich nicht bei mir verschiedene Leute nach ihm erkundigt hätten. Ich weiß nur, daß ich ihm in ein Taxi half und er zum Athenaeum-Klub wollte. Bei der Gelegenheit sah ich ihn zum letzten Mal. Irgend jemand erzählte mir, er sei in die Schweiz gereist, aber wie ich höre, ist er dort nie angekommen.»
«Sie haben ihn nicht später am Abend noch mal gesehen, wie?»
«Später – nein, wirklich nicht.»
«Wann ist Ihr Dienst zu Ende.»
«Halb zwölf.»
Chefinspektor Davy nickte, lehnte ein Taxi ab und schlenderte langsam die Pond Street hinunter. Ein Wagen fuhr mit lautem Getöse dicht am Bordstein vorbei und hielt mit kreischenden Bremsen vor Bertrams Hotel. Chefinspektor Davy wandte gelassen den Kopf und blickte auf das Nummernschild. FAN 2266. Die Nummer kam ihm bekannt vor, obwohl er sie im Augenblick nicht unterzubringen wußte.
Langsam ging er wieder zurück. Er hatte kaum den Eingang erreicht, als der Fahrer des Wagens, der erst vor einigen Minuten durch die Tür gegangen war, wieder herauskam. Er paßte zu dem Auto. Es war ein weißer Rennwagen, stromlinienförmig und chromblitzend. Der junge Mann mit dem hübschen Gesicht und der schlanken Figur wirkte ebenso sportlich wie sein Auto.

Der Portier hielt den Wagenschlag offen. Der junge Mann sprang hinein, warf dem Portier eine Münze zu und schoß mit aufheulendem Motor davon.
«Sie wissen ja wohl, wer *das* ist; nicht wahr?» fragte Michael Gorman.
«Ein gefährlicher Fahrer auf jeden Fall.»
«Ladislaus Malinowski. Hat vor zwei Jahren den Grand Prix gewonnen – Weltmeister war er. Im letzten Jahr hatte er einen bösen Unfall, aber es heißt, er sei ganz wiederhergestellt.»
«Nun erzählen Sie mir bloß nicht, daß *der* sich im Bertrams aufhält. Paßt gar nicht hierher.»
Michael Gorman grinste.
«Er wohnt nicht hier, nein, gewiß nicht. Aber eine gute Freundin von ihm...» Michael Gorman zwinkerte vielsagend.
Ein Hoteldiener mit gestreifter Schürze erschien und brachte noch mehr amerikanisches Reisegepäck in Luxusausführung heraus.
Vater beobachtete geistesabwesend, wie alles in einem Daimler-Mietwagen verstaut wurde, während er sich ins Gedächtnis zurückzurufen versuchte, was er über Ladislaus Malinowski wußte. Ein waghalsiger Bursche, von dem es hieß, daß er Beziehungen zu einer recht bekannten Frau unterhalte – wie hieß sie doch gleich? Er starrte immer noch auf einen eleganten Überseekoffer und wollte gerade umkehren, als er sich plötzlich eines anderen besann und wieder ins Hotel eilte.
Er ging zum Empfang und bat Miss Gorringe um das Hotelregister. Miss Gorringe war gerade mit abreisenden Amerikanern beschäftigt und schob ihm das Buch hin. Sein Blick wanderte über die Namen. Sir John Woodstock, 5 Beaumont Crescent, Cheltenham. Lady Sedgwick, Hurstins House, Northumberland, Mr. und Mrs. Elmer Cabot, Connecticut. General Radley, 14, The Green, Chichester. La Comtesse de Beauville, Les Sapins, St-Germain-en-Laye. Miss Jane Marple, St. Mary Mead, Much Benham. Colonel Luscombe,

Little Green, Suffolk. Mrs. Carpenter, The Hon. Elvira Blake. Kanonikus Pennyfather, The Close, Chadminster. Mr. und Mrs. Ryesville, Valley Forge, Pennsylvania. The Duke of Barnstable, Doone Castle, N. Devon ... Ein Querschnitt der Gesellschaft, die in Bertrams Hotel wohnte.
Als er das Buch schließen wollte, fiel sein Blick auf einen Namen, der auf einer vorhergehenden Seite stand. Sir William Ludgrove.
Richter Ludgrove, der von einem Bewährungshelfer nahe dem Schauplatz eines Bankraubs erkannt worden war. Richter Ludgrove – Kanonikus Pennyfather – beide Gäste in Bertrams Hotel ...
«Hoffentlich hat Ihnen der Tee geschmeckt, Sir.» Diese Bemerkung kam von Henry, der plötzlich neben Vater stand. Er sprach höflich und mit der leichten Besorgnis des vollkommenen Gastgebers.
«Der beste Tee seit Jahren», versicherte ihm Chefinspektor Davy.
Es fiel ihm ein, daß er noch nicht bezahlt hatte. Er zückte sein Portemonnaie, doch Henry hob abwehrend die Hand.
«O nein, Sir. Sie waren unser Gast. Mr. Humfries wünschte es so.»
Henry ging weiter. Vater war im Zweifel, ob er Henry ein Trinkgeld hätte anbieten sollen oder nicht. Es war ein ärgerlicher Gedanke, daß Henry gesellschaftliche Probleme besser zu lösen verstand als er!
Als er wieder die Straße entlangschlenderte, blieb er plötzlich stehen. Er nahm sein Notizbuch aus der Tasche und notierte sich einen Namen und eine Adresse – es war keine Zeit zu verlieren. Er betrat die nächste Telefonzelle. Jetzt würde er einmal etwas riskieren. Aufgrund eines leisen Verdachts würde er nun aufs Ganze gehen.

Es war der Schrank, der Kanonikus Pennyfather störte. Er beunruhigte ihn, noch ehe er völlig wach war. Dann vergaß er ihn und schlief wieder ein. Doch als er die Augen von neuem aufschlug, stand der Schrank immer noch am verkehrten Platz. Kanonikus Pennyfather lag auf der linken Seite, das Gesicht dem Fenster zugekehrt, und der Schrank hätte sich eigentlich an der linken Wand zwischen ihm und dem Fenster befinden müssen. Aber dort stand er nicht. Er war an der rechten Wand. Das irritierte ihn – so sehr, daß ihn eine große Müdigkeit überkam. Er hatte gewaltige Kopfschmerzen, und dazu noch der Schrank am verkehrten Platz ... Hier schlossen sich seine Augen wieder.
Es war bedeutend heller im Zimmer, als er das nächste Mal erwachte. Es war zwar noch nicht hellichter Tag – nur das schwache Licht der Morgendämmerung sickerte durchs Fenster. «Meine Güte», sagte Kanonikus Pennyfather vor sich hin, als er plötzlich das Rätsel des Schrankes gelöst hatte, «wie dumm von mir! Ich bin ja gar nicht zu Hause.»
Er bewegte sich vorsichtig. Nein, dies war nicht sein eigenes Bett. Er war in einem fremden Haus. Aber wo? Ach, natürlich. Er war nach London gefahren, nicht wahr? Er war in Bertrams Hotel und – aber nein, er war *nicht* in Bertrams Hotel. Dort stand sein Bett gegenüber dem Fenster. Und das traf hier nicht zu.
«Lieber Himmel, wo bin ich nur?» fragte sich Kanonikus Pennyfather.
Dann erinnerte er sich daran, daß er ja nach Luzern fahren wollte. «Natürlich», sagte er sich, «ich bin in Luzern.» Er begann an den Vortrag zu denken, den er zu halten beabsichtigte. Jedoch nicht lange. Das Nachdenken verursachte ihm Kopfschmerzen. Also schlief er wieder ein.
Als er das nächste Mal aufwachte, war sein Kopf viel klarer. Außerdem war es ganz hell im Zimmer. Er war nicht zu Hause, nicht in Bertrams Hotel und auch nicht – davon war er jetzt überzeugt – in Luzern. Dies war überhaupt kein Ho-

telzimmer. Er unterzog es einer genauen Musterung. Es war ein völlig fremder, schäbiger Raum, sehr spärlich möbliert. Ein Schrank, aber kein Kleiderschrank, wie er angenommen hatte, und ein Fenster mit geblümten Vorhängen, durch die das Licht drang. Ein Stuhl, ein Tisch und eine Kommode. Das war ungefähr alles.

«Oje», sagte Kanonikus Pennyfather, «das ist wirklich *höchst* seltsam. Wo bin ich nur?»

Er gedachte aufzustehen, um der Sache auf den Grund zu gehen. Doch als er sich im Bett aufrichtete, begann sein Kopf von neuem zu schmerzen. Also legte er sich wieder hin.

«Ich muß wohl krank gewesen sein», entschied Kanonikus Pennyfather. «Ja, ganz gewiß muß ich krank gewesen sein.»

Er dachte eine Weile nach und fuhr dann fort: «Ich glaube tatsächlich, daß ich immer noch krank bin. Grippe vielleicht?»

Er hörte Geräusche: Jemand regte sich im Haus. Möglicherweise hatte man ihn in eine Privatklinik gebracht. Aber nein, dies sah nicht nach einem Krankenhaus aus. Weitere Geräusche wurden hörbar. Unten rief eine Stimme: «Auf Wiedersehen, Darling. Bratwurst und Kartoffelbrei heute abend.»

Kanonikus Pennyfather ließ sich das durch den Kopf gehen. Bratwurst und Kartoffelbrei. Die Worte klangen angenehm.

«Ich glaube», sagte er sich, «ich bin *hungrig*.»

Die Tür öffnete sich. Eine Frau in mittleren Jahren trat ein, ging zum Fenster, zog die Vorhänge ein wenig zurück und näherte sich dem Bett.

«Aha, Sie sind jetzt wach», sagte sie. «Und wie fühlen Sie sich?»

«Ach», sagte Kanonikus Pennyfather mit ziemlich schwacher Stimme, «ich weiß es selber nicht.»

«Das kann ich mir vorstellen. Sie waren nämlich in recht schlechter Verfassung. Wie der Doktor sagte, haben Sie einen tüchtigen Stoß abbekommen. Diese Autofahrer! Hat nicht einmal angehalten, nachdem er Sie angefahren hat.»

«Habe ich einen Unfall gehabt?» erkundigte sich Kanonikus Pennyfather. «Einen Autounfall?»

«Ganz recht», erwiderte die Frau. «Wir fanden Sie am Straßenrand, als wir nach Hause kamen. Dachten zuerst, Sie wären betrunken.» Sie kicherte vergnügt in sich hinein. «Dann sagte mein Mann, es sei wohl besser, nach Ihnen zu sehen. Es mag ein Unfall gewesen sein, sagte er. Sie rochen nicht nach Alkohol oder dergleichen, und Blut war auch keines zu sehen. Jedenfalls lagen Sie da wie ein Klotz, völlig bewußtlos. Also sagte mein Mann, wir können Sie nicht so liegen lassen, und da hat er Sie ins Haus getragen. Verstehen Sie?»

«Aha», sagte Kanonikus Pennyfather kleinlaut, von all diesen Enthüllungen etwas überwältigt. «Ein guter Samariter.»

«Mein Mann sah auch, daß Sie ein Geistlicher sind. Er meinte, es wäre wohl besser, nicht die Polizei anzurufen, da es Ihnen vielleicht peinlich gewesen wäre, wo Sie doch Geistlicher sind. Das heißt, wenn Sie doch betrunken gewesen wären, obwohl Sie nicht danach rochen. So kamen wir dann auf den Gedanken, Dr. Stokes zu holen. Wir nennen ihn immer noch Dr. Stokes, obwohl er seinen Beruf nicht mehr ausüben darf. Er ist ein sehr netter Mann, ein wenig verbittert natürlich, weil er nicht mehr praktizieren darf. Dabei hat er nur aus reiner Güte ein paar Mädchen geholfen, die es gar nicht verdient hatten. Jedenfalls ist er ein ganz guter Doktor. Er sagte, es sei Ihnen nicht viel passiert, nur eine leichte Gehirnerschütterung. Wir sollten dafür sorgen, daß Sie flach und ruhig in einem abgedunkelten Raum liegen. ‹Wohlverstanden›, sagte er, ‹ich stelle keine Diagnose; dies ist ganz inoffiziell. Ich habe kein Recht, etwas zu verordnen oder überhaupt etwas zu sagen. Von Rechts wegen sollten Sie es der Polizei melden, möchte ich meinen, aber wenn Sie nicht wollen, dann ist das Ihre Sache. Geben Sie dem armen alten Schlucker eine Chance›, hat er gesagt. Entschuldigen Sie, wenn ich so respektlos spreche. Aber er nimmt kein Blatt vor den Mund, dieser Doktor. Wie wär's nun mit einem Teller Suppe oder etwas heißer Milch mit Zwieback?»

«Beides», sagte Kanonikus Pennyfather mit matter Stimme, «wäre mir sehr willkommen.»

Er sank wieder in die Kissen zurück. Ein Unfall? Das war es also. Ein Unfall, und er konnte sich überhaupt nicht daran

erinnern! Ein paar Minuten später kehrte die gute Frau mit einem Tablett zurück, auf dem eine dampfende Schale stand.
«Sie werden sich besser fühlen, wenn Sie etwas im Magen haben», meinte sie. «Ich hätte gern einen Tropfen Whisky oder Brandy hineingetan, aber der Doktor sagte, Sie dürften so etwas nicht haben.»
«Ganz gewiß nicht», sagte Kanonikus Pennyfather. «Nicht bei Gehirnerschütterung. Nein.»
«Ich werde Ihnen noch ein Kissen in den Rücken schieben. Nicht wahr, Darling?»
Kanonikus Pennyfather war etwas sonderbar berührt, als er mit «Darling» angeredet wurde. Aber er sagte sich, daß es freundlich gemeint sei.
«Hoppla», murmelte die Frau, «so, da wären wir.»
«Ja, aber wo sind wir?» fragte Kanonikus Pennyfather. «Ich meine, wo bin ich? Wo liegt dieses Haus?»
«Milton St. John», erwiderte die Frau. «Wußten Sie das nicht?»
«Milton St. John?» wiederholte Kanonikus Pennyfather und schüttelte den Kopf. «Den Namen habe ich noch nie gehört.»
«Nun ja, es ist kein bedeutender Ort. Nur ein Dorf.»
«Sie sind sehr gütig zu mir. Darf ich vielleicht um Ihren Namen bitten?»
«Mrs. Wheeling. Emma Wheeling.»
«Sie sind sehr gütig», wiederholte Kanonikus Pennyfather. «Um noch einmal auf diesen Unfall zu kommen, ich kann mich einfach nicht entsinnen . . .»
«Essen Sie nur erst Ihre Suppe, Darling. Dann werden Sie sich an manches besser erinnern.»

17

Sir Ronald Graves zeichnete eine Katze auf seine Schreibunterlage. Dann fiel sein Blick auf die breite Gestalt von Chefinspektor Davy, der ihm gegenüber saß, und er zeichnete eine Bulldogge.
«Ladislaus Malinowski?» wiederholte er. «Möglich. Haben Sie irgendwelche Beweise?»
«Nein. Aber er könnte es schon sein, nicht wahr?»
«Ein Teufelskerl. Nerven wie Stricke. Hat die Weltmeisterschaft gewonnen. Vor etwa einem Jahr schwer verunglückt. Schürzenjäger. Zweifelhafte Einkommensquellen. Sehr verschwenderisch mit seinem Geld, hier und im Ausland. Pendelt dauernd zwischen England und dem Kontinent hin und her. Sind Sie der Ansicht, er ist der Mann, der hinter diesen groß organisierten Raubüberfällen steckt?»
«Ich glaube nicht, daß er der Organisator ist. Aber ich nehme an, daß er dazugehört.»
«Warum?»
«Er fährt, zum Beispiel, einen Mercedes-Rennwagen. Ein Fahrzeug dieser Art wurde am Morgen des Postraubs in der Nähe von Bedhampton gesehen. Anderes Nummernschild – aber daran sind wir ja gewöhnt. Und es ist derselbe Trick – FAN 2299 statt 2266. Man sieht hier nicht gerade viele dieser Mercedes-Modelle. Lady Sedgwick hat einen und auch der junge Lord Merrivale.»
«Sie halten also Malinowski nicht für die treibende Kraft?»
«Nein, ich glaube, an der Spitze stehen Leute, die mehr Verstand besitzen als er. Aber er ist beteiligt. Ich habe mir die früheren Akten angesehen. Nehmen wir einmal den Überfall auf die Midland and West London Bank. Drei Lieferwagen blockierten zufällig – ganz zufällig – eine gewisse Straße. Dank dieser Blockade konnte ein Mercedes, der am Tatort war, glatt entkommen.»
«Er wurde später angehalten.»
«Ja. Man hat ihn anstandslos weiterfahren lassen. Besonders, da die Leute, die ihn gesehen hatten, sich nicht über

die korrekte Nummer einigen konnten. Der Wagen war als FAN 3366 gemeldet worden – Malinowskis Nummer ist FAN 2266 – wieder dieselbe Masche.»

«Und Sie glauben wirklich, das Ganze steht mit Bertrams Hotel in Zusammenhang? Unsere Leute haben übrigens einige Informationen über das Bertrams für Sie ausgegraben . . .»

Vater klopfte sich auf die Tasche.

«Habe alles hier. Ordnungsgemäß eingetragene Gesellschaft. Bilanz – einbezahltes Kapital – Direktoren – und so weiter, und so weiter. Hat nichts zu bedeuten! Dieser finanzielle Klimbim ist immer derselbe – nichts weiter als eine Schlange, die sich in den Schwanz beißt! Gesellschaften und Dachorganisationen – macht einen ganz schwindlig!»

«Na, na, Vater. So geht das eben in der City. Hat etwas mit der Besteuerung zu tun –»

«Ich möchte aber hinter die Kulissen sehen. Wenn Sie mir ein paar Zeilen mitgeben, würde ich mich an eine höhere Instanz wenden.»

Der Vizepräsident starrte ihn an.

«Und was verstehen Sie unter einer höheren Instanz?»

Vater erwähnte einen Namen.

Der Vize schien bestürzt. «Ich weiß nicht recht», sagte er stirnrunzelnd. «Ich glaube kaum, daß wir an *ihn* herantreten dürfen.»

«Es könnte sehr nützlich sein.»

Es entstand eine Pause. Die beiden Männer sahen sich unverwandt an. Vater machte einen gelassenen, geduldigen Eindruck. Der Vize gab nach.

«Sie sind ein eigensinniger alter Teufel, Fred», meinte er. «Aber machen Sie, was Sie wollen. Gehen Sie hin und rükken Sie dem Spitzenmann der internationalen Finanzwelt Europas auf die Bude.»

«Er wird's wissen», sagte Chefinspektor Davy. «Er wird es *wissen*. Und wenn nicht, kann er es herauskriegen, indem er einen Knopf auf seinem Schreibtisch drückt oder telefoniert.»

«Ich weiß nicht, ob er sehr glücklich sein wird.»

«Wahrscheinlich nicht», gab Vater zu. «Aber es wird ihn nicht groß aufhalten. Ich brauche jedoch die nötige Vollmacht.»

«Sie haben also allen Ernstes Bertrams Hotel ins Auge gefaßt, wie? Aber worauf stützt sich eigentlich Ihr Verdacht? Es wird vorzüglich geleitet, hat eine gute, angesehene Kundschaft – keine Übertretung der Ausschankgesetze.»

«Ich weiß – ich weiß. Keine Saufgelage, kein Rauschgift, keine Spielhölle, kein Unterschlupf für Kriminelle. Alles unschuldig und rein wie frischgefallener Schnee. Keine Gammler, keine Rowdys, keine jugendlichen Verbrecher. Nur gesetzte alte, viktorianische Damen, Landadel, Touristen aus Boston und den vornehmeren Gegenden der USA. Nichtsdestoweniger hat man beobachtet, daß ein ehrbarer Kanonikus das Hotel um drei Uhr morgens auf etwas verstohlene Weise verlassen hat.»

«Wer hat das gesehen?»

«Eine alte Dame.»

«Reden Sie etwa von – wie heißt er doch noch – Kanonikus Pennyfather?»

«Ganz recht, Sir. Sein Verschwinden wurde gemeldet, und Campbell bearbeitet die Sache.»

«Komischer Zufall – sein Name ist gerade erwähnt worden, im Zusammenhang mit dem Postraub in Bedhampton.»

«Wirklich? Inwiefern, Sir?»

«Eine andere alte Dame – oder jedenfalls eine nicht mehr ganz junge – hat ihn identifiziert. Als der Zug durch das manipulierte Signal zum Halten gezwungen wurde, wachten ziemlich viele Passagiere auf und blickten auf den Gang. Diese Frau, die in Chadminster lebt und Kanonikus Pennyfather vom Sehen her kennt, behauptet, sie habe beobachtet, wie er in den Zug stieg. Sie hatte damals angenommen, er sei ausgestiegen, um festzustellen, was los war, und sei dann wieder eingestiegen. Da er vermißt wird, wollten wir diese Spur aufnehmen ...»

«Warten Sie mal – der Zug wurde morgens um fünf Uhr

dreißig angehalten, und Kanonikus Pennyfather verließ Bertrams Hotel kurz nach drei Uhr morgens. Ja, es könnte möglich sein. Falls er – sagen wir mal – in einem Rennwagen hingefahren worden wäre.»
«Also sind wir wieder bei Ladislaus Malinowski angelangt!»
Der Vize betrachtete die Kritzeleien auf seiner Schreibunterlage. «Was für eine Bulldogge Sie doch sind, Fred», meinte er.
Eine halbe Stunde später betrat Chefinspektor Davy ein ruhiges und ziemlich schäbiges Büro.
Der große Mann hinter dem Schreibtisch erhob sich und streckte seine Hand aus.
«Chefinspektor Davy? Bitte nehmen Sie Platz», sagte er. «Darf ich Ihnen eine Zigarre anbieten?»
Davy schüttelte den Kopf.
«Ich muß Sie um Entschuldigung bitten», sagte er mit seiner tiefen, vertrauenerweckenden Stimme, «daß ich Ihre kostbare Zeit in Anspruch nehme.»
Mr. Robinson lächelte. Er war ein korpulenter, sehr gut gekleideter Mann. Er hatte ein gelbliches Gesicht, dunkle, schwermütige Augen, und sein Mund war groß und voll. Sein Lächeln entblößte übergroße Zähne. «Damit ich dich besser fressen kann», ging es Chefinspektor Davy unwillkürlich durch den Kopf. Mr. Robinson sprach ein tadelloses, akzentfreies Englisch, aber er war kein gebürtiger Engländer. Vater fragte sich im stillen – wie manch einer vor ihm –, welcher Nationalität Mr. Robinson eigentlich war.
«Nun, was kann ich für Sie tun?»
«Ich möchte gern wissen», sagte Chefinspektor Davy, «wem Bertrams Hotel gehört.»
Mr. Robinsons Gesichtsausdruck veränderte sich in keiner Weise. Der Mann zeigte weder Überraschung, als er den Namen hörte, noch gab er zu verstehen, daß er ihm bekannt war. Nachdenklich sagte er:
«Bertrams Hotel . . . das liegt, glaube ich, in der Pond Street, in der Nähe von Piccadilly.»
«Ganz recht, Sir.»

«Ich selbst habe gelegentlich dort gewohnt. Ein ruhiges Hotel. Gut geführt.»
«Ja», stimmte Vater zu, «sehr gut geführt.»
«Und Sie möchten wissen, wem es gehört? Das kann man doch sicher leicht feststellen.»
Er lächelte etwas ironisch.
«Sie meinen, über die üblichen Instanzen? O ja.» Vater zog ein kleines Stück Papier aus der Tasche und las drei oder vier Namen und Adressen laut vor.
«Wie ich sehe», meinte Mr. Robinson, «hat sich jemand sehr viel Mühe gemacht. Interessant. Und Sie kommen zu mir?»
«Wenn es überhaupt jemand weiß, dann Sie, Sir.»
«Im Augenblick bin ich überfragt. Gewiß, ich habe Mittel und Wege, um mir die Information zu beschaffen. Man hat» – er zuckte seine sehr breiten Schultern – «man hat so seine Beziehungen.»
«Ja, Sir», sagte Vater mit ausdrucksloser Miene.
Mr. Robinson blickte ihn an. Dann nahm er den Hörer von der Gabel.
«Sonia? Verbinden Sie mich mit Carlos.» Er wartete eine Weile. «Carlos?» Er redete sehr rasch in einer fremden Sprache, die Vater nicht einmal erkannte.
Vater konnte sich in gutem Französisch mit leicht englischem Akzent unterhalten. Er konnte einige Brocken Italienisch und Deutsch. Er wußte, wie Spanisch, Russisch und Arabisch klangen, obwohl er diese Sprachen nicht verstand. Die Sprache, deren sich Mr. Robinson bediente, gehörte aber nicht zu diesen. Nach seinem Dafürhalten mochte es Türkisch oder Persisch oder Armenisch sein, aber selbst das wußte er nicht mit Sicherheit. Mr. Robinson legte den Hörer wieder auf und sah Chefinspektor Davy an.
«Ich glaube nicht», sagte er jovial, «daß wir lange zu warten brauchen. Ich bin nämlich auch interessiert. Sehr sogar. Ich selbst habe mich gelegentlich im stillen gewundert . . .»
Vater blickte ihn fragend an.
«Über Bertrams Hotel», fuhr Mr. Robinson fort. «In finanzieller Hinsicht, wissen Sie. Man fragt sich, wie es sich über-

haupt rentieren kann. Ich hatte jedoch nie Anlaß, der Sache nachzugehen. Und man schätzt» – wieder zuckte er die Achseln – «ein behagliches Absteigequartier mit ungewöhnlich gut geschultem Personal ... Ja, ich habe mich oft gewundert.» Er blickte Vater an. «Sie kennen die näheren Umstände?»
«Noch nicht», erwiderte Vater, «aber ich habe die feste Absicht, mich zu orientieren.»
Ein leises Summen ertönte auf seinem Schreibtisch, und Mr. Robinson griff wieder zum Hörer.
«Ja? Ja, Sie haben sich aber beeilt. Ich bin hocherfreut. Ach so. Oh! Amsterdam, ja ... Ah ... Vielen Dank ... Ja. Buchstabieren Sie es doch bitte. Gut.»
Er schrieb rasch etwas auf einen Notizblock.
«Dies wird Ihnen hoffentlich von Nutzen sein», sagte er, als er das Blatt abriß und es Vater über den Tisch reichte, der den notierten Namen laut vor sich hin sagte: «Wilhelm Hoffman.»
«Schweizerische Staatsangehörigkeit», bemerkte Mr. Robinson. «Obgleich nicht in der Schweiz geboren, möchte ich sagen. Besitzt ziemlichen Einfluß in Bankkreisen. Er hält sich zwar streng an den Buchstaben des Gesetzes, hat aber doch bei sehr vielen – fragwürdigen Geschäften mitgemischt. Er arbeitet einzig und allein auf dem Kontinent, nicht in diesem Land.»
«Oje.»
«Aber er hat einen Bruder», fuhr Mr. Robinson fort. «Robert Hoffman. Der lebt in London – Diamantenhändler – höchst angesehenes Geschäft. Seine Frau ist Holländerin. Er hat auch Büros in Amsterdam – Ihre Leute sind vielleicht über ihn im Bilde. Wie ich schon sagte, handelt er hauptsächlich mit Diamanten, aber er ist ein sehr reicher Mann und besitzt viele Grundstücke, die gewöhnlich nicht unter seinem eigenen Namen laufen. Ja, er steht hinter einer ganzen Reihe von Unternehmen. Er und sein Bruder sind Eigentümer von Bertrams Hotel.»
«Ich danke Ihnen vielmals, Sir.» Chefinspektor Davy erhob

sich. «Ich brauche Ihnen nicht zu sagen, daß ich Ihnen sehr verbunden bin.»
Im Polizeipräsidium fand er eine Notiz vor:
Kanonikus Pennyfather ist wiederaufgetaucht – leicht verletzt. Wurde offenbar in Milton St. John von einem Auto angefahren – Gehirnerschütterung.

18

Kanonikus Pennyfather war wieder zu Hause. Er saß in seiner Bibliothek in einem großen Lehnstuhl, ein Kissen hinter dem Kopf, die Füße auf einem Sitzpolster und eine Decke über den Knien, um seinen leidenden Zustand zu betonen. Ihm gegenüber saßen Chefinspektor Davy und Inspektor Campbell.
«Ich fürchte», sagte er höflich, «daß ich mich einfach an gar nichts erinnern kann.»
«Sie können sich wirklich nicht an den Autounfall erinnern?»
«Wirklich nicht, leider.»
«Woher wissen Sie denn, daß ein Wagen Sie angefahren hat?» fragte Inspektor Campbell schlagfertig.
«Die Frau da in dem Haus, Mrs. . . . war ihr Name Wheeling? – hat mir davon erzählt.»
«Und woher wußte sie es?»
Kanonikus Pennyfather blickte verdutzt drein.
«Meine Güte, da haben Sie ganz recht. Sie konnte es eigentlich auch nicht wissen, nicht wahr? Sie hat wohl einfach angenommen, daß so etwas passiert sein mußte.»
«Und Sie können sich tatsächlich an *nichts* erinnern? Wie kamen Sie eigentlich nach Milton St. John?»
«Ich habe keine Ahnung», erwiderte Kanonikus Pennyfather. «Selbst der Name ist mir ganz ungeläufig.»
Inspektor Campbells Verzweiflung steigerte sich. Doch Chefinspektor Davy sagte mit seiner besänftigenden, freundlichen Stimme:

«Erzählen Sie uns noch einmal, an was Sie sich als letztes entsinnen können, Sir.»
Erleichtert wandte sich Kanonikus Pennyfather ihm zu. Der trockene Skeptizismus des Inspektors hatte ihm großes Unbehagen bereitet.
«Ich wollte einen Kongreß in Luzern besuchen und nahm ein Taxi zum Flughafen – oder jedenfalls bis zur Abfertigungsstelle in Kensington.»
«Ja. Und dann?»
«Das ist alles. Mehr fällt mir nicht ein. Das nächste, woran ich mich erinnern kann, ist der Schrank.»
«Was für ein Schrank?» fragte Inspektor Campbell.
«Er stand am verkehrten Platz.»
Inspektor Campbell fühlte sich versucht, das Phänomen des verrückten Schrankes näher zu erforschen. Doch Chefinspektor Davy kam ihm zuvor.
«Können Sie sich erinnern, daß Sie an der Abfertigungsstelle ankamen, Sir?»
«Ich glaube schon», erwiderte Kanonikus Pennyfather mit der Miene eines Menschen, dem die ganze Sache zweifelhaft erscheint.
«Und Sie flogen dann, wie vorgesehen, in die Schweiz.»
«Wirklich? Wenn ich das getan habe, ist es mir völlig entfallen.»
«Entsinnen Sie sich, daß Sie an dem Abend in Bertrams Hotel zurückkehrten?»
«Nein.»
«Erinnern Sie sich überhaupt an Bertrams Hotel?»
«Natürlich. Dort habe ich doch gewohnt. Sehr komfortabel. Ich habe mein Zimmer behalten.»
«Können Sie sich erinnern, daß Sie mit einem Zug gefahren sind?»
«Mit einem Zug? Nein, an einen Zug erinnere ich mich nicht.»
«Es fand ein Überfall statt. Der Postwagen wurde ausgeraubt. *Darauf,* Kanonikus Pennyfather, können Sie sich doch gewiß besinnen.»

«Das sollte man meinen, nicht wahr?» sagte Kanonikus Pennyfather. «Aber aus irgendeinem Grund», setzte er, sich gleichsam entschuldigend, hinzu, «ist es mir nicht möglich.» Mit freundlicher, sanft lächelnder Miene blickte er die beiden Beamten an.

«Ihrer Darstellung nach können Sie sich also an nichts erinnern, was zwischen dem Zeitpunkt, als Sie in einem Taxi zur Flughafenabfertigungsstelle fuhren, und dem Augenblick, als Sie in dem Häuschen der Wheelings in Milton St. John aufwachten, geschah.»

«Das ist nichts Ungewöhnliches», versicherte ihm der Kanonikus. «Das kommt bei Gehirnerschütterungen oft vor.»

«Was für Gedanken haben Sie sich denn beim Aufwachen darüber gemacht, was mit Ihnen geschehen sei?»

«Ich hatte solche Kopfschmerzen, daß ich wirklich nicht denken konnte. Dann begann ich mich natürlich zu fragen, wo ich sei. Mrs. Wheeling hat mir alles erklärt und mir eine ausgezeichnete Suppe gebracht. Sie nannte mich zwar ‹Darling›», erwähnte der Kanonikus mit leichtem Abscheu, «aber sie war sehr freundlich. Wirklich sehr freundlich.»

«Sie hätte den Unfall der Polizei melden sollen. Dann wären Sie ins Krankenhaus geschafft und richtig betreut worden», meinte Campbell.

«Sie hat mich sehr gut versorgt», protestierte der Kanonikus energisch, «und wie ich weiß, läßt sich bei Gehirnerschütterung nicht sehr viel machen, man kann den Patienten nur ruhig halten.»

«Wenn Ihnen noch etwas einfallen sollte, Sir . . .»

Der Kanonikus unterbrach ihn.

«Vier ganze Tage sind anscheinend aus meinem Leben ausgelöscht. Sehr seltsam. Wirklich äußerst seltsam. Ich wüßte so gern, wo ich war und was ich getan habe. Wie mir der Arzt sagt, kann mir eines Tages alles wieder ins Gedächtnis zurückkommen – oder auch nicht. Vielleicht werde ich nie erfahren, was mir in diesen Tagen zugestoßen ist.» Die Lider fielen ihm zu. «Sie werden mich sicher entschuldigen. Ich glaube, ich bin ziemlich müde.»

«Jetzt ist's aber wirklich genug», erklärte Mrs. McCrae, die sich in der Nähe der Tür aufgehalten hatte, bereit, dem Interview ein Ende zu machen, falls sie es für notwendig hielt. Sie ging auf die Besucher zu. «Der Arzt hat jede Aufregung verboten», sagte sie mit fester Stimme.
Die Polizeibeamten standen auf und traten den Rückzug an. Wie ein gewissenhafter Schäferhund trieb Mrs. McCrae die beiden auf den Korridor hinaus. Der Kanonikus murmelte etwas vor sich hin, und Chefinspektor Davy, der als letzter durch die Tür ging, drehte sich blitzschnell um.
«Was sagten Sie da?» fragte er, aber die Augen des Kanonikus waren jetzt geschlossen.
«Haben Sie gehört, was er sagte?» fragte Campbell, als sie das Haus verließen. Mrs. McCraes halbherziges Angebot, eine Erfrischung zu nehmen, hatten sie abgelehnt.
Vater sagte nachdenklich:
«Ich glaube, er murmelte so etwas wie ‹die Mauern von Jericho›.»
Am Ende dieser Expedition nach Chadminster fand ein kurzes, unersprießliches Gespräch mit Dr. Stokes statt.
Dr. Stokes war aggressiv, patzig und wenig entgegenkommend. «Ich kenne die Wheelings schon ziemlich lange. Es sind Nachbarn von mir. Sie hatten einen alten Mann von der Straße aufgelesen und wußten nicht, ob er sternhagelvoll oder krank war. Baten mich, einen Blick auf ihn zu werfen. Ich sagte ihnen, er sei nicht betrunken – es sei eine Gehirnerschütterung . . .»
«Und Sie haben ihn entsprechend behandelt?»
«Keineswegs. Ich habe ihn weder behandelt noch gepflegt und ihm auch nichts verordnet. Ich bin kein Arzt mehr – war mal einer, aber jetzt nicht mehr. Ich gab den Leuten den Rat, die Polizei anzurufen. Ob sie es getan haben oder nicht, weiß ich nicht. Geht mich ja auch nichts an. Sie sind ein bißchen dumm, alle beide – aber freundliche Leute.»
«Sie sind wohl nicht auf den Gedanken gekommen, die Polizei selbst anzurufen, wie?»
«Nein. Ich bin kein Arzt. Es war nicht meine Sache. Rein als

Mensch habe ich ihnen geraten, dem Mann keinen Whisky in den Rachen zu gießen, ihn flach zu legen und ruhig zu halten bis zum Eintreffen der Polizei.»
Er blickte sie wütend an, und sie mußten es bei dieser Auskunft bewenden lassen.

19

Mr. Hoffman war ein großer, massiv wirkender Mann. Er machte den Eindruck, als wäre er aus Teakholz geschnitzt. Sein Gesicht war so ausdruckslos, daß man alles dahinter vermuten konnte. Man fragte sich, ob ein solcher Mann überhaupt einer Gefühlsregung fähig war.
Er stand auf, verbeugte sich und streckte eine mächtige Pranke aus. «Chefinspektor Davy? Ich stehe Ihnen zur Verfügung. Was möchten Sie wissen?»
«Ich wollte Sie nur bitten, mir ein paar vertrauliche Informationen über Bertrams Hotel zu geben.»
Mr. Hoffman verzog keine Miene. Möglicherweise wurde seine Haltung noch eine Spur steifer als zuvor – das war aber auch alles.
«Bertrams Hotel?» wiederholte er in fragendem Ton.
«Sie stehen zu diesem Hotel in einer gewissen Beziehung, nicht wahr, Mr. Hoffman?»
Mr. Hoffman zuckte die Achseln.
«Man hat so vielerlei Beziehungen», sagte er. «Man kann sich nicht an alle erinnern. So viele Geschäfte – so viele – ich habe alle Hände voll zu tun.»
«Sie haben viele Eisen im Feuer, das weiß ich.»
«Ja, das stimmt», sagte Mr. Hoffman, und ein gezwungenes Lächeln glitt über seine Züge. «Sie glauben also, daß ich mit diesem – mit Bertrams Hotel in Verbindung stehe?»
«Verbindung ist vielleicht nicht der richtige Ausdruck. In Wirklichkeit besitzen Sie es, nicht wahr?» bemerkte Vater jovial.

Diesmal erstarrte Mr. Hoffman ganz offensichtlich.
«Nun, wer hat Ihnen *das* denn erzählt?» sagte er leise.
«Es stimmt jedenfalls, ja?» sagte Chefinspektor Davy in heiterem Ton. «Sehr schönes Besitztum, meiner Ansicht nach. In der Tat, Sie müssen stolz darauf sein.»
«O ja», erwiderte Hoffman. «Im Augenblick – konnte ich mich nicht entsinnen – sehen Sie mal» – er lächelte verächtlich –, «ich habe so viele Liegenschaften in London. Eine gute Kapitalanlage – Immobilien. Wenn irgend etwas auf den Markt kommt, was meiner Meinung nach eine günstige Lage hat, und die Chance besteht, es billig zu ergattern, dann investiere ich.»
«Und war Bertrams Hotel auch ein solcher Gelegenheitskauf?» erkundigte sich Davy.
«Es war ziemlich heruntergewirtschaftet», entgegnete Mr. Hoffman kopfschüttelnd.
«Na, jetzt läuft es wieder recht gut», meinte Vater. «Ich war erst vor einigen Tagen dort und von der Atmosphäre sehr beeindruckt. Komfortables, traditionsbewußtes Haus, nichts Marktschreierisches, bietet Luxus, ohne luxuriös zu wirken.»
«Ich persönlich weiß sehr wenig darüber Bescheid», erläuterte Mr. Hoffman. «Es ist eben nur eine meiner Investitionen – aber ich glaube, es floriert.»
«Ja, Sie scheinen einen erstklassigen Geschäftsführer zu haben. Wie heißt er doch gleich? Humfries? Ja, Humfries.»
«Ein ausgezeichneter Mann», bestätigte Mr. Hoffman. «Ich lasse ihn nach Belieben schalten und walten und prüfe einmal im Jahr die Bilanz, um zu sehen, ob alles in Ordnung ist.»
«In dem Hotel wimmelt es nur so von Titeln», bemerkte Vater. «Und auch von reichen amerikanischen Touristen.» Er schüttelte nachdenklich den Kopf. «Eine wunderbare Kombination.»
«Sie erwähnten vorhin, daß Sie kürzlich dort gewesen seien. Doch hoffentlich nicht – nicht in Ihrer offiziellen Eigenschaft?»

«Doch, aber es war nichts Ernsthaftes. Versuchte nur, ein kleines Geheimnis zu lüften.»
«Ein Geheimnis? In Bertrams Hotel?»
«Allem Anschein nach. Der Fall des verschwundenen Geistlichen – so könnte man es bezeichnen.»
«Das ist wohl ein Scherz», meinte Mr. Hoffman. «Sie reden ja wie Sherlock Holmes.»
«Der Geistliche verließ eines Abends das Hotel und wurde nicht mehr gesehen.»
«Merkwürdig. Aber so etwas kommt vor, doch darüber wissen Sie mehr als ich, mein lieber Chefinspektor», sagte Mr. Hoffman und setzte hinzu: «Ich hoffe, daß man Sie in Bertrams Hotel nach besten Kräften unterstützt hat.»
«Man hätte nicht zuvorkommender sein können», versicherte ihm Vater. «Diese Miss Gorringe – sie ist wohl schon ziemlich lange bei Ihnen?»
«Möglich. Ich weiß wirklich sehr wenig über alle diese Einzelheiten. Sie müssen verstehen, ich habe kein *persönliches* Interesse an diesem Hotel. Ich muß sagen» – er lächelte entwaffnend –, «ich war ganz überrascht, daß Sie überhaupt wußten, wem es gehört.»
Es war keine ausgesprochene Frage, aber wiederum lag in seinem Blick ein leises Unbehagen. Vater nahm es wahr, ohne sich etwas anmerken zu lassen.
«Die Interessenverflechtungen in der City sind wie ein riesiges Puzzle», meinte er. «Mir würde der Schädel brummen, wenn ich mich damit befassen müßte. Soweit ich unterrichtet bin, ist eine Gesellschaft – der Mayfair Holding Trust oder so ähnlich – der eingetragene Besitzer. Diese Gesellschaft ist wieder im Besitz einer anderen Gesellschaft, und so weiter. In Wahrheit gehört das Hotel aber *Ihnen*. Eine ganz einfache Geschichte. Ich habe doch recht, nicht wahr?»
«Ja, ich und der übrige Aufsichtsrat stehen dahinter, wie Sie sich wohl ausdrücken würden», gab Mr. Hoffman etwas widerstrebend zu.
«Aufsichtsrat? Und wer könnte das sein? Sie selbst und, wie ich glaube, ein Bruder von Ihnen?»

«Mein Bruder Wilhelm ist mitbeteiligt. Sie müssen verstehen, daß Bertrams Hotel nur ein Glied in einer Kette ist, die aus verschiedenen Hotels, Bürohäusern, Klubs und anderen Londoner Unternehmen besteht.»
«Und wer gehört noch zum Aufsichtsrat?»
«Lord Pomfret, Abel Isaacstein.» Hoffmans Stimme bekam plötzlich einen scharfen Klang. «Müssen Sie wirklich alle diese Einzelheiten wissen? Nur weil Sie den Fall des verschwundenen Geistlichen untersuchen?»
Vater schüttelte den Kopf und blickte reumütig drein.
«Es ist eigentlich nur Neugierde. Die Suche nach meinem Geistlichen führte mich in Bertrams Hotel, aber dann erwachte sozusagen mein Interesse, Sie verstehen ja wohl, was ich meine. Eins führt oft zum andern, nicht wahr?»
«Das mag sein, ja.» Dann lächelte Hoffman. «Und ist Ihre Neugierde jetzt befriedigt?»
«Wenn man eine Auskunft haben möchte, ist es immer am besten, wenn man sie sich an der Quelle holt, nicht wahr?» meinte Vater jovial. Er erhob sich. «Es gibt nur noch eines, was ich gern wissen möchte – und ich glaube nicht, daß Sie es mir verraten werden.»
«Und das wäre, Chefinspektor?» Hoffmans Stimme klang vorsichtig.
«Wo gabelt das Bertrams sein Personal auf? Einfach wunderbar! Dieser Bursche, zum Beispiel, der aussieht wie ein Herzog oder ein Erzbischof – darüber bin ich mir noch nicht ganz schlüssig – wie heißt er doch noch? Ach ja, Henry. Er serviert einem Tee und Muffins – die wunderbarsten Muffins! Ein unvergeßliches Erlebnis.»
«Und Sie lieben wohl Muffins mit viel Butter, ja?» Mr. Hoffmans Augen ruhten einen Augenblick mißbilligend auf Vaters rundlicher Figur.
«Das dürfte man mir ansehen», entgegnete Vater. «Nun, ich möchte Sie nicht länger davon abhalten, sich mit weiteren günstigen Kapitalanlagen zu befassen.»
«So schlimm ist es auch wieder nicht. Ich lasse mich von meinen Geschäften nicht auffressen. Meine Ansprüche sind be-

scheiden. Ich führe ein einfaches Leben voller Muße, züchte Rosen und widme mich meiner Familie, die ich sehr liebe.»
«Klingt ja ideal», meinte Vater. «Wünsche, ich hätte auch so ein Dasein.»
Mr. Hoffman lächelte und erhob sich etwas schwerfällig aus seinem Sessel, um sich von seinem Besucher zu verabschieden.
«Hoffentlich finden Sie Ihren verschwundenen Geistlichen recht bald.»
«Oh, der Fall ist schon erledigt. Es tut mir leid, wenn ich mich nicht klar ausgedrückt habe. Man hat ihn gefunden – eigentlich eine enttäuschende Angelegenheit. Autounfall und Gehirnerschütterung – weiter nichts.»
Vater ging zur Tür. Dort drehte er sich noch einmal um und fragte:
«Gehört Lady Sedgwick übrigens auch zum Aufsichtsrat Ihrer Gesellschaft?»
«Lady Sedgwick?» Hoffman nahm sich Zeit. «Nein. Wie kommen Sie darauf?»
«Nun ja, man hört so manches ... Also nur Aktionärin?»
«Ich ... ja.»
«Na, leben Sie wohl, Mr. Hoffman. Vielen Dank.»
Vater kehrte zum Yard zurück und suchte sofort den Vize auf. «Die beiden Brüder Hoffman stehen finanziell hinter Bertrams Hotel.»
«Was? Diese Schurken?» fragte Sir Ronald.
«Ja.»
«Das haben sie aber gut geheimgehalten.»
«Ja – und Robert Hoffman war durchaus nicht erbaut darüber, daß wir dahintergekommen sind. Es war geradezu ein Schock für ihn.»
«Was hat er denn gesagt?»
«Oh, es ging alles sehr formell und höflich über die Bühne. Er versuchte taktvoll zu erfahren, wie ich es herausbekommen hatte.»
«Und diese Information haben Sie ihm vorenthalten, nehme ich an.»

«Aber gewiß doch.»
«Welchen Vorwand haben Sie ihm für Ihren Besuch genannt?»
«Überhaupt keinen.»
«Hielt er das nicht für etwas merkwürdig?»
«Vermutlich. Jedenfalls fiel niemand aus der Rolle.»
«Wenn die Hoffmans hinter der ganzen Geschichte stecken, läßt sich manches erklären. Sie sind niemals persönlich in eine Gaunerei verwickelt – o nein! *Sie* organisieren kein Verbrechen – sie finanzieren es aber! Wilhelm erledigt die Bankgeschichten von der Schweiz aus. Er steckte hinter dieser Devisenschiebung kurz nach dem Krieg. Wir wußten es, konnten es aber nicht beweisen. Diese beiden Brüder haben sehr viel Geld zur Verfügung und benutzen es, um alle möglichen Unternehmen zu finanzieren – manche davon legal, manche nicht. Aber sie sind vorsichtig, kennen alle Schliche und Kniffe. Roberts Diamantenhandel ist sicher astrein – aber das Bild rundet sich ab, Diamanten, Bankinteressen, Grundbesitz, Klubs, kulturelle Stiftungen, Bürogebäude, Restaurants, Hotels – alles anscheinend in anderen Händen.»
«Sie glauben also nicht, daß Hoffman die Pläne für diese organisierten Raubüberfälle ausarbeitet?» fragte Vater.
«Nein, die beiden befassen sich nur mit der finanziellen Seite. Ihren Planer müssen Sie schon woanders suchen. Irgendwo ist ein erstklassiger Stratege am Werk.»

20

Nebel hatte sich an diesem Abend plötzlich auf London herabgesenkt. Chefinspektor Davy schlug seinen Mantelkragen hoch und bog in die Pond Street ein. Er schlenderte langsam dahin wie ein Mann, der mit seinen Gedanken woanders ist. Pond Street war an diesem Abend ruhig. Wenige Autos waren zu sehen. Anfangs war es nur stellenweise neblig gewe-

sen, dann hatte es aufgeklart, und jetzt hatte sich der Nebel wieder verdichtet. Der Verkehrslärm der Park Lane klang so gedämpft herüber, daß man glaubte, in einer vorstädtischen Nebenstraße zu sein. Die meisten Busse hatten den Verkehr eingestellt. Nur Personenwagen kamen von Zeit zu Zeit vorbei. Chefinspektor Davy bog in eine Sackgasse ein, ging bis ans Ende und kehrte wieder um. Er schlug erst die eine Richtung ein, dann eine andere – wanderte offenbar ziellos umher. Aber er handelte nicht ziellos. In Wirklichkeit schlich er um ein besonderes Gebäude herum. Bertrams Hotel. Er stellte sorgfältig fest, was im Osten, im Westen, im Norden und im Süden des Hauses lag. Er prüfte die Wagen, die am Gehsteig geparkt waren, und er betrachtete die Autos, die in der Sackgasse standen. Er besichtigte eingehend eine enge Hintergasse. Ein Wagen interessierte ihn ganz besonders, und er blieb stehen. Er spitzte die Lippen und sagte leise vor sich hin: «Du bist also mal wieder hier, du Prachtexemplar.» Er warf einen Blick auf die Nummer und nickte vor sich hin. «FAN 2266 bist du heute abend, ja?» Er beugte sich herab und strich leicht mit dem Finger über das Nummernschild. Dann nickte er anerkennend. «Gute Arbeit», flüsterte er.
Er ging weiter bis zum anderen Ende der Gasse, wandte sich dann nach rechts und abermals nach rechts und tauchte wieder einmal in der Pond Street auf, und zwar fünfzig Meter vom Eingang zu Bertrams Hotel entfernt. Noch einmal blieb er stehen und bewunderte die schönen Linien eines anderen Rennwagens.
«Auch du bist ein Prachtstück», sagte Chefinspektor Davy. «Du hast dasselbe Nummernschild wie bei unserer letzten Begegnung. Ich glaube fast, dein Nummernschild ist tatsächlich immer dasselbe. Und das sollte bedeuten» – er brach ab – «oder etwa nicht?» murmelte er. Er blickte auf zum unsichtbaren Himmel. «Der Nebel wird dichter», brummte er vor sich hin.
Draußen vor der Tür zu Bertrams Hotel stand der irische Portier und schwenkte seine Arme heftig hin und her, um

sich warm zu halten. Chefinspektor Davy wünschte ihm einen guten Abend.
«Guten Abend, Sir. Ekelhaftes Wetter.»
«Ja. Heute wird sich wohl kaum noch jemand hinauswagen, der nicht dringend weg muß.»
Er wies mit dem Daumen auf Bertrams Hotel.
«Ich muß da hinein. Habe etwas zu erledigen.»
«Geht es immer noch um den verschwundenen Kanonikus?»
«Wohl kaum. Man hat ihn gefunden.»
«Gefunden?» Der Mann starrte ihn an. «Wo denn?»
«Er wurde nach einem Unfall mit einer Gehirnerschütterung aufgelesen.»
«Aha, das sieht ihm ähnlich. Hat wohl die Straße überquert, ohne nach rechts oder links zu schauen.»
«Scheint so», sagte Vater.
Er nickte und trat durch die Schwingtüren ins Hotel. An diesem Abend hielten sich nicht sehr viele Leute in der Halle auf. Er entdeckte Miss Marple in einem Sessel am Feuer. Miss Marple sah ihn ebenfalls, ohne sich jedoch anmerken zu lassen, daß sie ihn erkannt hatte. Er ging zum Empfang. Miss Gorringe saß wie immer hinter ihren Büchern. Sie wurde ein wenig nervös, als sie ihn sah. Es war eine sehr schwache Reaktion, aber sie entging ihm nicht.
«Sie entsinnen sich ja wohl an mich, Miss Gorringe», sagte er. «Ich war vor einigen Tagen hier.»
«Ja, natürlich erinnere ich mich an Sie, Chefinspektor. Wünschen Sie noch eine weitere Auskunft? Möchten Sie mit Mr. Humfries sprechen?»
«Nein, danke. Ich glaube nicht, daß es nötig sein wird. Ich würde ganz gern noch einen Blick in Ihr Hotelregister werfen, wenn ich darf.»
«Selbstverständlich.» Sie schob es ihm hin.
Er schlug es auf, und sein Blick glitt langsam über die Seiten. Miss Gorringe hatte den Eindruck, als suchte er nach einem besonderen Eintrag. In Wirklichkeit war das nicht der Fall. Vater besaß ein Talent, das er bis zur höchsten Vollendung entwickelt hatte. Er konnte sich Namen und Adressen genau

merken, hatte sozusagen ein fotografisches Gedächtnis, mit dem er solche Angaben vierundzwanzig, manchmal sogar achtundvierzig Stunden behielt. Er schüttelte den Kopf, als er das Buch wieder zumachte und ihr zurückgab.

«Kanonikus Pennyfather ist wohl noch nicht wieder hier gewesen, wie?»

«Kanonikus Pennyfather?»

«Sie wissen doch, daß er wiederaufgetaucht ist, nicht wahr?»

«Aber nein. Das hat mir niemand gesagt. Wo denn?»

«Irgendwo auf dem Lande. Autounfall, wie es scheint. Ist uns nicht gemeldet worden. Irgendein guter Samariter hat ihn einfach aufgelesen und für ihn gesorgt.»

«Oh, das freut mich aber. Ich hatte mir schon Sorgen gemacht.»

«Seine Freunde ebenfalls», sagte Vater. «Ich habe eben nachgesehen, ob sich einer von ihnen vielleicht hier aufhält. Erzdiakon – Erzdiakon – ich komme im Augenblick nicht auf den Namen, würde ihn aber erkennen, wenn ich ihn sähe.»

«Tomlinson?» meinte Miss Gorringe hilfsbereit. «Wir erwarten ihn nächste Woche. Von Salisbury.»

«Nein, Tomlinson war es nicht. Nun, es ist nicht so wichtig.» Er wandte sich ab.

Es war an diesem Abend sehr ruhig in der Halle.

Chefinspektor Davy nahm im Vorbeigehen von allen Anwesenden Notiz. Ohne Hast und ohne offenbare Absicht gelangte er an sein Ziel.

Miss Marple saß am Kamin und beobachtete, wie er sich ihr näherte.

«Sie sind also noch immer hier, Miss Marple. Das freut mich.»

«Ich reise morgen ab», sagte Miss Marple. «Meine vierzehn Tage Ferien sind zu Ende.»

«Sie haben sie hoffentlich genossen.»

Miss Marple antwortete nicht gleich.

«In einer Hinsicht – ja –» Sie brach ab.

«Und in anderer Hinsicht, nein?»

«Es ist schwierig zu erklären, was ich meine . . .»

«Sitzen Sie nicht vielleicht ein wenig zu nahe am Feuer? Ziemlich heiß hier. Möchten Sie sich nicht lieber woandershin setzen – vielleicht an den Ecktisch da drüben?»
Miss Marple betrachtete die angedeutete Sitzgruppe, dann den Chefinspektor.
«Ich glaube, Sie haben recht», meinte sie.
Er half ihr beim Aufstehen, trug ihre Handtasche und ihr Buch und machte es ihr in der von ihm gewählten ruhigen Ecke bequem.
«So besser?»
«Bedeutend besser.»
«Sie wissen, warum ich diesen Vorschlag machte?»
«Sie nahmen an – ein sehr freundlicher Gedanke –, daß es für mich zu heiß sei am Feuer. Außerdem», fügte sie langsam hinzu, «kann unsere Unterhaltung hier wohl nicht belauscht werden.»
«Haben Sie etwas auf dem Herzen, was Sie mir erzählen möchten, Miss Marple?»
«Wie kommen Sie darauf?»
«Ich habe es Ihnen angesehen.»
«Es tut mir leid, daß ich es so deutlich gezeigt habe. Das lag nicht in meiner Absicht.»
«Na, wie wär's denn?»
«Ich weiß nicht recht, ob ich darüber sprechen soll. Bitte, glauben Sie mir, Inspektor, daß ich mich wirklich nicht gern in fremde Angelegenheiten mische. Ich bin durchaus dagegen. Selbst wenn eine solche Einmischung gut gemeint ist, kann sie großes Unheil anrichten.»
«Aha, darum geht es also. Ja, ich verstehe, es stellt ein ziemliches Problem für Sie dar.»
«Manchmal beobachtet man, daß Menschen etwas tun, was einem unklug – ja sogar gefährlich erscheint. Hat man aber das Recht, sich einzumischen? Meistens wohl nicht.»
«Geht es eigentlich um Kanonikus Pennyfather?»
«Kanonikus Pennyfather?» Miss Marple schien erstaunt. «O nein. Lieber Himmel, nein, es hat überhaupt nichts mit ihm zu tun. Es betrifft – ein junges Mädchen.»

«Ein Mädchen? Was Sie nicht sagen! Und Sie dachten, ich könnte helfen?»
«Ich weiß nicht», erwiderte Miss Marple. «Ich weiß es wirklich nicht. Aber ich mache mir Sorgen, große Sorgen.»
Vater drängte nicht. Er ließ ihr Zeit. Sie hatte sich bemüht, ihn zu unterstützen, und er war durchaus bereit, ihr nach Kräften zu helfen. Er war nicht besonders interessiert. Andererseits konnte man nie wissen ...
«Man liest oft in den Zeitungen», fuhr Miss Marple mit leiser, klarer Stimme fort, «Berichte über Gerichtsverhandlungen; von Kindern oder Jugendlichen, die ‹schutz- und pflegebedürftig› sind. Es ist wohl nur ein juristischer Ausdruck, aber er könnte auch eine wirkliche Bedeutung haben.»
«Und Sie haben das Gefühl, daß diese junge Dame, die Sie erwähnten, schutz- und pflegebedürftig sei?»
«Ja. Ja, wirklich.»
«Steht sie allein auf der Welt?»
«O nein. Ganz und gar nicht. Allem äußeren Anschein nach ist sie wohlbeschützt und genießt die beste Pflege.»
«Klingt ja spannend», meinte Vater.
«Sie wohnte in diesem Hotel», sagte Miss Marple, «in Begleitung einer gewissen Mrs. Carpenter. Den Namen habe ich im Gästebuch nachgeschlagen. Das Mädchen heißt Elvira Blake.»
Vater blickte mit plötzlicher Anteilnahme auf.
«Sie ist reizend. Sehr jung und, wie ich schon sagte, wohlbehütet und umsorgt. Ihr Vormund ist ein Colonel Luscombe, ein sehr netter Mann. Durchaus charmant. Schon etwas älter natürlich und, ich fürchte, schrecklich naiv.»
«Der Vormund oder das Mädchen?»
«Ich meinte den Vormund», erwiderte Miss Marple. «Wie es in dieser Hinsicht um das Mädchen steht, ist mir nicht bekannt. Aber ich glaube allen Ernstes, daß sie in Gefahr schwebt. Ich habe sie vor kurzem ganz zufällig im Battersea Park gesehen. Sie saß dort mit einem jungen Mann in einem Teegarten.»

«Aha, da liegt der Hund begraben», sagte Vater. «Unerwünschter Typ wahrscheinlich. Ein Taugenichts – Gammler – Rowdy –?»
«Ein sehr gut aussehender Mann», sagte Miss Marple. «Nicht so sehr jung. Über dreißig. Ein Mann, der auf Frauen sehr anziehend wirkt, möchte ich sagen. Aber sein Gesicht ist das Gesicht eines schlechten Menschen. Grausam, habichtartig, raubgierig.»
«Vielleicht ist er nicht so übel, wie er aussieht», meinte Vater besänftigend.
«Eher noch schlechter», erklärte Miss Marple. «Davon bin ich überzeugt. Er fährt einen großen Rennwagen.»
Vater blickte rasch auf. «Rennwagen?»
«Ja. Ein paarmal habe ich ihn in der Nähe dieses Hotels stehen sehen.»
«Sie erinnern sich nicht zufällig an die Nummer?»
«O doch, FAN 2266. Ich hatte eine Kusine, die Fanny hieß», setzte Miss Marple erläuternd hinzu. «Deshalb habe ich die Nummer behalten.»
Vater betrachtete sie ein wenig verblüfft.
«Wissen Sie, wer es ist?» erkundigte sich Miss Marple.
«Allerdings», sagte Vater langsam. «Halb Franzose, halb Pole. Sehr bekannter Rennfahrer. War vor drei Jahren Weltmeister. Sein Name ist Ladislaus Malinowski. In mancher Hinsicht sind Ihre Ansichten über ihn ganz zutreffend. Was Frauen angeht, genießt er einen schlechten Ruf. Mit anderen Worten, er ist kein passender Umgang für ein junges Mädchen. Aber es ist nicht leicht, in einer solchen Sache etwas zu unternehmen. Vermutlich trifft sie sich heimlich mit ihm. Hab ich recht?»
«Das ist anzunehmen.»
«Haben Sie sich schon an ihren Vormund gewandt?»
«Ich kenne ihn nicht. Durch eine gemeinsame Bekannte ist er mir einmal vorgestellt worden, das ist alles. Und ich möchte lieber nicht als Klatschtante an ihn herantreten. Ich hatte im stillen gehofft, daß *Sie* vielleicht etwas tun können.»

«Ich kann's versuchen», sagte Vater. «Übrigens wird es Sie vielleicht interessieren, daß Ihr Freund, Kanonikus Pennyfather wiederaufgetaucht ist.»
«Wirklich?» Miss Marple sah ganz aufgeregt aus. «Wo denn?»
«In einem Dorf, Milton St. John.»
«Wie sonderbar! Was hat er denn dort gemacht? Konnte er sich darauf besinnen?»
«Scheinbar» – Chefinspektor Davy betonte das Wort – «hat er einen Unfall erlitten.»
«Was für einen Unfall?»
«Von einem Auto angefahren, Gehirnerschütterung – er könnte natürlich auch einen Schlag auf den Kopf bekommen haben.»
«Ach so.» Miss Marple dachte nach. «Weiß er selbst es denn nicht?»
«Er *behauptet,* er wisse gar nichts.»
«Sehr merkwürdig.»
«Nicht wahr? Das letzte, woran er sich erinnern kann, ist, daß er in einem Taxi nach Kensington zur Flughafenabfertigung fuhr.»
Miss Marple schüttelte verdutzt den Kopf.
«Ich weiß, so etwas kommt bei Gehirnerschütterungen vor», murmelte sie. «Hat er gar nichts geäußert, was einen Hinweis geben könnte?»
«Er murmelte etwas von den Mauern von Jericho.»
«Josua?» fragte Miss Marple zaghaft. «Oder Archäologie-Ausgrabungen?»
«Während dieser ganzen Woche bringen die Gaumont-Kinos nördlich der Themse: *Die Mauern von Jericho*», sagte Vater.
Miss Marple blickte ihn mißtrauisch an.
«Er hätte sich den Film in der Cromwell Road ansehen können. Dann wäre er gegen elf herausgekommen und anschließend hierher zurückgekehrt. Aber in dem Falle hätte ihn jemand sehen müssen – denn es wäre ja noch lange vor Mitternacht gewesen.»

«Ist wahrscheinlich in den falschen Bus gestiegen», schlug Miss Marple vor. «Oder so etwas Ähnliches ...»
«Sagen wir mal, er ist *nach* Mitternacht hier eingetroffen», meinte Vater. «Dann hätte er auf sein Zimmer gehen können, ohne gesehen zu werden. – Aber wenn diese Vermutung zutrifft, was geschah dann? Und warum hat er das Hotel drei Stunden später wieder verlassen?»
Miss Marple suchte nach einer Erklärung.
«Die einzige Idee, die mir einfällt – oh!»
Sie fuhr zusammen. Draußen auf der Straße ertönte ein Knall.
«Fehlzündung», sagte Vater beruhigend.
«Verzeihen Sie, daß ich so schreckhaft bin – ich bin heute abend nervös – dies Gefühl, das man so hat ...»
«Daß etwas passieren wird? Ich glaube, Sie brauchen sich keine Sorgen zu machen.»
«Nebel war mir schon immer unheimlich.»
«Sie haben mir sehr geholfen», bemerkte Chefinspektor Davy. «Die Dinge, die Sie hier beobachten – wenn's auch nur Kleinigkeiten waren –, haben das Bild abgerundet.»
«In diesem Hotel stimmt also doch etwas nicht, wie?»
«Hier stimmt vieles nicht.»
Miss Marple seufzte.
«Zuerst erschien es so wunderbar – alles so unverändert. Wissen Sie – es war, als kehrte man in die Jugendzeit zurück – in eine Zeit, die man geliebt und genossen hatte.»
Sie ließ eine Pause eintreten. Dann fuhr sie fort:
«Nun, es schien alles in bester Ordnung zu sein – aber es war nicht so. Es war ein regelrechter Mischmasch – wirkliche Personen und solche, die nicht echt waren. Man konnte sie nicht immer unterscheiden.»
«Was verstehen Sie unter ‹nicht echt›?»
«Es waren pensionierte Offiziere anwesend, aber auch Personen, die wie Offiziere wirkten, aber nie in der Armee gedient hatten. Und Geistliche, die keine Geistlichen waren. Ferner Admirale und Kapitäne, die nie etwas mit der Marine zu tun gehabt hatten. Mein Gott, wenn ich noch an meine

Freundin Selina Hazy denke – es amüsierte mich zuerst, wie begierig sie sich immer auf Menschen stürzte, in denen sie alte Bekannte zu erkennen glaubte, und wie oft sie sich irrte, weil es doch nicht die Menschen waren, für die sie sie gehalten hatte. Aber es passierte zu häufig. Also – kam mir die Sache allmählich etwas böhmisch vor. Selbst Rose, das Zimmermädchen – so nett –, erweckte in mir den Gedanken, daß *sie* vielleicht auch nicht echt sei.»
«Falls es Sie interessieren sollte – sie ist eine ehemalige Schauspielerin. Eine gute sogar. Bezieht hier eine bessere Gage als je auf der Bühne.»
«Aber – warum das Ganze?»
«In der Hauptsache, um die Atmosphäre zu vervollkommnen. Aber vielleicht steckt auch noch mehr dahinter.»
«Ich bin froh, daß ich von hier fortgehe», gestand Miss Marple mit leichtem Schaudern. «Ehe etwas passiert.»
Chefinspektor Davy blickte sie neugierig an.
«Was soll denn Ihrer Meinung nach geschehen?» fragte er.
«Irgend etwas Böses», erwiderte Miss Marple.
«‹Etwas Böses› ist ein ziemlich starkes Wort . . .»
«Sie halten es für zu melodramatisch? Aber ich habe einige Erfahrung. Ich bin nämlich – ziemlich oft – mit Mord in Berührung gekommen.»
«Mord?» Chefinspektor Davy schüttelte den Kopf. «Ich habe keinen Mordverdacht. Es geht hier nur um die nette, gemütliche Aushebung einer auffallend raffinierten Verbrecherbande.»
«Das ist nicht dasselbe. Mord – der Wunsch, einen Mord zu begehen – ist etwas ganz anderes. Es ist – wie soll ich mich ausdrücken? – es ist eine Verachtung Gottes.»
Davy blickte sie an und sagte mit sanfter, beruhigender Stimme:
«Es wird kein Mord stattfinden, Miss Marple.»
Ein scharfer Knall, lauter als der frühere, drang von draußen herein. Dann ein Hilferuf und ein zweiter Knall.
Chefinspektor Davy war im Nu auf den Beinen und rannte mit einer für einen so massigen Mann erstaunlichen Ge-

schwindigkeit los. In wenigen Sekunden war er durch die Schwingtüren und draußen auf der Straße.

Angstschreie – es war eine Frauenstimme – durchdrangen schrill den Nebel. Chefinspektor Davy raste in Richtung dieser Schreie die Pond Street hinab. Er konnte die schwachen Umrisse einer Frauengestalt erkennen, die an einem Geländer lehnte. Mit wenigen Schritten stand er neben ihr. Sie trug einen langen, hellen Pelzmantel, und ihr glänzendes blondes Haar fiel zu beiden Seiten ihres Gesichts herab. Einen flüchtigen Augenblick lang glaubte er zu wissen, wer es sei. Dann aber wurde er sich bewußt, daß er nur ein schmächtiges junges Mädchen vor sich hatte. Vor ihr lag der Körper eines Mannes in Uniform. Chefinspektor Davy erkannte ihn. Es war Michael Gorman.

Als Davy herangekommen war, klammerte sich das Mädchen, am ganzen Leibe zitternd, an ihn und stieß abgerissene Sätze hervor.

«Jemand hat versucht, mich zu töten ... Irgend jemand ... man hat auf mich geschossen ... Wenn *er* nicht gewesen wäre –» Sie deutete auf die regungslose Gestalt zu ihren Füßen. «Er hat mir das Leben gerettet. Ich glaube, er ist verletzt – schwer verletzt ...» Chefinspektor Davy kniete neben der Gestalt nieder und zog eine Taschenlampe hervor. Der große Ire war gefallen wie ein Soldat. Auf der linken Seite seines Uniformrocks zeigte sich ein feuchter Fleck, der immer größer wurde, je mehr Blut durch das Tuch sickerte. Davy zog sein Augenlid in die Höhe und berührte sein Handgelenk. Dann erhob er sich wieder.

«Ihn hat's erwischt», sagte er.

Das Mädchen stieß einen gellenden Schrei aus. «Wollen Sie etwa sagen, er ist *tot*? O nein, o nein! Er kann nicht *tot* sein.»

«Wer hat auf Sie geschossen?»

«Ich weiß es nicht ... ich hatte meinen Wagen an der nächsten Ecke stehenlassen und tastete mich hier am Geländer entlang – auf dem Weg zu Bertrams Hotel. Dann plötzlich ertönte ein Schuß, und eine Kugel sauste mir an der Wange vorbei – und dann kam er, der Portier vom Bertrams, auf mich zugelaufen und schob mich hinter sich, und dann fiel noch ein Schuß ... Ich glaube – ich glaube, der Täter muß sich dort drüben verborgen haben.»

Chefinspektor Davy blickte auf die Stelle, auf die sie deutete. Auf dieser Seite von Bertrams Hotel lag ein altmodischer Kellervorhof, tiefer gelegen als das Straßenniveau, mit einem Tor und einer kleinen Treppe, die hinunterführte. Da nur Vorratsräume dahinterlagen, wurde er nicht viel benutzt. Aber ein Mann hätte sich dort ganz bequem verstekken können.

«Haben Sie ihn nicht gesehen?»

«Nicht richtig. Er stürzte wie ein Schatten an mir vorbei. Der Nebel war ja so dicht.»

Davy nickte.

Das Mädchen begann hysterisch zu schluchzen.

«Aber wer könnte überhaupt die Absicht haben, mich zu töten? Warum sollte jemand mich umbringen wollen? Dies ist das zweite Mal. Ich verstehe nicht, warum ...»

Chefinspektor Davy legte einen Arm um das Mädchen und fuhr mit der anderen Hand in seine Tasche.

Die schrillen Töne einer Polizeipfeife drangen durch den Nebel.

In der Halle von Bertrams Hotel hatte Miss Gorringe jäh von ihrem Tisch aufgeblickt.

Einige Gäste hatten ebenfalls aufgehorcht, nur die älteren, schwerhörigen hatten sich nicht gerührt.

Henry, im Begriff, ein Glas alten Brandy auf einen Tisch zu stellen, hielt abrupt in der Bewegung inne.

Miss Marple saß vorgebeugt und hielt die Armlehnen ihres Sessels umklammert. Ein pensionierter Admiral sagte in festem Ton:

«Unfall! Zwei Wagen sind wohl im Nebel zusammengestoßen.»

Die Eingangstüren wurden aufgerissen, und herein kam ein riesiger Polizist, der überlebensgroß wirkte.

Er stützte ein Mädchen in hellem Pelzmantel. Sie schien kaum gehen zu können. Der Polizist blickte sich hilfesuchend um.
Miss Gorringe eilte hinter ihrem Tisch hervor. Doch in diesem Augenblick kam der Lift von oben, und eine schlanke Gestalt trat heraus. Das Mädchen riß sich von dem Polizisten los und rannte ungestüm durch die Halle.
«Mutter», rief sie, «oh, Mutter, Mutter . . .», und warf sich schluchzend Bess Sedgwick in die Arme.

21

Es war nach Mitternacht. Polizeibeamte waren gekommen und gegangen. Ärzte waren erschienen und die Leute von der Spurensicherung. Eine Ambulanz hatte die Leiche weggeschafft, und nun war alles auf diesen einen Raum konzentriert, den Bertrams Hotel den Vertretern des Gesetzes zur Verfügung gestellt hatte. Chefinspektor Davy hatte gegenüber von Bess Sedgwick und Elvira an einem Tisch Platz genommen. An der Wand saß ein Polizist, der unauffällig Notizen machte. Sergeant Wadell war in der Nähe der Tür postiert.
Vater schaute die beiden Frauen nachdenklich an. Mutter und Tochter. Sie hatten, stellte er fest, oberflächlich betrachtet eine starke Ähnlichkeit miteinander. Er konnte verstehen, warum er einen Augenblick lang im Nebel Elvira Blake für Bess Sedgwick gehalten hatte. Aber jetzt, wo er sie direkt vor sich sah, traten die unterschiedlichen Merkmale deutlich zutage. Außer der Haarfarbe hatten sie wenig gemeinsam und doch blieb der Eindruck bestehen, daß er hier eine positive und eine negative Version derselben Persönlichkeit vor sich hatte. Alles an Bess Sedgwick war positiv. Ihre Vitalität, ihre Energie, ihre magnetische Anziehungskraft. Er verehrte Lady Sedgwick schon seit langem. Er bewunderte ihren Mut und hatte immer mit Spannung ihre kühnen Taten verfolgt.

Bei Elvira Blake, dachte er, war alles nach innen gekehrt. Bess Sedgwick hatte das Leben gemeistert, indem sie ihm ihren Willen aufzwang. Elvira, so vermutete er, hatte eine andere Art, durchs Leben zu gehen. Sie unterwarf sich. Sie gehorchte. Sie fügte sich lächelnd, und heimlich schlüpfte sie einem durch die Finger. Verschlagen, sagte er bei sich, die Tatsachen abwägend. Nur auf diese Art und Weise kann sie sich wahrscheinlich im Leben durchsetzen. Sie kann nicht mit offenen Waffen kämpfen. Deshalb haben wohl die Menschen, die sie betreuen, nie die leiseste Ahnung gehabt, was sie eigentlich im Schilde führte.
Er fragte sich, weshalb sie so spät an einem nebligen Abend zu Bertrams Hotel wollte. Diese Frage würde er bald an sie richten. Er hielt es für sehr wahrscheinlich, daß ihre Antwort nicht der Wahrheit entsprechen würde. Auf diese Weise, dachte er, verteidigt sich das arme Kind. War sie hierhergekommen, um ihre Mutter zu treffen oder sie zu finden? Es war durchaus möglich, aber er glaubte es nicht, nicht im entferntesten. Der große Rennwagen hingegen, der um die nächste Ecke herum geparkt war – der Wagen mit dem Nummernschild FAN 2266 ... Ladislaus Malinowski mußte irgendwo in der Nähe sein, da sein Wagen hier war.
«Nun», wandte sich Vater in seiner freundlichsten, väterlichsten Art an Elvira, «wie fühlen Sie sich jetzt?»
«Es geht mir wieder ganz gut», sagte Elvira.
«Schön. Ich möchte gern, daß Sie mir einige Fragen beantworten, wenn Sie dazu imstande sind. Der Zeitfaktor ist nämlich bei solchen Vorkommnissen sehr wesentlich. Man hat zweimal auf Sie geschossen, und ein Mann kam dabei ums Leben. Wir brauchen so viele Anhaltspunkte wie nur eben möglich, um der Person auf die Spur zu kommen, die ihn getötet hat.»
«Ich will Ihnen gern sagen, was ich weiß. Aber es geschah alles so plötzlich. Und bei einem solchen Nebel kann man einfach nichts *sehen*. Ich habe selbst keine Ahnung, wer es gewesen sein könnte – oder wie er überhaupt aussah. Das war ja gerade so beängstigend.»

«Sie sagten, dies sei das zweite Mal, daß jemand versucht habe, Sie zu töten. Soll das heißen, daß man schon einmal einen Mordanschlag auf Sie unternommen hat?»
«Habe ich das gesagt? Ich kann mich nicht daran erinnern.» Ihre Augen wanderten unruhig hin und her. «Ich glaube nicht, daß ich das gesagt habe.»
«Doch, ganz bestimmt», sagte Vater.
«Ich war vielleicht nur etwas – etwas hysterisch.»
«Nein», erwiderte Vater, «den Eindruck hatte ich nicht. Ich denke, Sie wußten genau, was Sie sagten.»
«Ich mag es mir auch nur eingebildet haben», sagte Elvira. Ihre Augen wurden wieder unstet.
«Du sagst es ihm wohl am besten, Elvira», meinte Bess Sedgwick in beruhigendem Ton.
Elvira warf ihrer Mutter einen raschen, beklommenen Blick zu.
«Nur keine Angst», sagte Vater besänftigend. «Wir von der Polizei wissen ganz gut, daß junge Mädchen ihren Müttern oder Vormündern nicht alles erzählen. Wir nehmen so etwas nicht allzu ernst. Aber wir müssen es erfahren, weil es uns Aufschluß geben könnte.»
Bess Sedgwick fragte:
«War es in Italien?»
«Ja», antwortete Elvira.
«Dort haben Sie die Schule besucht, nicht wahr?» sagte Vater. «Ein sogenanntes Mädchenpensionat.»
«Ja, ich war bei der Contessa Martinelli. Wir waren etwa achtzehn oder zwanzig.»
«Und Sie hatten das Gefühl, daß jemand Sie zu töten versuchte. Weshalb?»
«Nun, ich bekam eine große Schachtel Pralinen geschickt. Eine Karte lag dabei, auf der ein paar italienische Worte in verschnörkelter Handschrift standen. Im üblichen Stil: ‹Für die *bellissima Signorina.*› Oder so ähnlich. Und meine Freundinnen und ich – nun – wir amüsierten uns ein wenig darüber und waren neugierig, wer sie wohl geschickt haben mochte.»

«War sie per Post gesandt worden?»
«Nein. Nein, sie konnte nicht mit der Post gekommen sein. Sie lag einfach in meinem Zimmer. Irgend jemand mußte sie dort hingelegt haben.»
«Aha. Vermutlich hat man jemanden vom Personal bestochen. Ich nehme an, daß Sie die Contessa Sowieso nicht in dieses Geheimnis eingeweiht haben, wie?»
Ein schwaches Lächeln spielte um Elviras Lippen. «Ganz recht. Das haben wir ihr vorenthalten. Jedenfalls öffneten wir die Schachtel, und sie enthielt wunderbare Pralinen. Verschiedene Sorten, wissen Sie, aber darunter auch einige Veilchencremepralinen. Das ist die Art, die ein kandiertes Veilchen obendrauf hat. Meine Lieblingspralinen. Also habe ich natürlich zuerst ein paar von denen gegessen. Und hinterher in der Nacht wurde mir dann schrecklich übel. Ich dachte nicht, daß die Pralinen schuld seien, sondern nahm einfach an, daß ich beim Abendbrot etwas gegessen hatte, was mir nicht bekommen war.»
«War Ihren Freundinnen auch übel?»
«Nein. Nur mir. Aber am Abend des nächsten Tages fühlte ich mich wieder ganz wohl. Ein paar Tage später aß ich dann nochmals eine dieser Pralinen, und die Geschichte wiederholte sich. Also habe ich mit Bridget darüber gesprochen. Bridget ist meine beste Freundin. Und wir haben die Pralinen genau untersucht und dabei festgestellt, daß sie auf der Unterseite eine Art Loch hatten, das wieder zugeschmiert war. Daraus schlossen wir, daß jemand sie vergiftet hatte, und zwar nur die Veilchenpralinen, weil ich die am liebsten esse.»
«Und sonst wurde es niemandem übel?»
«Nein.»
«Dann hat also wahrscheinlich keines der anderen Mädchen von den Veilchenpralinen gegessen?»
«Nein. Es war schließlich mein Geschenk, und sie wußten, daß ich die Veilchensorte besonders liebte. Also fühlten sie sich verpflichtet, sie mir zu lassen.»
«Dieser unbekannte Täter ging ein großes Risiko ein»,

meinte Vater. «Die ganze Gesellschaft hätte ja vergiftet werden können.»
«Es ist absurd», sagte Lady Sedgwick in scharfem Ton, «völlig absurd! Ich habe noch nie von einer so plumpen Methode gehört.»
Chefinspektor Davy machte eine leicht abwehrende Geste. «Bitte», sagte er und wandte sich dann wieder Elvira zu. «Nun, ich finde das alles sehr interessant, Miss Blake. Und Sie haben der Contessa auch dann nichts davon berichtet?»
«O nein. Sie hätte ein schreckliches Theater veranstaltet.»
«Was haben Sie mit den Pralinen gemacht?»
«Wir haben sie weggeworfen. Es waren wunderbare Pralinen», setzte sie bedauernd hinzu.
«Und haben Sie gar nicht versucht, herauszubekommen, wer die Dinger geschickt hatte?»
Elvira schien etwas verlegen.
«Nun, ich hatte eigentlich Guido in Verdacht.»
«Ja?» sagte der Chefinspektor aufmunternd. «Und wer ist Guido?»
«Oh, Guido ...» Elvira hielt inne und warf ihrer Mutter einen Blick zu.
«Sei nicht albern», sagte Bess Sedgwick. «Erzähle Chefinspektor Davy von diesem unbekannten Guido. Jedes Mädchen in deinem Alter hat einen Guido. Du hast ihn wohl in Italien kennengelernt, wie?»
«Ja. Als man uns in die Oper führte. Dort hat er mich angesprochen. Er war nett. Sehr attraktiv. Ich sah ihn manchmal, wenn wir zu Vorlesungen gingen. Er steckte mir gewöhnlich einen Brief zu.»
«Und wahrscheinlich», sagte Bess Sedgwick, «hast du dich mit deinen Freundinnen abgesprochen und der Contessa einen Haufen Lügen erzählt; und dann ist es dir gelungen, dich mit ihm zu treffen. Habe ich recht?»
Elvira war sichtlich erleichtert, daß ihr dieses Schnellverfahren ein eigenes Bekenntnis erspart hatte.
«Ja, Bridget und ich sind manchmal zusammen ausgegangen. Hin und wieder konnte Guido ...»

«Wie hieß Guido mit Nachnamen?»
«Das weiß ich nicht. Er hat es mir nie gesagt.»
Chefinspektor Davy lächelte sie an.
«Mit anderen Worten: Sie wollen es uns nicht verraten, wie? Macht aber nichts. Falls es wirklich erforderlich sein sollte, werden wir das auch ohne Ihre Hilfe herausbekommen. Aber warum nahmen Sie an, daß Sie dieser junge Mann, der Sie doch angeblich gern hatte, töten wollte?»
«Oh, weil er oft solche Drohungen ausgestoßen hat. Wir haben uns nämlich hin und wieder gezankt. Er brachte manchmal ein paar Freunde mit, und ich habe dann mit ihnen geflirtet. Da wurde er immer sehr, sehr wütend und jähzornig. Er sagte, ich solle mich vorsehen. Ich könne ihn nicht so – mir nichts, dir nichts – aufgeben! Und wenn ich ihm nicht treu bliebe, würde er mich umbringen!» Elvira lächelte plötzlich und unerwartet. «Aber es hat mir Spaß gemacht. Ich nahm nicht an, daß es ihm *wirklich Ernst* damit sei.»
«Na», meinte der Chefinspektor, «ich halte es ja auch nicht für sehr wahrscheinlich, daß ein junger Mann, wie Sie ihn mir beschreiben, Ihnen vergiftete Pralinen schicken würde.»
«Nun, ich glaube es ja auch nicht», sagte Elvira, «aber es kann kein anderer gewesen sein, denn ich wüßte nicht, wer sonst in Frage käme. Es beunruhigte mich ... Und dann, als ich wieder in England war, erhielt ich einen Brief. Er kam in einem Umschlag und war in Druckbuchstaben geschrieben. Es standen nur wenige Zeilen darin: *‹Seien Sie auf der Hut. Jemand will Sie töten.›*»
«Wirklich? Sehr merkwürdig. Hatten Sie Angst?»
«Ja. Ich machte mir allmählich Gedanken darüber, wer mich wohl aus dem Weg räumen möchte. Aus diesem Grund wollte ich auch herausfinden, ob ich tatsächlich sehr reich bin.»
«Bitte, weiter.»
«Und neulich in London passierte wieder etwas. Ich war in der Untergrundbahn, und es standen sehr viele Leute auf dem Bahnsteig. Ich hatte das Gefühl, daß jemand versuchte, mich auf die Schienen zu stoßen.»

«Mein liebes Kind!» warf Bess Sedgwick dazwischen. «Nun phantasier bloß nicht.»
Abermals wehrte Vater sie ab.
«Ja», sagte Elvira reumütig, «ich habe mir das alles vielleicht nur eingebildet, aber – ich weiß nicht recht – ich meine, nach den Ereignissen heute abend scheint es doch so, als ob es keine Einbildung wäre, nicht wahr?» Sie wandte sich plötzlich an Bess Sedgwick. «*Mutter!* Vielleicht weißt *du* es. Will mich wirklich jemand töten? Habe ich irgendeinen Feind?»
«Du hast durchaus keine Feinde», sagte Bess Sedgwick ein wenig ungeduldig. «Sei nicht so dumm. Niemand will dich umbringen. Warum wohl?»
«Wer hat dann heute abend auf mich geschossen?»
«In diesem Nebel», erklärte Bess Sedgwick, «hat man dich vielleicht mit jemand anders verwechselt. Das ist doch durchaus möglich, nicht wahr, Chefinspektor?»
«Ja, dieser Ansicht bin ich auch», pflichtete ihr Vater bei.
Bess Sedgwick fixierte ihn. Es kam ihm fast so vor, als formten ihre Lippen das Wort «später».
«Nun», fuhr er gut gelaunt fort, «jetzt müssen wir uns wohl noch mit einigen weiteren Tatsachen befassen. Woher kamen Sie heute abend? Und warum spazierten Sie an einem so nebligen Abend in der Pond Street umher?»
«Ich bin heute morgen nach London gekommen, um einen Kunstvortrag in der Tate-Galerie zu besuchen. Dann habe ich bei meiner Freundin Bridget zu Mittag gegessen. Sie wohnt am Onslow Square. Später gingen wir dann ins Kino, und als wir herauskamen, war dieser Nebel da – ganz dicht und mit jeder Minute schlimmer. Da hielt ich es für ratsamer, nicht nach Hause zu fahren.»
«Sie haben einen eigenen Wagen, nicht?»
«Ja. Ich hab seit letztem Sommer einen Führerschein. Nur fahre ich nicht sehr gut und deshalb höchst ungern im Nebel. Bridgets Mutter machte mir daher den Vorschlag, die Nacht bei ihnen zu verbringen. Also rief ich Mildred an – die Kusine, sie lebt in Kent, und ich wohne bei ihr . . .»

Vater nickte.
«. . . und ich sagte ihr, daß ich die Nacht in London bleiben würde. Sie hielt das für sehr vernünftig.»
«Und was geschah dann?» fragte Vater.
«Dann schien sich der Nebel plötzlich etwas zu lichten. Also entschloß ich mich, doch nach Kent zu fahren. Ich verabschiedete mich von Bridget und fuhr los. Aber dann senkte sich der Nebel wieder, und das gefiel mir gar nicht. Ich verirrte mich und wußte nicht, wo ich war. Nach einer Weile merkte ich, daß ich bei Hyde Park Corner war, und ich fand, ich könne in dieser Waschküche wirklich nicht nach Kent fahren. Zuerst wollte ich wieder zu Bridget gehen, aber dann fiel mir ein, daß ich mich schon einmal verirrt hatte. Plötzlich wurde mir bewußt, daß ich ganz nah bei diesem netten Hotel war, in das Onkel Derek mich bei meiner Rückkehr aus Italien gebracht hatte, und ich dachte, ich könnte dort übernachten; man würde sicherlich ein Zimmer für mich haben. Ich fand einen Parkplatz für meinen Wagen und ging dann die Straße entlang hierher.»
«Sind Sie jemandem begegnet, oder haben Sie Schritte in Ihrer Nähe gehört?»
«Komisch, daß Sie das erwähnen, denn ich hatte tatsächlich den Eindruck, daß jemand hinter mir herging. Natürlich sind in einer Stadt wie London viele Leute unterwegs. Nur macht es einen bei einem solchen Nebel ziemlich nervös. Ich blieb stehen und horchte, aber ich hörte keine Schritte, und ich dachte, ich hätte es mir eingebildet. Mittlerweile war ich schon ganz dicht beim Hotel.»
«Und dann?»
«Und dann fiel ganz plötzlich ein Schuß. Wie ich Ihnen schon sagte, schien die Kugel direkt an meinem Ohr vorbeizufliegen. Dieser Portier, der da immer vor dem Hotel steht, kam auf mich zugerannt und stellte sich vor mich. Und dann – dann – fiel der andere Schuß . . . Der Mann – der Mann sank zu Boden, und ich schrie auf.»
«Ruhig, Kind», sagte Bess mit leiser, fester Stimme. «Ruhig Blut!» Es war der Tonfall, den Bess Sedgwick bei ihren Pfer-

den anwandte, und er hatte die gleiche Wirkung auf ihre Tochter.

Elvira schaute ihre Mutter flüchtig an, richtete sich ein wenig auf und gewann ihre Fassung wieder.

«Brav, mein Kind», lobte Bess.

«Und dann kamen *Sie*», sagte Elvira zu Vater. «Sie riefen mit Ihrer Pfeife Hilfe herbei und ließen mich ins Hotel bringen. Und sobald ich hereinkam, sah ich – sah ich meine Mutter.» Sie drehte sich zur Seite und blickte Bess Sedgwick an.

«Damit wären wir mehr oder weniger auf dem laufenden», meinte Vater und rückte seine massige Gestalt im Sessel zurecht.

«Kennen Sie eigentlich einen Mann namens Ladislaus Malinowski?» fragte er beiläufig. Er sah das Mädchen bei dieser Frage nicht an, aber da er gut hörte, entging ihm nicht, wie sie heftig atmete. Seine Augen beobachteten nicht die Tochter, sondern die Mutter.

«Nein», sagte Elvira, nachdem sie eine Spur zu lange mit der Antwort gewartet hatte. «Nein, ich kenne ihn nicht.»

«Oh, ich hatte es eigentlich angenommen. Ich dachte, er sei heute abend vielleicht hier gewesen.»

«So? Und weshalb?»

«Nun, sein Wagen steht draußen. Daraus schloß ich, daß er nicht weit sein könne.»

«Ich kenne ihn nicht», wiederholte Elvira.

«Dann habe ich mich geirrt.» Vater wandte sich an Bess Sedgwick. «Sie kennen ihn natürlich, nicht wahr?»

«Selbstverständlich», erwiderte Bess Sedgwick. «Seit vielen Jahren.» Sanft lächelnd fügte sie hinzu: «Er ist total verrückt, wissen Sie. Fährt sicher, aber wie ein Narr – er wird sich eines Tages noch das Genick brechen. Vor achtzehn Monaten hatte er einen ernsten Unfall.»

«Ja, ich entsinne mich, davon gelesen zu haben», sagte Vater. «Er beteiligt sich wohl noch nicht wieder an Rennen, wie?»

«Nein, noch nicht. Vielleicht überhaupt nie mehr.»

«Könnte ich wohl jetzt zu Bett gehen?» fragte Elvira in kläglichem Ton. «Ich bin – wirklich furchtbar müde.»

«Das kann man auch verstehen», sagte Vater. «Haben Sie uns nun alles erzählt, woran Sie sich erinnern können?»
«O ja.»
«Ich werde mit dir nach oben gehen», erklärte Bess.
Mutter und Tochter verließen das Zimmer.
«Sie kennt ihn ganz gut», sagte Vater.
«Glauben Sie das tatsächlich?» fragte Sergeant Wadell.
«Ich weiß es. Erst vor ein paar Tagen noch hat sie im Battersea Park Tee mit ihm getrunken.»
«Wie haben Sie das nur herausbekommen?»
«Eine alte Dame erzählte es mir. Ich möchte dringend mit ihm sprechen. Sein Wagen ist hier – gerade um die Ecke.»
«Glauben Sie, daß er tatsächlich in diesem Hotel wohnt?»
«Nein, das nehme ich nicht an. Er würde nicht hierher passen. Wenn er herkam, dann nur, um das Mädchen zu treffen. Sie kam ganz entschieden zu diesem Zweck her. Das möchte ich wohl behaupten.»
Die Tür öffnete sich, und Bess Sedgwick erschien noch einmal. «Ich bin zurückgekommen», sagte sie, «weil ich mit Ihnen sprechen wollte.»
Ihr Blick streifte die beiden anderen Männer.
«Könnte ich mit Ihnen allein reden?»
«Aber gern», sagte Chefinspektor Davy. Er machte eine Handbewegung, und der junge Polizist verschwand mitsamt seinem Notizbuch. Wadell schloß sich ihm an.
«Nun?» sagte der Chefinspektor.
Lady Sedgwick nahm wieder ihm gegenüber Platz.
«Diese lächerliche Geschichte mit den vergifteten Pralinen», begann sie, «ist natürlich Unsinn. Absolut lachhaft. Ich glaube nicht, daß ein wahres Wort an der Geschichte ist.»
«Nein?»
«Sie etwa?»
Vater schüttelte zweifelnd den Kopf. «Sie meinen also, Ihre Tochter habe die ganze Sache erfunden?»
«Ja. Aber warum?»
«Na, wenn Sie's nicht wissen», meinte Davy, «wie können

Sie die Antwort von mir erwarten. Es ist schließlich Ihre Tochter. Vermutlich kennen Sie sie besser als ich.»
«Ich kenne sie überhaupt nicht», erwiderte Bess Sedgwick mit einem bitteren Unterton. «Ich habe sie weder gesehen noch etwas mit ihr zu tun gehabt, seit sie zwei Jahre alt war.»
«Das alles ist mir bekannt. Ich finde es seltsam. Gewöhnlich, Lady Sedgwick, geben die Richter nämlich ein kleines Kind in die Obhut der Mutter, selbst wenn sie schuldig geschieden ist. Das heißt, wenn sie darum ersucht. Wahrscheinlich haben Sie nicht darum gebeten. Sie wollten das Kind einfach nicht haben.»
«Ich hielt es für richtiger, es nicht zu mir zu nehmen.»
«Warum?»
«Ich glaubte nicht, daß es – bei mir sicher aufgehoben sei.»
«Aus moralischen Gründen?»
«Nein, nicht deshalb. Ehebruch ist heutzutage nichts Ungewöhnliches. Kinder dürfen nicht mit Scheuklappen aufwachsen. Nein, das ist es nicht. Ich bin eben keine Frau, bei der ein Kind Geborgenheit findet. Ich bin nun einmal so und kann nichts dafür. Ich bin geboren, um ein riskantes Leben zu führen. Ich mache mir nichts aus kleinlichen Gesetzen und Konventionen. Ich dachte, es sei besser für Elvira – und sie würde glücklicher sein –, wenn sie eine richtige englische Erziehung im alten Stil bekäme. behütet und umsorgt.»
«Aber ohne die Liebe einer Mutter?»
«Anhänglichkeit an mich, dachte ich, würde ihr vielleicht nur Leid bringen. Oh, Sie glauben mir wohl nicht. Aber das waren wirklich meine Beweggründe.»
«Ach so. Aber glauben Sie immer noch, Sie hätten richtig gehandelt?»
«Nein», gestand Bess. «Nicht mehr. Jetzt bin ich der Ansicht, daß mein Entschluß vielleicht falsch war.»
«Kennt nun Ihre Tochter Ladislaus Malinowski?»
«Nein, bestimmt nicht. Das hat sie auch gesagt. Sie haben es doch selbst gehört.»
«Ja, ich habe es gehört.»
«Na, und?»

«Sie war sehr verängstigt, als sie hier saß. Wir in unserem Beruf haben ein ausgeprägtes Gespür für Angst. Sie fürchtete sich – warum? Ob die Pralinen existierten oder nicht, schließlich ist ein Mordanschlag auf sie verübt worden. Die Geschichte mit der Untergrundbahn entsprach vielleicht den Tatsachen . . .»
«Sie war lächerlich. Wie ein Schauerroman . . .»
«Möglich. Aber so etwas passiert tatsächlich, Lady Sedgwick. Häufiger, als Sie glauben. Wissen Sie, wer den Tod Ihrer Tochter wünschen könnte?»
«Niemand – kein Mensch auf der Welt!»
Chefinspektor Davy seufzte und schüttelte den Kopf.

22

Chefinspektor Davy wartete geduldig, bis Mrs. Melford ausgeredet hatte. Die Unterhaltung hatte sich als ausgesprochen unergiebig erwiesen. Kusine Mildred hatte ziemlich viel sinnloses, unlogisches Zeug geschwätzt. Das war jedenfalls Vaters persönliche Ansicht. Zuerst hatte sie von Elviras ausgezeichneten Manieren und ihrer sanften Natur berichtet; dann im gleichen Atemzug von merkwürdigen, telefonisch übermittelten Entschuldigungen gesprochen und ernsthafte Zweifel geäußert, ob Elviras Freundin Bridget wirklich ein passender Umgang für sie sei. Dies alles war dem Chefinspektor zähflüssig serviert worden. Mrs. Melford wußte nichts, hatte nichts gehört, nichts gesehen und offenbar auch nichts begriffen.
Ein kurzes Telefongespräch mit Elviras Vormund, Colonel Luscombe, war noch ergebnisloser, wenn auch glücklicherweise weniger wortreich verlaufen. «Noch mehr chinesische Affen», murmelte er seinem Sergeanten zu, als er den Hörer auflegte. «Sieh nichts Böses, hör nichts Böses, sprich nichts Böses! – Unser ganzer Kummer ist, daß alle Menschen, die mit diesem Mädchen etwas zu tun haben, viel zu anständig

sind – Sie verstehen ja wohl, was ich meine. Zu viele nette Leute, die von Schlechtigkeit keine Ahnung haben. Im Gegensatz zu meiner alten Dame.»
«Die im Bertrams?»
«Ja, die meine ich. Sie hat in ihrem langen Leben viel Erfahrung mit dem Bösen gemacht: Sie hat Augen dafür, sie ist mißtrauisch, und sie zieht aus, um das Böse zu bekämpfen. Wollen mal sehen, was wir aus Bridget herausquetschen können.»
Die Schwierigkeiten bei dieser Unterhaltung rührten in allererster Linie von Bridgets Mutter her. Um ohne deren Mitwirkung mit Bridget sprechen zu können, mußte Chefinspektor Davy seine ganze Geschicklichkeit und Überredungskunst aufwenden. Er wurde dabei freilich von Bridget tüchtig unterstützt. Sie wechselten erst eine Reihe stereotyper Fragen und Antworten. Schließlich, nachdem Bridgets Mutter ihrem Entsetzen darüber, wie haarscharf Elvira dem Tode entronnen war, gebührend Ausdruck verliehen hatte, sagte Bridget: «Weißt du, Mummy, es wird höchste Zeit, daß du zu deiner Komiteesitzung gehst. Du hast doch gesagt, daß sie sehr wichtig sei.»
«Oje, oje», stöhnte Bridgets Mutter und machte sich mit großer Umständlichkeit schließlich auf den Weg zu ihrer Sitzung.
«Zuallererst», sagte Chefinspektor Davy, als er mit der Tochter allein war, «möchte ich etwas Näheres über eine Pralinenschachtel in Italien wissen. Es war die Rede davon, daß man ihr eine Schachtel geschickt habe, die vielleicht vergiftete Pralinen enthielt.»
Bridget sah ihn erstaunt an. «Vergiftete Pralinen? O nein. Das glaube ich nicht. Wenigstens . . .»
«Irgend etwas Derartiges muß aber vorgekommen sein, ja?»
«Sicher. Elvira hat eine Schachtel mit Pralinen erhalten, und sie hat ziemlich viele davon gegessen. Und in der Nacht wurde ihr übel – sehr übel sogar.»
«Aber sie hatte keinen Verdacht auf Gift, wie?»
«Nein. Wenigstens – o ja, sie hat tatsächlich gesagt, daß je-

mand versuche, eine von uns zu vergiften, und wir haben uns dann die Pralinen angesehen, um festzustellen, ob irgend etwas eingespritzt worden sei.»

«Und war das der Fall?»

«Nein», erwiderte Bridget. «Wir konnten jedenfalls nichts entdecken.»

«Aber Ihre Freundin Elvira war vielleicht immer noch der Meinung, wie?»

«Möglich – aber sie hat nicht mehr davon gesprochen.»

«Sie glauben aber, daß sie sich vor jemandem fürchtete?»

«Damals hatte ich nicht das Gefühl, habe ihr auch nichts angemerkt. Das kam erst später, als wir schon hier waren.»

«Was hatte es mit diesem Guido auf sich?»

Bridget kicherte.

«Er war furchtbar verknallt in Elvira», sagte sie.

«Und Sie und Ihre Freundin haben sich hin und wieder mit ihm getroffen?»

«Nun, ich finde nichts dabei, es *Ihnen* zu gestehen. Sie sind ja schließlich nur von der Polizei. So etwas spielt für Sie keine Rolle, und ich nehme an, Sie haben Verständnis dafür. Die Contessa Martinelli war schrecklich streng – oder glaubte es zu sein. Und wir hatten es natürlich faustdick hinter den Ohren und hielten zusammen wie Pech und Schwefel. Sie wissen ja Bescheid.»

«Und haben nach Strich und Faden gelogen, wie?»

«Ich fürchte, ja», gestand Bridget. «Aber was bleibt einem anderes übrig, wenn jemand so mißtrauisch ist?»

«Also haben Sie sich mit Guido getroffen und so weiter. Und hat er Elvira häufig gedroht?»

«Oh, aber nicht im Ernst – auf keinen Fall.»

«Dann hat sie sich vielleicht noch mit einem anderen Mann getroffen, wie?»

«Ach – das – nun, ich weiß nicht recht.»

«Bitte, sagen Sie es mir, Miss Bridget. Es könnte vielleicht – entscheidend sein, wissen Sie.»

«Ja. Das kann ich verstehen. Nun, da war noch ein Mann im Hintergrund. Ich weiß nicht, wer es war – jedenfalls je-

mand, an dem ihr etwas lag. Ich meine, er war ihr wirklich *wichtig.*»
«Hat sie sich häufig mit ihm getroffen?»
«Ich glaube, ja. Sie behauptete zwar immer, sie treffe sich mit Guido, aber es war nicht immer Guido. Es war dieser andere Mann.»
«Keine Ahnung, wer es war?»
«Nein.» Es klang ein wenig unschlüssig.
«Könnte es ein Rennfahrer namens Ladislaus Malinowski gewesen sein?»
Bridget sperrte vor Staunen den Mund auf.
«Sie *wissen* es also?»
«Habe ich recht?»
«Ja – ich glaube schon. Sie besaß eine Fotografie von ihm, die sie aus einer Zeitung geschnitten hatte.»
«Wissen Sie zufällig, ob sie sich auch in England mit ihm getroffen hat?»
«Das kann ich nicht sagen. Ich weiß nämlich nicht, was sie seit ihrer Rückkehr aus Italien gemacht hat.»
«Sie kam einmal nach London, um ihren Zahnarzt aufzusuchen», sagte Davy, um ihr auf die Sprünge zu helfen. «Das hat sie jedenfalls vorgegeben. Statt dessen kam sie zu Ihnen. Sie hat dann Mrs. Melford angerufen und ihr irgendeinen Unsinn von einer alten Gouvernante aufgetischt.»
Wieder ein Kichern.
«Das stimmt nicht, wie?» fuhr der Chefinspektor lächelnd fort. «Wo war sie in Wirklichkeit?»
Bridget zögerte. «Sie ist nach Irland geflogen.»
«Nach Irland? Warum?»
«Das wollte sie mir nicht verraten. Sie erwähnte nur, daß sie dort etwas ausfindig machen müsse.»
«Wissen Sie, wohin in Irland sie gefahren ist?»
«Nicht genau. Sie nannte den Namen eines Ortes. Bally ... Ballygowlan war's, glaube ich.»
«So, so. Sind Sie sicher, daß sie nach Irland geflogen ist?»
«Ich habe sie nach Kensington gebracht. Sie reiste mit der Air Lingus.»

«Und wann ist sie zurückgekehrt?»
«Am nächsten Tag. Sie rief gleich an.»
«Um welche Zeit?»
«Irgendwann am Vormittag. Ja, es muß so um elf, zwölf herum gewesen sein.»
«Und was hat sie zu Ihnen gesagt?»
«Sie fragte nur, ob alles in Ordnung sei.»
«Und war alles in Ordnung?»
«Nein, eben nicht. Mrs. Melford hatte angerufen, und meine Mutter war an den Apparat gegangen. Es war alles sehr kompliziert, und ich hatte nicht gewußt, was ich sagen sollte. Elvira erklärte dann, sie würde nicht zu mir kommen, wohl aber ihre Kusine, Mildred, anrufen und ihr irgendeine Geschichte auftischen.»
«Und ist das alles, was Ihnen einfällt?»
«Ja, das ist alles», bestätigte Bridget. Sie dachte zwar an Mr. Bollard und das Armband. Aber das würde sie Chefinspektor Davy ganz gewiß nicht erzählen.
Vater spürte, daß ihm etwas vorenthalten wurde. Er konnte nur hoffen, daß es nichts mit dieser Untersuchung zu tun hatte. Er fragte noch einmal:
«Sie glauben also, daß Ihre Freundin tatsächlich vor irgend jemandem oder vor irgend etwas Angst hatte, ja?»
«Ganz recht.»
«Hat sie es Ihnen gegenüber erwähnt, oder haben Sie davon gesprochen?»
«Oh, ich habe sie ganz offen gefragt. Zuerst stritt sie es ab, dann aber gab sie zu, daß sie tatsächlich Angst habe. Und ich weiß es ganz genau», fuhr Bridget heftig fort. «Sie schwebte in Gefahr. Davon war sie felsenfest überzeugt. Aber ich weiß nicht, warum und wieso. Näheres ist mir nicht bekannt.»
«Sie hatten Gewißheit in dieser Beziehung seit jenem Morgen, nicht wahr? Seit dem Morgen, an dem sie aus Irland zurückkehrte.»
«Ja. Ja, an dem Morgen war ich völlig überzeugt davon.»
«An jenem Morgen, als sie vielleicht mit dem Irischen Post-Expreß zurückgekehrt war?»

«Das halte ich nicht für sehr wahrscheinlich. Warum fragen Sie sie nicht?»
«Das werde ich wohl noch tun. Aber ich möchte nicht die Aufmerksamkeit auf diesen Punkt lenken. Im Augenblick jedenfalls nicht. Es könnte die Gefahr, in der sie schwebt, womöglich noch vergrößern.»
Bridget machte kugelrunde Augen.
«Was wollen Sie damit sagen?»
«Sie entsinnen sich vielleicht nicht, Miss Bridget, aber es war der Morgen, an dem in aller Frühe der Überfall auf den Irischen Post-Expreß stattfand.»
«Soll das etwa heißen, daß Elvira dabei war und mir nie etwas davon erzählt hat?»
«Es ist unwahrscheinlich, das gebe ich zu», sagte Vater. «Es kam mir nur der Gedanke, sie könnte vielleicht etwas gesehen haben, was mit diesem Vorfall zusammenhängt. Vielleicht hatte sie, zum Beispiel, jemanden gesehen, den sie kannte, und das hätte sie natürlich in Gefahr gebracht.»
«Oh!» sagte Bridget. Sie ließ sich die Sache durch den Kopf gehen. «Sie meinen, ein Bekannter von ihr war an dem Überfall beteiligt?»
Chefinspektor Davy erhob sich.
«Das wäre im Augenblick wohl alles», sagte er. «Ganz sicher, daß Sie mir nichts mehr erzählen können? Nicht, wo Ihre Freundin sich an dem Tag aufhielt? Oder am Tag zuvor?»
Wieder sah Bridget Mr. Bollard und den Laden in der Bond Street vor sich.
«Nein», erwiderte sie.
«Ich glaube, Sie haben mir etwas verheimlicht», meinte Chefinspektor Davy.
Bridget griff dankbar nach dem Strohhalm.
«Oh, das habe ich ganz vergessen», sagte sie. «Ja, ich weiß noch etwas. Sie hat einen Rechtsanwalt aufgesucht. Einen der Treuhänder ihres Vermögens.»
«Aha. Sie wissen wohl nicht seinen Namen?»
«Die Firma heißt Egerton – Forbes, Egerton und Sowieso.

Eine ganze Reihe von Namen. Ich glaube, der Anfang stimmt.»
«Und wissen Sie zufällig, was sie erfahren wollte?»
«Sie wollte wissen, wie groß ihr Vermögen ist.»
Davy zog die Augenbrauen hoch.
«Was Sie nicht sagen! Das ist ja interessant. Nun, vielen Dank, Sie haben mir sehr geholfen.»

23

Richard Egerton blickte wieder auf die Karte, die vor ihm lag, und sah dann den Chefinspektor an.
«Seltsame Sache», meinte er.
«Ja, Sir», sagte Chefinspektor Davy, «sehr merkwürdig.»
«Bertrams Hotel», sagte Egerton, «im Nebel. Ja, es war gestern abend sehr neblig. Bei Ihnen häufen sich wohl solche Fälle bei Nebel, nicht wahr? Taschendiebe und Leute, die den Damen die Handtaschen entreißen.»
«Darum ging es eigentlich nicht», sagte Vater. «Niemand versuchte, Miss Blake etwas zu entreißen.»
«Woher kam der Schuß?»
«Bei dem Nebel ließ sich das schwer feststellen. Miss Blake wußte es selbst nicht genau. Aber wir nehmen an – und es scheint am wahrscheinlichsten –, daß der Mann im Kellervorhof gestanden hat.»
«Und er hat zweimal auf sie geschossen, sagen Sie?»
«Ja. Der erste Schuß ging fehl. Der Portier, der vor der Hoteltür stand, stürzte herbei und stellte sich vor Miss Blake, ehe der zweite Schuß fiel.»
«Und so wurde er statt ihrer getroffen, wie?»
«Ja.»
«Ein ziemlich tapferer Bursche.»
«Ja. Er war tapfer», sagte der Chefinspektor. «Er hat sich im Krieg ausgezeichnet. Er war Ire.»
«Wie heißt er?»

«Gorman. Michael Gorman.»
«Michael Gorman.» Egerton runzelte die Stirn und überlegte eine Weile. «Nein», sagte er dann. «Einen Augenblick lang dachte ich, der Name komme mir bekannt vor.»
«Es ist natürlich kein sehr seltener Name. Auf alle Fälle hat der Mann dem Mädchen das Leben gerettet.»
«Und warum sind Sie eigentlich zu mir gekommen, Chefinspektor?»
«Ich hoffe, einige Aufschlüsse zu erhalten. Wir sind nämlich gern so umfassend wie möglich unterrichtet über das Opfer eines Mordanschlags.»
«Oh, gewiß, gewiß. Aber ich muß sagen, ich habe Elvira nur zweimal seit ihrer Kindheit gesehen.»
«Sie haben sie gesehen, als sie Ihnen vor etwa einer Woche einen Besuch abstattete, nicht wahr?»
«Ja, das stimmt. Was möchten Sie nun von mir wissen?»
«Es wurde mir gesagt, daß irgend etwas sie in große Sorge und Furcht versetzt habe und sie überzeugt gewesen sei, in Lebensgefahr zu schweben. Hatten Sie auch diesen Eindruck, als sie Sie besuchte?»
«Nein», erwiderte Egerton langsam, «nein, das würde ich nicht behaupten, obwohl sie ein paar Äußerungen machte, die mir recht merkwürdig vorkamen.»
«Zum Beispiel?»
«Nun, sie wollte wissen, wer sie beerben würde, falls sie plötzlich sterben sollte.»
«Aha», meinte Chefinspektor Davy, «diese Möglichkeit zog sie also in Betracht. Daß sie plötzlich sterben könnte. Interessant.»
«Es spukte ihr etwas im Kopf herum, aber ich wußte nicht, was. Sie wollte auch wissen, wieviel Geld sie besitzt – oder besitzen wird, wenn sie volljährig ist. Diese Frage ist vielleicht etwas verständlicher.»
«Es ist wohl ein ganzer Batzen, wie?»
«Es ist ein sehr großes Vermögen, Chefinspektor.»
«Weshalb wollte sie es wohl wissen? Was meinen Sie?»
«Wie hoch der Betrag ist?»

«Ja, und wer sie beerben würde.»
«Ich weiß es nicht, wirklich nicht. Sie schnitt auch das Thema Heirat an.»
«Hatten Sie das Gefühl, daß ein Mann im Spiel ist?»
«Ich kann es nicht beschwören – aber – ja, den Eindruck hatte ich. Ich war überzeugt, daß sich da etwas angesponnen hatte. Das ist ja meistens so! Luscombe – das ist Colonel Luscombe, ihr Vormund – scheint ja von einem Verehrer nichts zu wissen. Aber das kann man vom guten alten Derek Luscombe auch kaum erwarten. Er war ganz aufgeregt, als ich andeutete, daß sie einen Mann aufgegabelt haben könnte, noch dazu wahrscheinlich einen unpassenden.»
«Er ist unpassend», erklärte Chefinspektor Davy.
«Ah, dann wissen Sie also, wer es ist?»
«Ich kann es mir jedenfalls denken. Ladislaus Malinowski.»
«Der Rennfahrer? Was Sie nicht sagen! Ein hübscher Draufgänger. Die Frauen sind ganz vernarrt in ihn. Ich möchte wissen, wo er Elvira über den Weg gelaufen ist. Er war, glaube ich, vor ein paar Monaten in Rom. Wahrscheinlich haben sie sich dort getroffen.»
«Sehr gut möglich. Oder könnte sie ihn vielleicht durch ihre Mutter kennengelernt haben?»
«Was, durch Bess? Das ist meiner Ansicht nach ziemlich ausgeschlossen.»
Davy räusperte sich.
«Lady Sedgwick und Malinowski sollen eng befreundet sein, Sir.»
«Ja, ja, ich kenne das Gerücht. Vielleicht ist etwas Wahres daran, vielleicht auch nicht. Bess hat natürlich ihre Liebschaften, obwohl sie – das möchte ich betonen – durchaus kein mannstoller Typ ist. Die Menschen neigen ja stark dazu, einer Frau so etwas nachzusagen, aber auf Bess trifft es nicht zu. Jedenfalls kennen sich Bess und ihre Tochter, soweit ich unterrichtet bin, praktisch gar nicht.»
«Das hat mir Lady Sedgwick auch gesagt. Dann stimmt das also?»

Egerton nickte.
«Hat Miss Blake noch andere Verwandte?»
«Genaugenommen keine. Die beiden Brüder ihrer Mutter sind im Krieg gefallen – und sie war das einzige Kind des alten Coniston. Mrs. Melford, obgleich sie Elvira ‹Kusine Mildred› nennt, ist in Wirklichkeit eine Kusine von Colonel Luscombe. Luscombe hat in seiner gewissenhaften, altmodischen Art sein Bestes für das Mädchen getan – aber es ist schwierig . . . für einen Mann.»
«Wie Sie vorhin erwähnten, hat Miss Blake das Thema Heirat angeschnitten. Besteht etwa die Möglichkeit, daß sie in Wirklichkeit bereits verheiratet ist?»
«Sie ist noch minderjährig – sie hätte die Einwilligung ihres Vormundes und der Treuhänder gebraucht.»
«Nach dem Buchstaben des Gesetzes, ja. Aber die jungen Leute richten sich nicht immer danach», bemerkte Vater.
«Ich weiß. Höchst bedauerlich. Man muß dann den ganzen Apparat in Bewegung setzen, um sie zu Mündeln unter Amtsvormundschaft zu machen. Und das ist ein schwieriger Weg.»
«Und wenn sie einmal verheiratet sind, dann sind sie verheiratet. Wenn sie tatsächlich verheiratet wäre und plötzlich stürbe, dann würde das Geld wohl ihrem Mann zufallen, nicht wahr?»
«Die Idee, daß sie verheiratet sein könnte, ist ziemlich abwegig. Sie war zu wohlbehütet und . . .» Er unterbrach sich, als er das zynische Lächeln des Chefinspektors sah.
Obgleich wohlbehütet, war es Elvira offenbar doch gelungen, die Bekanntschaft des höchst unpassenden Ladislaus Malinowski zu machen.
Der Anwalt fuhr unsicher fort: «Ihre Mutter ist allerdings durchgebrannt.»
«Ja, ihre Mutter ist durchgebrannt – das entspricht ihrem Wesen –, aber Miss Blake ist ein anderer Typ. Sie ist genauso darauf bedacht, ihren Willen durchzusetzen, doch sie würde es anders anfangen.»
«Sie denken doch nicht allen Ernstes . . .»

«Ich denke gar nichts – noch nicht», sagte Chefinspektor Davy.

24

Ladislaus Malinowski blickte die beiden Polizeibeamten der Reihe nach an. Dann warf er den Kopf in den Nacken und lachte.

«Es ist wirklich sehr amüsant!» meinte er. «Sie setzen ja eine regelrechte Leichenbittermiene auf. Es ist absurd, mich hierherkommen zu lassen und auszufragen. Ich habe nichts auf dem Kerbholz, rein gar nichts.»

«Wir glauben, Sie können uns bei unseren Ermittlungen behilflich sein, Mr. Malinowski.» Chefinspektor Davy gab sich betont höflich. «Sie besitzen einen Wagen, einen Mercedes, mit dem polizeilichen Kennzeichen FAN 2266.»

«Na und – haben Sie etwas dagegen einzuwenden?»

«Keineswegs, Sir. Es besteht nur eine kleine Unsicherheit hinsichtlich der korrekten Nummer. Ihr Wagen fuhr kürzlich auf der Autostraße M 7, und bei der Gelegenheit war das Nummernschild ein anderes.»

«Unsinn. Das muß irgendein anderer Wagen gewesen sein.»

«Es gibt hier nicht so viele Wagen dieses Typs. Wir haben alle vorhandenen überprüft.»

«Sie glauben wohl alles, was Ihre Verkehrspolizisten Ihnen erzählen! Einfach lachhaft!»

«Die Stelle, wo die Polizei Sie anhielt und sich Ihre Papiere zeigen ließ, liegt nicht weit von Bedhampton. Und es war die Nacht, in der der Raubüberfall auf den Irischen Post-Expreß stattfand.»

«Sie machen mir Spaß», sagte Ladislaus Malinowski.

«Sie besitzen einen Revolver, ja?»

«Gewiß – einen Revolver und eine Selbstladepistole. Für beide Waffen habe ich vorschriftsmäßige Waffenscheine.»

«Ganz recht. Sind beide Waffen noch in Ihrem Besitz?»

«Aber sicher.»
«Ich habe Sie bereits gewarnt, Mr. Malinowski.»
«Die berühmte Warnung der Polizei! Alles, was Sie sagen, kann gegen Sie verwandt werden.»
«Das ist nicht der korrekte Wortlaut», bemerkte Vater milde. «Verwandt, ja, aber nicht gegen. Sie halten also an Ihrer Aussage fest?»
«Ja.»
«Und Sie wollen bestimmt nicht Ihren Anwalt anrufen?»
«Ich mag keine Anwälte.»
«Das geht manchen Menschen so. Wo befinden sich diese Waffen jetzt?»
«Ich glaube, Sie wissen ganz gut, wo sie sind, Chefinspektor. Die kleine Pistole steckt im Handschuhfach meines Wagens, des Mercedes, dessen Kennzeichen, wie erwähnt, FAN 2266 ist. Der Revolver liegt in einer Schublade in meiner Wohnung.»
«Was Sie von Ihrem Revolver sagen, stimmt. Er liegt tatsächlich bei Ihnen zu Hause in einer Schublade», sagte Vater, «aber die Pistole ist nicht in Ihrem Wagen.»
«Aber sicher, und zwar im Handschuhfach.»
Vater schüttelte den Kopf. «Dort hat sie vielleicht früher mal gesteckt, aber jetzt nicht mehr. Ist das Ihre Pistole, Mr. Malinowski?»
Er schob eine kleine Selbstladepistole über den Tisch. Ladislaus Malinowski nahm sie mit höchst überraschter Miene in die Hand.
«Ja, das ist meine Pistole. Dann haben *Sie* sie also aus meinem Wagen genommen, wie?»
«Nein», erwiderte Vater, «nicht aus Ihrem Wagen. Da war sie gar nicht drin. Wir haben sie woanders gefunden.»
«Wo?»
«In einem Kellervorhof in der Pond Street, die – wie Sie zweifellos wissen – in der Nähe von Park Lane liegt. Ein Mann, der die Straße hinunterging – oder vielleicht rannte –, hätte sie gut hineinwerfen können.»
Ladislaus Malinowski zuckte die Achseln. «Damit habe ich

nichts zu tun – ich habe sie nicht dorthin geworfen. Sie war vor ein paar Tagen noch in meinem Wagen. Man sieht nicht fortwährend nach, ob alle Dinge noch an ihrem Platz liegen. Das nimmt man einfach an.»

«Wissen Sie eigentlich, Mr. Malinowski, daß das die Pistole ist, mit der Michael Gorman in der Nacht des 26. November erschossen wurde?»

«Michael Gorman? Kenne ich nicht.»

«Der Portier von Bertrams Hotel.»

«Ach ja, der Mann, der erschossen wurde. Ich habe davon in der Zeitung gelesen. Und Sie sagen, es sei mit *meiner* Pistole geschehen? Unsinn!»

«Es ist kein Unsinn. Die Experten für Ballistik haben sie untersucht, und Sie verstehen genug von Feuerwaffen, um zu wissen, daß ihr Befund zuverlässig ist.»

«Sie versuchen, mir etwas anzuhängen. Na ja, man kennt ja die Polizei.»

«Ich glaube, Sie sollten die Polizei etwas besser kennen, Mr. Malinowski.»

«Wollen Sie etwa behaupten, ich hätte Michael Gorman erschossen?»

«Vorläufig bitten wir nur um eine Aussage. Eine Anklage ist noch nicht erhoben worden.»

«Aber Sie nehmen an, daß ich diese lächerlich aufgetakelte Marschallsfigur erschossen habe. Warum hätte ich das tun sollen? Ich hatte nichts gegen ihn.»

«Es wurde auf eine junge Dame geschossen. Gorman rannte nur herbei, um sie zu beschützen, nachdem ein Schuß abgefeuert worden war, und die zweite Kugel traf ihn.»

«Auf eine junge Dame?»

«Eine junge Dame, die Ihnen, glaube ich, bekannt ist. Miss Elvira Blake.»

«Wollen Sie etwa behaupten, daß jemand versucht hat, Elvira mit *meiner* Pistole zu erschießen?»

Seine Stimme klang ungläubig.

«Es könnte ja sein, daß Sie eine Meinungsverschiedenheit gehabt haben.»

«Soll das heißen, daß ich mich mit Elvira gezankt und dann versucht hätte, sie zu erschießen? Was für ein Irrsinn! Warum sollte ich denn um Himmels willen das Mädchen töten, das ich heiraten will?»
«Gehört dies mit zu Ihrer Aussage? Daß Sie Miss Elvira Blake heiraten wollen?»
Malinowski zögerte kurz. Dann sagte er achselzuckend:
«Sie ist noch sehr jung. Es muß erst besprochen werden.»
«Vielleicht hat sie Ihnen ein Heiratsversprechen gegeben – und es sich dann anders überlegt. Auf alle Fälle hat sie sich vor jemandem gefürchtet. Vor Ihnen, Mr. Malinowski?»
«Warum sollte *ich* ihren Tod wünschen? Entweder liebe ich sie und will sie heiraten, oder wenn ich sie nicht heiraten will, kann ich es lassen. So einfach ist das. Warum sie also umbringen?»
«Es gibt nicht viele Menschen, die ihr nahe genug stehen, um sie töten zu wollen.» Davy wartete einen Augenblick und sagte dann fast beiläufig: «Da wäre natürlich ihre Mutter zu erwähnen.»
«Was wollen Sie damit andeuten!» Malinowski sprang auf. «*Bess?* Bess sollte ihre eigene Tochter erschießen? Sie sind ja wahnsinnig! Weshalb das?»
«Vielleicht, weil sie als nächste Verwandte ein beachtliches Vermögen erben würde.»
«Bess? Bess und für Geld töten? Sie hat eine Menge Geld von dem Amerikaner, mit dem sie verheiratet war. Jedenfalls genug.»
«Genug Geld ist nicht dasselbe wie sehr viel Geld», sagte Vater. «Die Menschen morden tatsächlich, um reich zu werden. Es ist bekannt, daß Mütter deswegen ihre Kinder und Kinder ihre Mütter ermordet haben.»
«Und ich wiederhole: Es ist heller Wahnsinn!»
«Sie sagten vorhin, daß Sie Miss Blake heiraten wollen. Vielleicht haben Sie sie schon geheiratet, wie? Wenn das zutrifft, wären Sie der glückliche Erbe.»
«Noch hirnverbrannter geht's wohl nicht! Nein, ich bin nicht mit Elvira verheiratet. Sie ist ein hübsches Mädchen. Ich

mag sie gern, und sie ist in mich verliebt. Ja, das gebe ich zu. Ich habe sie in Italien kennengelernt. Wir haben uns miteinander amüsiert – aber das ist alles. Weiter ist nichts zwischen uns.»
«Wirklich? Eben gerade, Mr. Malinowski, haben Sie noch mit Bestimmtheit erklärt, daß Sie sie heiraten wollten.»
«Ach so, das.»
«Ja ... das. War es die Wahrheit?»
«Ich habe es gesagt, weil ... weil es, so ausgedrückt, züchtiger klingt. Man ist so – prüde hierzuland ...»
«Diese Erklärung kommt mir etwas unwahrscheinlich vor.»
«Sie verstehen aber auch gar nichts. Die Mutter und ich, wir haben eine Liebschaft miteinander ... ich wollte das nicht aussprechen – statt dessen deutete ich an, daß die Tochter und ich verlobt seien. Das klingt sehr englisch und korrekt.»
«In meinen Ohren klingt das sehr gesucht. Sie brauchen ziemlich dringend Geld, nicht wahr, Mr. Malinowski?»
«Mein lieber Chefinspektor, ich brauche immer Geld. Das ist sehr betrüblich.»
«Und doch haben Sie vor einigen Monaten, soweit ich unterrichtet bin, das Geld mit vollen Händen ausgegeben.»
«Ah, ich hatte Glück im Spiel gehabt. Ich bin ein Spieler. Das gebe ich zu.»
«Es fällt mir nicht schwer, Ihnen das zu glauben. Wo hatten Sie denn so viel Glück im Spiel?»
«Das verrate ich nicht. Das können Sie kaum von mir erwarten.»
«Das tue ich auch nicht.»
«Ist das alles, was Sie von mir wissen möchten?»
«Für den Augenblick, ja. Sie haben die Pistole als Ihre erkannt. Das wird uns sehr nützlich sein.»
«Ich verstehe nicht – es ist mir unbegreiflich ...» Er unterbrach sich. «Geben Sie sie mir bitte.»
«Leider müssen wir sie vorläufig behalten. Ich stelle Ihnen eine Quittung dafür aus.»
Er schrieb sie aus und reichte sie Malinowski.

Malinowski verließ das Zimmer und knallte die Tür hinter sich zu.
«Temperamentvoller Bursche», bemerkte Vater.
«Sie haben ihn nicht wegen des falschen Nummernschildes und Bedhampton unter Druck gesetzt.»
«Nein. Ich wollte ihn einschüchtern, aber nicht allzusehr. Wir wollen ihn langsam in die Enge treiben. Er hat nämlich Angst.»

25

Als Miss Marple am Bahnhof Paddington aus ihrem Zug stieg, sah sie die beleibte Gestalt von Chefinspektor Davy, der auf dem Bahnsteig stand und auf sie wartete.
«Sehr nett von Ihnen, Miss Marple», sagte er und geleitete sie durch die Sperre zu einem wartenden Wagen.
Der Fahrer öffnete den Schlag, die beiden stiegen ein, und der Wagen rollte davon.
«Wohin bringen Sie mich eigentlich, Chefinspektor Davy?»
«Zu Bertrams Hotel.»
«Ach du liebe Güte, wieder einmal Bertrams Hotel. Warum?»
«Die offizielle Antwort lautet: Die Polizei glaubt, daß Sie ihr bei ihren Ermittlungen helfen können.»
«Das klingt vertraut, wenn auch ziemlich unheilvoll. Oft der Auftakt zu einer Verhaftung, nicht wahr?»
«Ich werde Sie nicht verhaften, Miss Marple.» Vater lächelte. «Sie haben ein Alibi.»
Miss Marple verdaute dies schweigend. Auf der ganzen Fahrt zum Bertrams sprachen sie beide nicht mehr. Als sie eintraten, blickte Miss Gorringe von ihrem Tisch auf, doch Chefinspektor Davy führte Miss Marple direkt zum Lift.
«Zum zweiten Stock.»
Der Lift fuhr nach oben, hielt, und sie gingen ein Stückchen den Korridor entlang.

Als Vater die Tür von Nummer 18 öffnete, sagte Miss Marple: «Dies ist ja dasselbe Zimmer, das ich bei meinem letzten Aufenthalt hatte.»
«Stimmt», sagte Vater.
Miss Marple setzte sich in einen Sessel.
«Ein sehr behaglicher Raum», bemerkte sie und sah sich mit einem leichten Seufzer um.
«Auf Komfort verstehen sie sich hier, das muß man ihnen lassen», pflichtete ihr Vater bei.
«Sie sehen müde aus, Chefinspektor», sagte Miss Marple unerwartet.
«Ich war etwas viel unterwegs. Bin gerade erst von Irland zurückgekommen.»
«Was Sie nicht sagen. Von Ballygowlan?»
«Zum Teufel! Woher ist denn *Ihnen* dieser Name geläufig? Verzeihen Sie bitte den harten Ausdruck.»
Miss Marple lächelte.
«Michael Gorman hat Ihnen wohl mal erzählt, daß er aus Ballygowlan stammt?»
«Nein, das nicht gerade», sagte Miss Marple.
«Entschuldigen Sie meine Neugierde, aber woher kennen Sie den Ort dann?»
«Oje», sagte Miss Marple, «die Sache ist mir eigentlich etwas peinlich. Er fiel in einem Gespräch, das ich zufällig mit anhörte.»
«Ach so.»
«Ich habe jedoch nicht gelauscht. Es war in einem allen Gästen zugänglichen Raum. Ganz offen gestanden macht es mir Spaß, Menschen miteinander reden zu hören – besonders seit ich alt bin und nicht mehr so viel herumkomme. Ich will damit sagen: Wenn Menschen in der Nähe reden, hört man zu.»
«Nun, das erscheint mir ganz natürlich», sagte Vater. Dann blickte er auf seine Uhr.
«Hören Sie», sagte er, «ich möchte Näheres darüber erfahren, aber der Augenblick ist nicht günstig. Ich habe Kanonikus Pennyfather hergebeten, und er kann jeden Augenblick

eintreffen. Ich muß ihn unbedingt in Empfang nehmen. Sie verübeln es mir doch nicht?»
Miss Marple bestätigte ihm das, und Chefinspektor Davy verließ das Zimmer.

Kanonikus Pennyfather trat durch die Schwingtüren in die Halle von Bertrams Hotel. Er runzelte ein wenig die Stirn und fragte sich, was ihm heute in diesem Hotel so fremd vorkam. Vielleicht war es frisch gestrichen oder sonstwie renoviert worden? Er schüttelte den Kopf. Nein, das war es nicht, aber irgend etwas hatte sich verändert. Er kam nicht auf den Gedanken, daß es der Unterschied war zwischen einem auffallend großen Portier mit blauen Augen und dunklem Haar und einem ziemlich winzigen Portier mit abfallenden Schultern, Sommersprossen und einem rötlichgelben Haarschopf, der unter seiner Mütze hervorquoll. Er trat zum Empfang und wurde von Miss Gorringe begrüßt.
«Kanonikus Pennyfather – wie schön, Sie wiederzusehen. Sind Sie gekommen, um Ihr Gepäck abzuholen? Es steht alles für Sie bereit. Wenn Sie uns nur benachrichtigt hätten, dann hätten wir es Ihnen geschickt.»
«Danke», sagte Kanonikus Pennyfather, «vielen Dank. Sie sind sehr freundlich, Miss Gorringe. Aber da ich heute sowieso nach London fahren mußte, dachte ich, ich könnte es gleich persönlich abholen.»
«Wir haben uns solche Sorgen um Sie gemacht», meinte Miss Gorringe. «Weil Sie doch verschollen waren, wissen Sie. Niemand konnte Sie finden. Sie hatten einen Autounfall, wie ich hörte?»
«Ja», erwiderte Kanonikus Pennyfather. «Ja. Die Menschen fahren heutzutage viel zu schnell. Höchst gefährlich. Zwar kann ich mich nicht genau daran erinnern. Mein Kopf bekam dabei etwas ab. Gehirnerschütterung, sagte der Arzt. Nun ja, wenn man älter wird, ist das Gedächtnis nicht mehr das beste.» Er schüttelte traurig den Kopf. «Und wie geht es Ihnen, Miss Gorringe?»
«Oh, danke, sehr gut», erwiderte Miss Gorringe.

In diesem Augenblick fiel Kanonikus Pennyfather auf, daß sich Miss Gorringe ebenfalls verändert hatte. Er betrachtete sie genauer und versuchte festzustellen, worin die Veränderung bestand. Ihr Haar? Das war genauso wie immer, vielleicht sogar noch etwas krauser als sonst. Schwarzes Kleid, großes Medaillon, Kameebrosche. Alles vorhanden, wie üblich. Und doch war etwas anders. War sie vielleicht etwas dünner? Oder war es – ja, natürlich, sie sah *bekümmert* aus. Es kam nicht oft vor, daß Kanonikus Pennyfather merkte, wenn andere Sorgen hatten. Er war nicht der Typ, der Gefühlsregungen in den Gesichtern seiner Mitmenschen wahrnahm. Aber heute fiel es ihm auf, vielleicht, weil Miss Gorringe ihren Gästen so viele Jahre hindurch stets dasselbe Gesicht präsentiert hatte.
«Sie sind doch hoffentlich nicht krank gewesen?» fragte er besorgt. «Sie sehen etwas dünner aus.»
«Nun, wir hatten allerlei Aufregungen.»
«Ach, wirklich? Das tut mir aber leid. Doch nicht etwa meinetwegen?»
«O nein», erwiderte Miss Gorringe. «Wir haben uns natürlich Gedanken gemacht, aber sobald wir hörten, daß man Sie gefunden hat . . .» Sie unterbrach sich und fuhr fort: «Nein. Nein – es ist dieser – nun, vielleicht haben Sie es in den Zeitungen gelesen. Gorman, unser Außenportier, ist getötet worden.»
«Ach ja», sagte Kanonikus Pennyfather. «Ich erinnere mich jetzt. Ich habe tatsächlich gelesen – daß Sie hier einen Mord hatten.»
Miss Gorringe schauderte, als das Geschehen so unverblümt beim Namen genannt wurde.
«Schrecklich», sagte sie. «Einfach schrecklich. So etwas ist im Bertrams noch *nie* vorgekommen. Ich meine, wir sind kein Hotel, wo Morde passieren.»
«Nein, nein, ganz gewiß nicht», sagte Kanonikus Pennyfather rasch. «Davon bin ich überzeugt. Ich meine, es wäre mir nie in den Sinn gekommen, daß so etwas *hier* passieren könnte.»

«Natürlich geschah es nicht *innerhalb* des Hotels», erläuterte Miss Gorringe ein wenig heiterer, als ihr das in den Sinn kam. «Es ereignete sich draußen auf der Straße.»
«Also hatte es eigentlich nichts mit Ihnen zu tun», meinte der Kanonikus hilfsbereit.
Die Feststellung war offenbar doch nicht ganz richtig.
«Aber es hing mit Bertrams Hotel zusammen. Wir mußten die Polizei im Hause dulden, die die Leute verhörte, da es ja unser Portier war, der erschossen worden ist.»
«Dann haben Sie also einen neuen Mann da draußen. Wissen Sie, ich habe schon gedacht, daß alles ein wenig fremd wirkte.»
«Ja, ich kann nicht gerade sagen, daß er unsere Erwartungen erfüllt. Ich meine, er entspricht nicht ganz unserem Standard. Aber wir mußten natürlich in aller Eile jemanden engagieren.»
«Ich entsinne mich jetzt», sagte Kanonikus Pennyfather, krampfhaft bemüht, ein paar Erinnerungen an das zusammenzusuchen, was er vor einer Woche in der Zeitung gelesen hatte. «Traurig, sehr traurig.»
«Für uns sind daraus schreckliche Unannehmlichkeiten entstanden», klagte Miss Gorringe. «Die Polizei geht dauernd hier ein und aus. Es war wohl nicht anders zu erwarten, aber wir schätzen das nicht – zwar muß ich zugeben, daß Chefinspektor Davy und Sergeant Wadell sehr gediegene Leute sind. Sehr gute Umgangsformen – und Zivilkleidung, nicht der Typ mit schweren Stiefeln und Regenmänteln, wie man sie im Film sieht. Fast wie unsereins.»
«Hm – ja», sagte Kanonikus Pennyfather.
«Mußten Sie ins Krankenhaus?» erkundigte sich Miss Gorringe.
«Nein», erwiderte der Kanonikus, «sehr nette Leute, wirklich gute Samariter – er war, glaube ich, ein Gärtner –, fanden mich, und seine Frau hat mich wieder gesund gepflegt. Ich bin ihnen sehr dankbar. Es ist wohltuend, wenn man entdeckt, daß es noch Menschenfreundlichkeit gibt in der Welt. Meinen Sie nicht auch?»

Miss Gorringe erklärte, sie finde diese Tatsache ebenfalls sehr tröstlich. «Besonders wenn man liest, wie die Verbrechen sich häufen», setzte sie hinzu, «alle diese schrecklichen jungen Leute, die Banken und Züge ausrauben und Menschen aus dem Hinterhalt angreifen.» Sie blickte auf und sagte: «Chefinspektor Davy kommt gerade die Treppe herunter. Ich glaube, er will mit Ihnen reden.»
«Ich weiß gar nicht, warum er mich sprechen will», meinte Kanonikus Pennyfather verdutzt. «Er hat mich nämlich bereits in Chadminster aufgesucht und war offenbar enttäuscht, daß ich ihm nichts Brauchbares erzählen konnte.»
«War Ihnen das nicht möglich?»
Der Kanonikus schüttelte bekümmert den Kopf.
«Ich konnte mich auf nichts besinnen. Der Unfall fand irgendwo in der Nähe eines Ortes namens Bedhampton statt, und ich verstehe einfach nicht, *was* ich dort getan haben könnte. Der Chefinspektor fragte mich dauernd, warum ich dort war, und ich konnte es ihm nicht sagen. Sehr merkwürdig, nicht wahr? Er schien zu glauben, daß ich einen Wagen aus der Nähe irgendeines Bahnhofs zu einem Pfarrhaus gefahren hätte.»
«Das klingt recht logisch», meinte Miss Gorringe.
«Es ist aber ganz unlogisch», erklärte Kanonikus Pennyfather. «Weshalb sollte ich in einer Gegend herumfahren, die ich überhaupt nicht kenne?»
Chefinspektor Davy war inzwischen bei ihnen angelangt.
«Ah, da sind Sie ja, Kanonikus Pennyfather», sagte er. «Sind Sie wieder frisch und munter?»
«Oh, ich fühle mich jetzt ganz wohl», entgegnete der Kanonikus, «aber ich bekomme noch sehr leicht Kopfschmerzen. Und man hat mir geraten, mich nicht zu überanstrengen. An den Vorfall kann ich mich immer noch nicht erinnern, und der Arzt meinte, es würde mir vielleicht nie wieder einfallen.»
«Nun ja», meinte Chefinspektor Davy, «wir dürfen die Hoffnung nicht aufgeben.» Er führte den Kanonikus von der Rezeption fort. «Ich möchte ein kleines Experiment anstellen»,

sagte er, «würden Sie so freundlich sein und mir dabei helfen?»

Als Chefinspektor Davy die Tür von Nummer 18 öffnete, saß Miss Marple immer noch in ihrem Sessel am Fenster.
«Ziemlich viele Menschen auf der Straße heute», bemerkte sie. «Mehr als sonst.»
«Dies ist eine Durchgangsstraße zwischen Berkeley Square und Shepherd's Market, wissen Sie.»
«Ich meine nicht nur die Passanten, sondern Männer, die an irgend etwas arbeiten – Straßenausbesserung, Kabelverlegung vielleicht – ich sehe einen Wagen von der Post ... und einen Schlachterwagen – mehrere Privatautos ...»
«Und was schließen Sie daraus, wenn ich fragen darf?»
«Ich habe nicht gesagt, daß ich etwas daraus schließe.»
Vater blickte sie forschend an. Dann sagte er:
«Ich möchte Sie bitten, mir zu helfen.»
«Natürlich. Zu dem Zweck bin ich ja hier. Was soll ich denn tun?»
«Rekonstruieren wir, was Sie in der Nacht vom 19. November getan haben. Sie schliefen – Sie wachten auf – möglicherweise infolge eines ungewöhnlichen Geräusches. Sie knipsten das Licht an, blickten zur Uhr, standen auf, öffneten die Tür und schauten hinaus. Können Sie die ganzen Bewegungen noch einmal wiederholen?»
«Gewiß», erwiderte Miss Marple. Sie erhob sich und ging hinüber zum Bett.
«Einen Augenblick, bitte.»
Chefinspektor Davy klopfte an die Wand des Nachbarzimmers.
«Sie müssen viel lauter klopfen», riet Miss Marple. «Dieses Haus ist sehr solide gebaut.»
Der Chefinspektor hämmerte auf die Wand ein.
«Ich habe Kanonikus Pennyfather gebeten, bis zehn zu zählen», sagte er mit einem Blick auf seine Uhr. «Also, jetzt geht's los.»
Miss Marple berührte die elektrische Lampe, sah auf eine

imaginäre Uhr, stand auf, ging zur Tür, öffnete sie und blickte hinaus. Zu ihrer Rechten verließ Kanonikus Pennyfather gerade sein Zimmer und schritt zur Treppe. Als er dort angelangt war und hinunterzugehen begann, hielt Miss Marple plötzlich den Atem an und trat ins Zimmer zurück.
«Nun?» sagte Chefinspektor Davy.
«Der Mann, den ich in jener Nacht gesehen habe, kann nicht Kanonikus Pennyfather gewesen sein. Nicht, wenn das eben Kanonikus Pennyfather war.»
«Sie sagten aber doch ...»
«Ich weiß. Er sah aus wie Kanonikus Pennyfather. Dasselbe Haar, dieselbe Kleidung und alles. Aber er hatte einen anderen Gang. Ich glaube – ich glaube, es muß ein jüngerer Mann gewesen sein. Es tut mir wirklich sehr leid, daß ich mich getäuscht habe, aber der Mann in jener Nacht war nicht Kanonikus Pennyfather. Davon bin ich fest überzeugt.»
«Sind Sie diesmal Ihrer Sache wirklich ganz sicher?»
«Ja», erklärte Miss Marple. «Ich bedaure», wiederholte sie, «daß ich Sie irregeführt habe.»
«Sie hatten jedoch nicht so ganz unrecht. Kanonikus Pennyfather ist tatsächlich in jener Nacht ins Hotel zurückgekehrt. Niemand sah ihn hereinkommen, aber das war keineswegs erstaunlich, denn es war bereits nach Mitternacht. Er ging dann die Treppe hinauf, öffnete die Tür seines Zimmers und trat ein. Was er sah oder was dann geschah, wissen wir nicht, weil er es uns nicht erzählen kann oder will. Wenn es doch nur eine Möglichkeit gäbe, sein blockiertes Gedächtnis zu befreien ...»
«Es gibt ein Wort dafür ...», sagte Miss Marple nachdenklich.
«Ein Wort?»
«Oje, es ist mir entfallen, aber ...»
Es klopfte an die Tür.
«Darf ich hineinkommen?» fragte Kanonikus Pennyfather und trat ein. «Sind Sie zufrieden?»
«Sehr zufrieden», antwortete Vater. «Ich erzählte Miss Marple gerade – Sie kennen Miss Marple doch?»

«O ja», erwiderte Kanonikus Pennyfather, obgleich er nicht ganz sicher war, ob er sie wirklich kannte.
«Ich habe Miss Marple gerade geschildert, was sich an jenem Abend bis zu einem gewissen Moment abgespielt haben muß. Sie sind in dieses Hotel zurückgekehrt, und zwar nach Mitternacht. Dann sind Sie nach oben gegangen, haben die Tür Ihres Zimmers geöffnet und sind eingetreten . . .» Er machte eine erwartungsvolle Pause.
Miss Marple entfuhr ein erstickter Laut.
«Das Wort ist mir soeben eingefallen», sagte sie. *«Doppelgänger!»*
Kanonikus Pennyfather stieß einen leisen Schrei aus. «Aber natürlich», rief er, *«natürlich*! Wie konnte ich das nur vergessen? Sie haben nämlich ganz recht. Nach dem Film *Die Mauern von Jericho* bin ich ins Bertrams zurückgekommen und zu meinem Zimmer gegangen. Und als ich die Tür öffnete, sah ich – höchst merkwürdig! – sah ich ganz deutlich *mich selbst* vor mir in einem Sessel sitzen. Wie Sie sagen, Madam, ein *Doppelgänger.* Wie außerordentlich seltsam! Und dann – einen Augenblick mal . . .» Er hob die Augen zur Decke und versuchte nachzudenken.
«Und dann», ergänzte Vater, «hat Ihnen jemand, zu Tode erschrocken über Ihren Anblick, einen Schlag auf den Kopf versetzt. Man nahm mit Bestimmtheit an, daß Sie in Luzern wären.»

26

Kanonikus Pennyfather war in einem Taxi zum Britischen Museum gefahren. Miss Marple hatte es sich auf Wunsch des Chefinspektors in der Hotelhalle bequem gemacht. Würde sie vielleicht so freundlich sein und hier zehn Minuten auf ihn warten? Miss Marple hatte nichts dagegen. Sie begrüßte diese Gelegenheit, hier etwas Umschau zu halten und über manches nachzudenken.

Das Leben in Bertrams Hotel ging seinen gewohnten Gang. Nein, entschied Miss Marple, *nicht* seinen gewohnten Gang. Es war ein Unterschied da, obwohl sie nicht hätte definieren können, worin er lag. Eine unter der Oberfläche schwelende Unsicherheit vielleicht?

Die Türen schwangen auf, und der Chefinspektor, behäbig und schwerfällig wie immer, kam herein und ging direkt auf Miss Marple zu.

«Startklar?» fragte er jovial.

«Wohin entführen Sie mich denn jetzt?»

«Wir wollen Lady Sedgwick einen Besuch abstatten.»

«Wohnt sie noch hier?»

«Ja. Mit ihrer Tochter.»

Sie fuhren im Lift zum oberen Stockwerk, wo Lady Sedgwick und ihre Tochter eine Zimmerflucht bewohnten.

Chefinspektor Davy klopfte an die Tür, und auf das «Herein» hin traten er und Miss Marple ein.

Bess Sedgwick saß in einem hochlehnigen Sessel am Fenster, auf ihren Knien ein geschlossenes Buch.

«Sie sind's also wieder, Chefinspektor.» Ihr Blick streifte ihn und fiel dann auf Miss Marple. Sie schien etwas überrascht zu sein.

«Darf ich Sie mit Miss Marple bekannt machen?» sagte Davy. «Miss Marple – Lady Sedgwick.»

«Ich habe Sie schon gesehen», sagte Lady Sedgwick. «Sie saßen neulich mit Selina Hazy an einem Tisch, nicht wahr? Nehmen Sie doch bitte Platz.» Dann wandte sie sich wieder an Chefinspektor Davy. «Haben Sie etwas Neues über den Mann in Erfahrung gebracht, der auf meine Tochter geschossen hat?»

«Eigentlich nichts, was man als *neu* bezeichnen könnte.»

«Ich möchte auch bezweifeln, daß Sie in der Angelegenheit weiterkommen werden. Bei einem solchen Nebel schleichen alle möglichen Gestalten herum auf der Suche nach Frauen, die allein auf der Straße sind.»

«Stimmt bis zu einem gewissen Punkt», sagte Vater. «Wie geht es Ihrer Tochter?»

«Oh, Elvira ist wieder ganz mobil.»
«Sie haben sie hier bei sich?»
«Ja. Ich rief Colonel Luscombe, ihren Vormund, an. Er war ganz begeistert, daß ich mich um sie kümmern will.» Sie lachte plötzlich auf. «Der gute alte Knabe. Er hat immer auf eine Vereinigung von Mutter und Tochter gedrängt!»
«Daran hat er vielleicht ganz recht getan.»
«O nein, ganz und gar nicht. Im Augenblick halte ich es allerdings auch für das Beste.» Sie wandte den Kopf, um aus dem Fenster zu blicken, und sprach nun in verändertem Ton. «Wie ich höre, haben Sie einen meiner Freunde verhaftet – Ladislaus Malinowski. Unter welcher Anklage?»
«Nicht verhaftet», berichtigte sie Chefinspektor Davy. «Er unterstützt uns nur bei unseren Ermittlungen.»
«Ich habe ihm meinen Anwalt geschickt, der ihn beraten soll.»
«Sehr weise», billigte Vater. «Für jeden, der Schwierigkeiten mit der Polizei hat, ist es ratsam, einen Anwalt zu haben. Sonst kann der Betreffende leicht etwas Verkehrtes sagen.»
«Selbst wenn er völlig unschuldig ist?»
«Vielleicht ist es in dem Fall sogar noch notwendiger.»
«Sie sind ziemlich zynisch, nicht wahr? Worüber vernehmen Sie ihn eigentlich, wenn ich fragen darf? Oder darf ich das nicht wissen?»
«Wir möchten zum Beispiel gern genau wissen, was er an dem Abend gemacht hat, als Michael Gorman erschossen wurde.»
Bess Sedgwick richtete sich im Sessel auf.
«Sind Sie etwa auf die lächerliche Idee gekommen, daß *Ladislaus* auf Elvira geschossen hat? Sie kannten sich ja nicht einmal.»
«Es wäre möglich gewesen. Sein Wagen stand gerade um die Ecke.»
«Blödsinn», erklärte Lady Sedgwick entschieden.
«Wie sehr hat diese Schießerei Sie eigentlich mitgenommen, Lady Sedgwick?»
Sie blickte leicht überrascht auf.

«Es hat mich natürlich beunruhigt, daß meine Tochter um ein Haar ums Leben gekommen wäre.»
«Das meinte ich nicht. Ich wollte wissen, wie sehr der Tod Michael Gormans Sie berührt hat?»
«Es hat mir leid getan, daß er sterben mußte. Er war ein tapferer Mann.»
«Mehr hat es Ihnen nicht ausgemacht?»
«Weshalb?»
«Sie haben ihn gekannt, nicht wahr?»
«Natürlich. Er war hier beschäftigt.»
«Sie haben ihn doch etwas besser gekannt, nicht wahr?»
«Was wollen Sie damit sagen?»
«Na, Lady Sedgwick. Er war doch Ihr Mann. Stimmt's?»
Sie antwortete nicht sofort, obwohl man ihr weder Erregung noch Erstaunen ansah.
«Sie wissen sehr viel, Chefinspektor, ja?» Sie seufzte und lehnte sich im Sessel zurück. «Ich hatte ihn seit langer Zeit nicht mehr gesehen, seit über zwanzig Jahren. Dann, als ich eines Tages aus dem Fenster sah, entdeckte ich Micky plötzlich.»
«Und er hat Sie auch erkannt?»
«Ganz erstaunlich, daß wir beide uns wiedererkannten», sagte Bess Sedgwick. «Wir waren nur etwa eine Woche lang zusammen gewesen. Dann holte mich meine Familie in Ungnade zurück. Man zahlte Micky eine Abfindungssumme.» Sie hielt einen Moment inne.
«Ich war noch sehr jung, als ich damals mit ihm durchbrannte. Ich war nur ein törichtes Mädchen, hatte nichts als romantische Ideen im Kopf. Er war in meinen Augen ein Held, hauptsächlich, weil er so gut reiten konnte. Er kannte keine Furcht und war ein hübscher Bursche, und lustig war er, wie es die Iren sind. Eigentlich bin *ich* wohl mit *ihm* davongelaufen! Ihm wäre es wahrscheinlich nie in den Sinn gekommen. Aber ich war wild, halsstarrig und rasend verliebt!» Sie schüttelte den Kopf. «Es hat nicht lange gedauert ... Die ersten vierundzwanzig Stunden genügten, um mir meine Illusionen zu rauben. Er trank und war brutal. Als

meine Familie erschien und mich wieder mit nach Hause nahm, war ich dankbar. Ich wollte ihn nie wiedersehen, nie wieder etwas von ihm hören.»

«Wußte Ihre Familie, daß Sie mit ihm verheiratet waren?»

«Nein.»

«Haben Sie es verschwiegen?»

«Ich lebte in dem Glauben, gar nicht verheiratet zu sein.»

«Wie das?»

«Wir wurden in Ballygowlan getraut, aber als meine Angehörigen mich zurückholten, sagte mir Micky, die Trauung sei nur ein Schwindel gewesen. Er und seine Freunde hätten die ganze Sache inszeniert. Damals hielt ich es für durchaus möglich, daß er sich so etwas geleistet haben könnte. Ob er die Abfindung haben wollte oder ob er fürchtete, gegen das Gesetz verstoßen zu haben, weil er eine Minderjährige heiratete, weiß ich nicht. Jedenfalls zweifelte ich auch nicht einen Augenblick daran, daß er mir die Wahrheit gesagt hatte – damals nicht.»

«Und später?»

Sie schien in Gedanken versunken. «Erst etliche Jahre hinterher, als ich etwas mehr vom Leben und von juristischen Dingen wußte, ging mir plötzlich auf, daß ich wahrscheinlich doch mit Micky Gorman verheiratet war!»

«Ihre Eheschließung mit Lord Coniston war demnach Bigamie.»

«Ja, und auch die mit Johnny Sedgwick und ebenfalls die mit meinem amerikanischen Mann Ridgway Becker.» Sie blickte Chefinspektor Davy an und lachte. Ihre Heiterkeit war offenbar echt.

«So viel Bigamie», fuhr sie fort. «Es kommt einem wirklich lächerlich vor.»

«Haben Sie nie an eine Scheidung gedacht?»

Sie zuckte die Achseln. «Die ganze Episode erschien mir wie ein törichter Traum. Warum sollte man alles wieder aufrühren? Johnny habe ich es natürlich gestanden.» Ihre Stimme klang weicher und wärmer, als sie seinen Namen erwähnte.

«Und was hat er dazu gesagt?»

«Ihm machte es nichts aus. Weder Johnny noch ich haben uns je um Konventionen geschert.»
«Bigamie ist strafbar, Lady Sedgwick.»
Sie blickte ihn an und lachte.
«Wer sollte sich je Gedanken machen über etwas, was vor Jahren in Irland geschah? Micky hatte sein Geld genommen und war abgezogen. Oh, verstehen Sie das denn nicht? Es war in meinen Augen nur ein dummer kleiner Zwischenfall, den ich vergessen wollte. Für mich war die Geschichte erledigt – genauso wie viele andere Dinge, die im Leben keine Rolle spielen.»
«Und dann», sagte Vater in gelassenem Ton, «tauchte Michael Gorman eines Tages im November wieder auf und versuchte, Sie zu erpressen.»
«Unsinn! Wer behauptet denn so etwas?»
Langsam wanderten Vaters Augen zu der alten Dame, die so ruhig und kerzengerade in ihrem Sessel saß.
«Sie?» Bess Sedgwick starrte Miss Marple an. «Was können Sie schon davon wissen?»
Ihre Stimme klang eher neugierig als anklagend.
«Die Sessel in diesem Hotel haben sehr hohe Rückenlehnen», sagte Miss Marple. «Äußerst bequeme Lehnen. Eines Morgens saß ich im Schreibzimmer in einem solchen Sessel vor dem Feuer, um mich etwas auszuruhen, ehe ich ausging. Sie kamen herein, um einen Brief zu schreiben. Vermutlich haben Sie nicht gemerkt, daß noch jemand im Zimmer war. Und so – wurde ich Zeuge Ihrer Unterhaltung mit diesem Gorman.»
«Haben Sie etwa zugehört?»
«Natürlich. Warum auch nicht? Es war ja ein allgemein zugänglicher Raum. Als Sie das Fenster aufstießen und dem Mann da draußen etwas zuriefen, hatte ich keine Ahnung, daß sich daraus ein vertrauliches Gespräch zwischen Ihnen entwickeln würde.»
Bess starrte sie eine Weile an, dann nickte sie langsam.
«Nun, das lasse ich gelten», sagte sie. «Dennoch haben Sie das, was Sie gehört haben, falsch ausgelegt. Micky hat mich

nicht erpreßt. Er hat vielleicht mit dem Gedanken gespielt, aber ich habe ihn gewarnt, ehe er einen Versuch unternehmen konnte!» Ihre Lippen verzogen sich wieder zu dem breiten, großzügigen Lächeln, das ihr Gesicht so anziehend machte. «Ich habe ihn abgeschreckt.»

«Ja», pflichtete ihr Miss Marple bei. «Ich glaube, das ist Ihnen wohl gelungen. Sie drohten, ihn zu erschießen. In der Tat, Sie haben die ganze Sache sehr gut gedeichselt, wenn ich mir diese Bemerkung gestatten darf, ohne unverschämt zu erscheinen.»

Bess Sedgwick zog amüsiert die Augenbrauen hoch.

«Aber ich war nicht die einzige, die Ihre Unterhaltung mit angehört hat», fuhr Miss Marple fort.

«Du lieber Himmel! War das ganze Hotel im Zimmer?»

«Im anderen Sessel saß auch jemand.»

«Und wer?»

Miss Marple preßte die Lippen zusammen. Sie schaute zu Chefinspektor Davy hinüber, und es war ein fast flehender Blick, der besagte: wenn es unbedingt sein muß, dann sagen *Sie* es ihr, aber ich kann es nicht . . .

«Ihre Tochter saß in dem anderen Sessel», sagte Chefinspektor Davy.

«Nein!» Heftige Abwehr lag in ihrer Stimme. «O nein. Nicht Elvira! Nun verstehe ich. Sie muß gedacht haben . . .»

«Sie war so beeindruckt von dem, was sie hörte, daß sie nach Irland geflogen ist, um nach der Wahrheit zu forschen. Es war nicht schwierig, sie herauszufinden.»

Abermals sagte Bess Sedgwick bestürzt: «O nein . . .» Und dann: «Armes Kind! . . . Sie hat nie eine Frage an mich gestellt, selbst jetzt nicht. Sie hat alles für sich behalten, alles in sich hineingefressen. Wenn sie sich nur ausgesprochen hätte, dann hätte ich ihr alles erklären können – hätte ihr zeigen können, daß es ohne Bedeutung ist.»

«Darüber hätte sie vielleicht ganz anders gedacht», sagte Chefinspektor Davy. «Es ist eigentlich komisch, wissen Sie», fuhr er in einer beinahe geschwätzigen Art fort, wobei er wie ein Farmer aussah, der über sein Vieh und sein Land spricht,

«jahrelange Erfahrung hat mich gelehrt, einer Sache nicht zu trauen, wenn sie zu einfach und logisch aussieht. Einfache Kausalzusammenhänge sind oft zu schön, um wahr zu sein. Der Mord neulich abends gehörte auch in diese Kategorie. Das Mädchen sagte, jemand habe auf sie geschossen und sein Ziel verfehlt. Der Portier lief herbei, um sie zu retten, und die zweite Kugel erwischte ihn. Das kann ja alles stimmen. So mag es in den Augen Ihrer Tochter ausgesehen haben. Aber die Dinge können auch anders liegen.
Sie behaupteten soeben mit ziemlicher Heftigkeit, Lady Sedgwick, daß Ladislaus Malinowski keinen Grund gehabt habe, einen Anschlag auf das Leben Ihrer Tochter zu verüben. Nun, ich möchte Ihnen da recht geben. Ich glaube, es gab keinen Grund für ihn. Er ist der Typ, der bei einem Streit mit einer Frau vielleicht ein Messer zieht und sie damit ersticht. Aber wahrscheinlich würde er sich nicht in einem Kellervorhof verstecken und kaltblütig warten, um sie zu erschießen. Nehmen wir jedoch einmal an, er wollte *jemand anders* erschießen. Schreie und Schüsse – das tatsächliche Ereignis aber ist, daß Michael Gorman getötet wurde. Vielleicht war das beabsichtigt. Malinowski legt sich sorgfältig einen Plan zurecht. Er wählt eine neblige Nacht, versteckt sich in dem Kellervorhof und wartet, bis Ihre Tochter die Straße entlangkommt. Er weiß, daß sie kommt, da er es so eingerichtet hat. Er feuert einen Schuß ab, der das Mädchen aber gar nicht treffen soll. Im Gegenteil, Malinowski schießt absichtlich daneben. *Sie* aber nimmt an, daß man auf sie gezielt habe. Sie schreit. Der Portier des Hotels, der den Schuß und den Schrei gehört hat, stürzt auf die Straße, *und dann erschießt Malinowski den Mann, dem er die Kugel zugedacht hat. Michael Gorman.*»
«Ich glaube kein Wort davon! Warum in aller Welt hätte Ladislaus Michael Gorman erschießen wollen?»
«Ein kleiner Erpressungsversuch könnte der Grund gewesen sein.»
«Wollen Sie damit sagen, daß Micky *Ladislaus* erpreßte? Weshalb?»

«Vielleicht», erwiderte Vater, «wegen der Dinge, die in Bertrams Hotel vor sich gehen. Michael Gorman war möglicherweise in dieser Hinsicht hinter allerlei gekommen.»
«Dinge, die in Bertrams Hotel vor sich gehen? Was soll das heißen?»
«Es ist ein tadellos geplantes Unternehmen, glänzend organisiert», sagte Vater. «Aber nichts währt ewig. Miss Marple fragte mich vor kurzem, was eigentlich an diesem Hotel nicht stimme. Diese Frage will ich jetzt beantworten. Bertrams Hotel ist in Wirklichkeit das Hauptquartier eines der besten und größten Verbrechersyndikate, dem wir seit Jahren begegnet sind.»

27

Es folgte ein kurzes Schweigen. Dann ergriff Miss Marple das Wort.
«Das ist *sehr* interessant», bemerkte sie im Konversationston.
Bess Sedgwick wandte sich ihr zu. «Sie scheinen gar nicht überrascht zu sein, Miss Marple.»
«Das bin ich auch nicht. Jedenfalls nicht sehr. Es gab da so viele seltsame Dinge, die nicht zusammenpaßten. Es war alles zu schön, um wahr zu sein – wenn Sie mich richtig verstehen. Beim Theater würde man es als gekonnte Szenerie bezeichnen. Aber hier war es – Wirklichkeit. Und dann die vielen Kleinigkeiten: Leute, die Freunde oder Bekannte zu entdecken glaubten – und dann feststellen mußten, daß sie sich geirrt hatten.»
«So etwas kann natürlich vorkommen», warf Chefinspektor Davy ein, «aber hier passierte es zu oft. Nicht wahr, Miss Marple?»
«Ja», gab Miss Marple zu. «Menschen wie Selina Hazy unterlaufen solche Irrtümer häufig. Aber vielen anderen erging es ebenso. Es war geradezu auffallend.»

«Sie paßt scharf auf», sagte Chefinspektor Davy zu Bess Sedgwick, als wäre Miss Marple sein bester Dressurhund.

Bess Sedgwick wandte sich ihm heftig zu.

«Was bedeutet eigentlich Ihre Bemerkung, dieses Hotel sei das Hauptquartier eines Verbrechersyndikats? Meiner Meinung nach ist Bertrams Hotel das respektabelste Haus der Welt.»

«Natürlich», sagte Vater. «Das hat es auch zu sein. Viel Geld, Zeit und Phantasie sind darauf verwendet worden, aus dem Hotel das zu machen, was es jetzt ist. Das Echte und das Falsche sind sehr raffiniert miteinander vermischt. In Henry hat man einen prachtvollen Schauspieler-Manager, der intern die Regie führt, und dieser Humfries ist eine wunderbar glaubwürdige Figur. In unserem Land ist er noch nicht vorbestraft, aber er war in einige sehr merkwürdige Fälle im Ausland verwickelt. Ein paar sehr gute Charakterdarsteller spielen hier die verschiedenen Rollen. Ich will gern zugeben, daß mir die ganze Organisation nicht wenig Bewunderung abnötigt. Sie hat dieses Land schon eine Stange Geld gekostet. Sie hat der Kriminalpolizei und den lokalen Polizeibehörden sehr viel Kopfzerbrechen verursacht. Jedesmal wenn wir uns scheinbar unserem Ziel näherten und auf einen besonderen Vorfall stießen, dann stellte sich heraus, daß er mit unseren anderen Feststellungen nichts zu tun hatte. Aber wir haben nicht lockergelassen und mühsam die Steinchen zusammengetragen, die jetzt ein Mosaik bilden. Eine Garage, in der Haufen von Nummernschildern aufgestapelt waren, die im Handumdrehen an gewisse Wagen montiert werden konnten. Eine Firma, die Möbelwagen stellte, der Lieferwagen eines Schlachters, eines Lebensmittelhändlers, sogar ein paar nachgeahmte Postautos. Ein Rennfahrer mit einem Rennwagen, der unglaubliche Entfernungen in unglaublich kurzer Zeit zurücklegt, und andererseits ein alter Geistlicher, der in seinem alten Morris Oxford dahinschunkelt. Ein Gärtner, der Erste Hilfe leistet, wenn Not am Mann ist, und mit einem brauchbaren Arzt in Verbindung steht. Ich brauche nicht alles aufzuführen. Die Verflechtungen scheinen endlos. Dies ist die eine Hälfte. Die ausländischen Besucher, die Bertrams Hotel aufsuchen, stellen die andere dar. Meistens stammen sie aus Amerika oder aus den Dominien. Reiche, über jeglichen Verdacht erhabene Leute, die hier mit einem Haufen von luxuriösem Gepäck eintreffen und dann mit einem Haufen von luxuriösem Gepäck abziehen, das dasselbe zu sein scheint, es aber nicht ist. Reiche Touristen, die in Frankreich ankommen und von den Zollbeamten nicht sonderlich belästigt werden, weil die Zollbeamten Touristen, die Geld ins Land bringen, in Ruhe lassen. Aber es waren nicht zu oft dieselben Touristen. Der Krug darf nicht zu häufig zum Brunnen gehen. Es wird ganz schön schwer sein, die nötigen Beweise zu erbringen und die Zusammenhänge festzustellen, aber am Ende wird es uns gelingen. Wir haben einen guten Anfang gemacht. Die Cabots, zum Beispiel . . .»

«Was ist mit den Cabots?» fragte Bess scharf.

«Ah, Sie erinnern sich an sie? Sehr nette Amerikaner. In der Tat, sehr nett. Sie wohnten im vergangenen Jahr hier und waren dieses Jahr auch wieder da. Ein drittes Mal wären sie nicht gekommen. Niemand erscheint hier öfter als zweimal in Verbindung mit demselben Schwindel. Ja, bei ihrer Ankunft in Calais haben wir sie verhaftet. Sehr geschickt konstruiert, dieser Schrankkoffer, den sie bei sich hatten. Er enthielt über dreihunderttausend Pfund, schlau versteckt. Erlös aus dem Eisenbahnüberfall von Bedhampton. Das ist natürlich nur ein Bruchteil.

Bertrams Hotel – das kann ich Ihnen versichern – ist das Hauptquartier der ganzen Bande. Das halbe Personal gehört dazu. Auch einige Gäste. Manche Gäste sind wirkliche Gäste – andere aber nicht. Die richtigen Cabots zum Beispiel halten sich im Augenblick in Yukatan auf. Dann dieser Schwindel, Personen nachzuahmen. Nehmen wir mal Richter Ludgrove. Ein bekanntes Gesicht mit Knollennase und Warze. Ganz leicht zu imitieren. Kanonikus Pennyfather, ein sanfter Geistlicher vom Land, mit einem dicken weißen Haarschopf und auffallend zerstreutem Benehmen. Sein Gehabe, seine Art, über die Brillengläser hinwegzuschielen – alles von einem guten Charakterdarsteller leicht nachzumachen . . .»

«Aber zu welchem Zweck dies alles?» fragte Bess.

«Liegt das denn nicht klar auf der Hand? Richter Ludgrove wird in der Nähe eines Banküberfalls gesehen. Irgend jemand erkennt ihn und erwähnt es. Wir prüfen nach und entdecken, daß es ein Irrtum ist. Er war zu der Zeit woanders. Aber es dauerte eine ganze Weile, bis wir dahinterkamen, daß dies alles sogenannte ‹absichtliche Fehler› waren. Niemand wurde auf den Mann aufmerksam, der dem Richter so ähnlich sah. Und in Wirklichkeit ähnelt er ihm auch nicht besonders. Er entfernt sein Make-up und legt seine Rolle ab. Das Ganze stiftet heillose Verwirrung. Ein Richter vom Hohen Gerichtshof, ein Erzdiakon, ein Admiral und ein Generalmajor sind schon in der Nähe von Schauplätzen eines Verbrechens gesehen worden.

Nach dem Eisenbahnüberfall von Bedhampton waren mindestens vier Fahrzeuge daran beteiligt, die Beute nach London zu schaffen: ein von Malinowski gefahrener Rennwagen, ein falscher Lieferwagen, ein altmodischer Daimler mit einem Admiral am Steuer und ein Morris Oxford, den ein alter Geistlicher mit einem weißen Haarschopf lenkte. Es war ein großangelegtes Unternehmen, generalstabsmäßig geplant.

Und eines Tages dann hatte die Bande ein bißchen Pech. Der alte konfuse Geistliche, Kanonikus Pennyfather, machte sich am verkehrten Tag auf den Weg zum Flughafen. Bei der Abfertigung schickte man ihn fort. Er wanderte durch die Cromwell Road, besuchte ein Kino, kehrte nach Mitternacht hierher zurück, ging nach oben in sein Zimmer, für das er den Schlüssel in der Tasche trug, öffnete die Tür, marschierte hinein und bekam fast einen Schlaganfall, als er *sich selber* in einem Sessel sitzen sah! Den wirklichen Kanonikus Pennyfather, den sie sicher in der Schweiz wähnten, ins Zimmer kommen zu sehen – damit hatte die Bande am allerwenigsten gerechnet. Sein Double war gerade drauf und

dran aufzubrechen, um seine Rolle in Bedhampton zu spielen, als der wirkliche Kanonikus hereinspazierte. Sie wußten nicht, was sie machen sollten, aber einer reagierte mit einer raschen Reflexbewegung – Humfries, nehme ich an. Er versetzte dem alten Mann einen Schlag auf den Kopf, und dieser sank bewußtlos zu Boden. Irgend jemand war, glaube ich, sehr aufgebracht darüber. Sie untersuchten den alten Herrn und stellten fest, daß er nur k. o. war und wahrscheinlich nach einiger Zeit wieder zu sich kommen würde. Sie ließen sich also von ihrem Plan nicht abbringen. Der falsche Kanonikus Pennyfather verließ das Hotel und fuhr zum verabredeten Ort, wo er seine Rolle beim Stafettenlauf spielen sollte. Was sie mit dem wirklichen Kanonikus Pennyfather anstellten, weiß ich nicht. Ich kann nur raten. Vermutlich haben sie ihn später in der Nacht zum Haus des Gärtners gefahren, das nicht weit vom Schauplatz des Zugüberfalls lag und wo ein Arzt nach dem Rechten sehen konnte. Wenn dann Meldungen durchkamen, daß man Kanonikus Pennyfather in der Gegend gesehen habe, würde ja alles schön übereinstimmen. Alle Beteiligten müssen in Angst und Unruhe geschwebt haben, bis er wieder zu Bewußtsein kam und sie entdeckten, daß der Schlag mindestens drei Tage aus seinem Gedächtnis ausgelöscht hatte.»
«Hätten sie ihn sonst getötet?» erkundigte sich Miss Marple.
«Nein», erwiderte Vater, «das hätten sie, glaube ich, nicht getan. Das hätte jemand nicht zugelassen. Es ist von Anfang an deutlich zutage getreten, daß der Leiter dieser Organisation eine Abneigung gegen Mord hat.»
«Es klingt phantastisch», bemerkte Bess Sedgwick. «Völlig phantastisch! Und ich glaube nicht, daß Sie den geringsten Beweis haben, der Ladislaus Malinowski mit diesem Hirngespinst verbände.»
«Ich habe allerlei Beweismaterial gegen Ladislaus Malinowski», erklärte Vater. «Er ist nämlich etwas fahrlässig. Er lungerte im unangebrachten Moment hier herum. Zuallererst kam er, um sich mit Ihrer Tochter in Verbindung zu setzen. Sie hatten einen Kode vereinbart.»

«Unsinn. Sie hat Ihnen ja selbst erklärt, daß sie ihn nicht kennt.»
«Das hat sie zwar gesagt, aber es stimmt nicht. Sie ist in ihn verliebt und will ihn heiraten.»
«Das kann nicht wahr sein!»
«Sie können es wohl kaum beurteilen», bemerkte Chefinspektor Davy. «Malinowski ist nicht der Mann, der alle seine Geheimnisse ausplaudert, und Ihre Tochter kennen Sie überhaupt nicht. Das haben Sie selbst zugegeben. Sie waren gewiß recht ärgerlich, als Sie entdeckten, daß Malinowski in Bertrams Hotel gekommen war.»
«Warum ärgerlich?»
«Weil Sie der Kopf des Unternehmens sind», sagte Vater. «Sie und Henry. Die finanzielle Seite wurde von den Brüdern Hoffman geregelt. Die beiden richteten bei den Banken im Ausland Konten ein und dergleichen, aber der Boss des Syndikats, das Gehirn, das alles plante und lenkte, das waren Sie, Lady Sedgwick.»
Bess blickte ihn an und lachte. «Noch nie in meinem Leben habe ich etwas so Lächerliches gehört!» erklärte sie.
«Es ist durchaus nicht lächerlich. Sie besitzen Verstand, Mut und Kühnheit. Sie hatten alle möglichen Experimente unternommen und versuchten es dann einmal mit dem Verbrechen. Es war ein großes Wagnis, das Aufregung versprach. Es war wohl nicht das Geld, das Sie lockte: Sie hatten Spaß an der ganzen Sache. Aber Sie duldeten keinen Mord, keine unnötige Gewalttätigkeit. Es gab keine Leichen, keine brutalen Angriffe, nur einen angenehmen, friedlichen, gutgezielten Schlag auf den Kopf, falls es der Augenblick erforderte. Wissen Sie, Sie sind eine sehr interessante Frau. Eine der wenigen wirklich interessanten großen Verbrecherinnen.»
Ein langes Schweigen folgte. Dann erhob sich Bess Sedgwick.
«Sie sind wohl ganz von Sinnen.» Sie streckte die Hand nach dem Telefon aus.
«Wollen Sie Ihren Rechtsanwalt anrufen? Eine gute Idee, ehe Sie sich verplappern.»

Energisch knallte sie den Hörer wieder auf die Gabel.
«Ich habe es mir anders überlegt, ich mag keine Rechtsanwälte ... Na schön. Meinetwegen. Ja, ich habe diesen Laden geschmissen. Und wenn Sie sagen, es hat mir Spaß gemacht, so haben Sie durchaus recht. Es war mir von der ersten bis zur letzten Minute ein Genuß. Was für ein Vergnügen, Geld zu scheffeln aus Banken, Zügen, Postämtern und sogenannten Panzerwagen; Pläne zu schmieden und Entscheidungen zu treffen! Ein herrlicher Spaß, und ich bin froh, daß ich ihn gehabt habe. Der Krug geht so lange zum Brunnen, bis er bricht. Das haben Sie doch gerade gesagt, nicht wahr? Nun, ich bin auf meine Kosten gekommen! Aber Sie irren sich, wenn Sie annehmen, daß Ladislaus Malinowski Michael Gorman erschossen hat! Er war's nicht. *Ich* hab's getan.» Sie lachte plötzlich hell auf. «Es ist unwesentlich, was er getan, womit er mir gedroht hat ... Ich sagte ihm, ich würde ihn erschießen – Miss Marple hat es ja gehört –, und ich habe mein Wort gehalten. Es hat sich so abgespielt, wie Sie es vermuten. Ich versteckte mich in dem Kellervorhof. Als Elvira vorbeikam, schoß ich in die Luft. Als sie schrie und Micky herbeieilte, hatte ich ihn da, wo ich ihn haben wollte, und ich knallte ihn nieder! Ich besitze natürlich Schlüssel für sämtliche Hoteleingänge. Also bin ich einfach durch die Kellertür und von da aus auf mein Zimmer gegangen. Ich hätte nie gedacht, Sie könnten herausfinden, daß die Pistole Ladislaus gehört, oder daß Sie ihn gar verdächtigen würden. Ich hatte sie aus seinem Wagen entwendet, ohne daß er es wußte. Aber bestimmt nicht – das schwöre ich Ihnen – mit der Absicht, den Verdacht auf *ihn* zu lenken.»
Mit einer raschen Bewegung wandte sie sich an Miss Marple. «Sie sind Zeugin für das, was ich gesagt habe, denken Sie daran: *Ich habe Gorman getötet.*»
«Vielleicht sagen Sie das auch nur, weil Sie in Malinowski verliebt sind», behauptete Davy.
«Das bin ich nicht.» Ihre Antwort klang scharf. «Wir sind gute Freunde, weiter nichts. Allerdings haben wir eine oberflächliche Liebschaft gehabt, aber ich liebe ihn nicht. In mei-

nem ganzen Leben habe ich nur einen Menschen geliebt – John Sedgwick.» Ihre Stimme war weich, als sie diesen Namen aussprach.
«Aber Ladislaus ist mein Freund, und ich wünsche nicht, daß er für etwas eingesperrt wird, was er gar nicht getan hat. *Ich habe Michael Gorman getötet.* Die Absicht habe ich damals geäußert, und Miss Marple hat es gehört ... Und jetzt, lieber Chefinspektor» – sie hob erregt die Stimme und lachte laut – *«fangen Sie mich, wenn Sie können.»*
Mit einem Griff packte sie den schweren Telefonapparat und zerschmetterte das Fenster damit. Und ehe Vater aufstehen konnte, war sie zum Fenster hinaus und kletterte geschickt die schmale Brüstung entlang. Aber schon hatte sich Vater an das andere Fenster gestürzt und es in die Höhe geschoben. Gleichzeitig riß er seine Pfeife aus der Tasche und pfiff.
Miss Marple, die sich etwas schwerfällig aus ihrem Sessel erhoben hatte, stellte sich neben ihn. Zusammen lehnten sie sich aus dem Fenster und starrten die Fassade von Bertrams Hotel entlang.
«Sie wird bestimmt fallen. Sie klettert am Abflußrohr hoch», rief Miss Marple. «Aber warum denn nach *oben*?»
«Aufs Dach. Es ist ihre einzige Chance, und das weiß sie auch. Mein Gott, sehen Sie doch bloß. Sie klettert wie eine Katze. Sieht aus wie eine Fliege an der Wand. Wie mutig sie ist!»
Miss Marple murmelte mit halbgeschlossenen Augen: «Sie wird fallen. Es gelingt ihr nicht ...»
Bess Sedgwick verschwand aus ihrem Blickfeld. Vater zog den Kopf etwas zurück.
Miss Marple fragte:
«Aber wollen Sie denn nicht gehen und ...»
Vater schüttelte den Kopf. «Was kann ich mit meinem Umfang schon ausrichten? Ich habe meine Leute postiert für den Fall, daß so etwas passiert. Sie wissen, was sie zu tun haben. Wir werden ja bald hören ... Es sollte mich nicht wundern, wenn sie allen miteinander ein Schnippchen

schlägt! Sie ist nämlich eine Frau, wie es unter tausend nur eine gibt.» Er seufzte. «Eine von der wilden Sorte. Oh, wir haben in jeder Generation ein paar davon. Sie lassen sich nicht zähmen, sie ordnen sich nicht in die Gesellschaft ein und fügen sich dem Gesetz und der Ordnung nicht.»
«Wußten Sie, daß sie so etwas tun würde?»
«Eigentlich nicht. Als sie sich mit uns unterhielt, muß sie sich das ausgedacht haben. Sie wußte, was kam. Also saß sie da, blickte uns an – hielt das Gespräch in Gang – und überlegte. Ich glaube – aha –» Plötzlich drang das Knattern eines Auspuffrohrs, das Quietschen von Rädern und das Heulen eines großen Rennwagenmotors herauf. Er lehnte sich zum Fenster hinaus. «Sie hat es tatsächlich fertiggebracht, zu ihrem Wagen zu gelangen.»
Sie hörten ein noch lauteres Kreischen, als der Wagen auf zwei Rädern um die Ecke bog, ein gewaltiges Dröhnen, und das schöne weiße Ungetüm raste die Straße entlang.
«Sie wird noch jemanden überfahren . . .», meinte Vater. Sie hörten, wie der Wagen mit lautem Getöse und heulender Hupe davonraste, hörten, wie der Lärm allmählich schwächer wurde. Dann Schreie, Rufe, das Geräusch quietschender Bremsen, das Hupen von Autos und schließlich ein lautes Kreischen von Rädern und ein gewaltiges Donnern und . . .
«Jetzt hat's geknallt!» sagte Vater.
Er stand ruhig da und wartete mit einer Geduld, die für ihn charakteristisch war. Miss Marple stand schweigend neben ihm. Dann, wie bei einem Stafettenlauf, eilte die Nachricht die Straße entlang. Ein Mann auf dem gegenüberliegenden Gehsteig blickte zu Chefinspektor Davy hinauf und gab ihm ein paar Zeichen.
«Es hat sie erwischt», sagte Vater traurig. «Tot! Raste mit 140 gegen das Parkgeländer. Keine anderen Opfer, nur ein paar leichte Blechschäden. Großartige Fahrerin. Ja, sie ist tot.» Er kam zurück ins Zimmer und sagte ernst: «Nun, sie hat vorher ihr Geständnis abgelegt. Sie haben es ja gehört.»
«Ja», erwiderte Miss Marple. «Ich habe es gehört.» Es ent-

stand eine kleine Pause. «Es stimmte natürlich nicht», fuhr Miss Marple gelassen fort.
Vater blickte sie an. «Sie haben ihr nicht geglaubt, wie?»
«Sie etwa?»
«Nein», sagte Vater. «Nein, das Geständnis war falsch. Sie hat sich alles so zurechtgelegt, daß es mit den Tatsachen übereinstimmte, aber es war nicht die Wahrheit. Sie hat Michael Gorman nicht erschossen. Wissen Sie zufällig, wer es getan hat?»
«Natürlich weiß ich das», erklärte Miss Marple. «Das Mädchen.»
«Aha! Wann ist Ihnen dieser Gedanke gekommen?»
«Er ging mir von Anfang an im Kopf herum», erwiderte Miss Marple.
«Mir auch», gestand Vater. «Sie hatte an dem Abend panische Angst. Und die Lügen, die sie uns auftischte, waren recht kümmerlich. Aber ich konnte mir zunächst kein Motiv denken.»
«Das ist mir auch ein Rätsel», gab Miss Marple zu. «Sie entdeckte, daß ihre Mutter und ihr Vater in Bigamie gelebt hatten. Doch würde ein Mädchen deswegen einen Mord begehen? Heutzutage nicht! Spielte Geld dabei vielleicht eine Rolle?»
«Ja, es ging um Geld», sagte Chefinspektor Davy. «Ihr Vater hat ihr ein kolossales Vermögen hinterlassen. Als sie dahinterkam, daß ihre Mutter mit Michael Gorman verheiratet war, wurde ihr klar, daß die Ehe mit Coniston nicht rechtsgültig gewesen war. Sie nahm an, daß sie da nicht erben würde, weil sie ja nicht die legitime Tochter ihres Vaters war. Natürlich irrte sie sich. Wir hatten mal einen ähnlichen Fall. Es kommt dabei auf den genauen Wortlaut des Testaments an. Coniston hatte ihr das Vermögen ganz unzweideutig hinterlassen, da er sie namentlich nannte. Sie hätte es also auf alle Fälle bekommen, aber das wußte sie nicht. Und sie wollte sich die Moneten nicht entgehen lassen.»
«Weshalb brauchte sie es denn so dringend?»
«Um sich Ladislaus Malinowski zu kaufen. Mit dem Geld

hätte er sie geheiratet, aber nicht ohne. Das wußte sie ganz genau. Sie war nicht dumm, dieses Mädchen. Aber sie wollte ihn um jeden Preis haben. Sie war leidenschaftlich in ihn verliebt.»

«Ich weiß», sagte Miss Marple und setzte erläuternd hinzu: «Ich habe an jenem Tag im Battersea Park ihr Gesicht beobachtet...»

«Also plante sie einen kaltblütigen Mord», sagte Vater. «Sie hatte sich natürlich nicht in dem Kellervorhof versteckt. Dort war niemand. Sie stand einfach am Geländer, feuerte einen Schuß ab und schrie. Und als Michael Gorman vom Hotel her auf sie zurannte, erschoß sie ihn ganz aus der Nähe. Dann schrie sie weiter. Ein kaltblütiges Geschöpf! Sie beabsichtigte keineswegs, Ladislaus zu belasten. Seine Pistole hat sie nur entwendet, weil sie keine andere Möglichkeit hatte, sich eine zu verschaffen – sie dachte nicht im Traum daran, daß man ihn verdächtigen könnte oder daß er sich an diesem Abend irgendwo in der Nähe aufhielte. Sie nahm an, daß man die Tat einem Gauner in die Schuhe schieben würde, der sich den Nebel zunutze gemacht hatte. – Aber es packte sie die Furcht an jenem Abend – hinterher!»

«Und jetzt – was gedenken Sie zu tun?»

«Ich weiß zwar, daß sie es getan hat», sagte Vater. «Aber ich habe keine Beweise. Vielleicht hat sie Anfängerglück... Selbst die Gerichte scheinen heutzutage nach dem Prinzip zu verfahren, man solle einen Hund einmal zubeißen lassen... Ein gewiefter Verteidiger... Ein Druck auf die Tränendrüse – ein so junges Mädchen, unglückliche Kindheit – außerdem ist sie schön.»

«Ja», sagte Miss Marple nachdenklich. «Luzifers Kinder sind oft sehr schön...»

«Aber wie ich Ihnen schon sagte, es wird wahrscheinlich nicht einmal zur Verhandlung kommen – es sind keine Beweise vorhanden. Sie beispielsweise würden als Zeugin geladen – und Sie müßten bezeugen, daß ihre Mutter das Verbrechen gestanden hat.»

«Ich weiß. Sie hat mir das Geständnis auf die Seele gebunden, nicht wahr? Sie wählte den Tod, damit ihre Tochter ungestraft davonkommen sollte. Sie hat es mir aufgezwungen, sozusagen als letzte Bitte einer Sterbenden ...»

Die Verbindungstür zum Schlafzimmer öffnete sich, und Elvira Blake trat in den Raum. Sie trug ein glattes hellblaues Hemdblusenkleid. Ihr blondes Haar fiel lose auf die Schultern herab. Sie sah aus wie ein Engel in einem Gemälde der frühen Meister. Sie blickte den Chefinspektor und Miss Marple fragend an und sagte:

«Ich hörte einen Wagen und dann einen furchtbaren Krach und Schreie ... Hat es einen Unfall gegeben?»

«Ich bedaure, Ihnen sagen zu müssen, Miss Blake», sagte Chefinspektor Davy formell, «daß Ihre Mutter tot ist.»

Elvira rang ein wenig nach Luft. «O nein», sagte sie. Es war ein schwacher, unsicherer Protest.

«Ehe sie flüchtete», sagte Chefinspektor Davy – «denn es war eine Flucht –, bekannte sie sich zum Mord an Michael Gorman.»

«Sie meinen – sie sagte – daß *sie* es war ...»

«Ja», sagte Vater. «Das hat sie *gesagt.* Haben Sie dem etwas hinzuzufügen?»

Elvira blickte ihn lange an. Dann schüttelte sie leicht den Kopf. «Nein», erklärte sie, «ich habe nichts hinzuzufügen.» Sie drehte sich um und verließ das Zimmer.

«Na», sagte Miss Marple. «Wollen Sie sie etwa davonkommen lassen?»

Es entstand eine kleine Pause. Dann schlug Vater mit der Faust auf den Tisch, daß es krachte.

«Nein», brüllte er, «nein, bei Gott, das darf nicht sein!»

Miss Marple nickte ernst und bedächtig.

«Gott sei ihrer Seele gnädig», sagte sie.

Agatha Christie

Agatha Mary Clarissa Miller, geboren am 15. September 1890 in Torquay, Devonshire, sollte nach dem Wunsch der Mutter Sängerin werden. 1914 heiratete sie Colonel Archibald Christie und arbeitete während des Krieges als Schwester in einem Lazarett. Hier entstand ihr erster Kriminalroman *Das fehlende Glied in der Kette.* Eine beträchtliche Menge Arsen war aus dem Giftschrank verschwunden – und die junge Agatha spann den Fall aus. Sie fand das unverwechselbare Christie-Krimi-Ambiente.
Gleich in ihrem ersten Werk taucht auch der belgische Detektiv mit den berühmten »kleinen grauen Zellen« auf: Hercule Poirot, der ebenso unsterblich werden sollte wie sein weibliches Pendant, die reizend altjüngferliche, jedoch scharf kombinierende Miss Marple (*Mord im Pfarrhaus*).
Im Lauf ihres Lebens schrieb die »Queen of Crime« 67 Kriminalromane, unzählige Kurzgeschichten, 7 Theaterstücke (darunter *Die Mausefalle*) und ihre Autobiographie.
1956 wurde Agatha Christie mit dem »Order of the British Empire« ausgezeichnet und damit zur »Dame Agatha«. Sie starb am 12. Januar 1976 in Wallingford bei Oxford.

Von Agatha Christie sind erschienen:

Das Agatha Christie Lesebuch
Alibi
Alter schützt vor Scharfsinn nicht
Auch Pünktlichkeit kann töten
Auf doppelter Spur
Der ballspielende Hund
Bertrams Hotel
Der blaue Expreß
Blausäure
Das Böse unter der Sonne
oder Rätsel um Arlena
Die Büchse der Pandora
Der Dienstagabend-Klub
Ein diplomatischer Zwischenfall
Dreizehn bei Tisch
Elefanten vergessen nicht

Die ersten Arbeiten des Herkules
Das Eulenhaus
Das fahle Pferd
Fata Morgana
Das fehlende Glied in der Kette
Ein gefährlicher Gegner
Das Geheimnis der Goldmine
Das Geheimnis der
Schnallenschuhe
Das Geheimnis von Sittaford
Die großen Vier
Das Haus an der Düne
Hercule Poirot's größte Trümpfe
Hercule Poirot schläft nie
Hercule Poirot's Weihnachten
Karibische Affaire
Die Katze im Taubenschlag
Die Kleptomanin
Das krumme Haus
Kurz vor Mitternacht
Lauter reizende alte Damen
Der letzte Joker
Die letzten Arbeiten des Herkules
Der Mann im braunen Anzug
Die Mausefalle und andere Fallen
Die Memoiren des Grafen
Mit offenen Karten
Mörderblumen
Mördergarn
Die Mörder-Maschen
Mord auf dem Golfplatz
Mord im Orientexpreß
Mord im Pfarrhaus
Mord im Spiegel oder
Dummheit ist gefährlich
Mord in Mesopotamien
Mord nach Maß
Ein Mord wird angekündigt
Die Morde des Herrn ABC
Morphium
Nikotin
Poirot rechnet ab
Rächende Geister
Rotkäppchen und der böse Wolf
Ruhe unsanft
Die Schattenhand
Das Schicksal in Person
Schneewittchen-Party
Ein Schritt ins Leere
16 Uhr 50 ab Paddington
Der seltsame Mr. Quin
Sie kamen nach Bagdad
Das Sterben in Wychwood
Der Tod auf dem Nil
Tod in den Wolken
Der Tod wartet
Der Todeswirbel
Tödlicher Irrtum oder
Feuerprobe der Unschuld
Die Tote in der Bibliothek
Der Unfall und andere Fälle
Der unheimliche Weg
Das unvollendete Bildnis
Die vergeßliche Mörderin
Vier Frauen und ein Mord
Vorhang
Der Wachsblumenstrauß
Wiedersehen mit Mrs. Oliver
Zehn kleine Negerlein
Zeugin der Anklage